Η ΓΗ ΤΩΝ ΑΣΤΡΑΠΩΝ

STEWART BINT

Μετάφραση
NIKOLETTA SAMOILI

ΕΠΙΣΗΣ ΑΠ'Ο ΤΟΝ

STEWART BINT

ΣΤΙΣ ΣΚΙΕΣ ΠΕΡΙΜΕΝΟΝΤΑΣ

Ο ΑΞΟΝΑΣ ΤΟΥ ΧΡΟΝΟΥ

ΤΟ ΠΑΖΛ ΚΑΙ Ο ΑΝΕΜΙΣΤΗΡΑΣ

ΝΑ ΞΑΝΑΣΗΚΩΘΟΥΜΕ

ΕΥΧΑΡΙΣΤ΄ΙΕΣ

Ευχαριστούμε τη Miika Hannila και την ομάδα της Next Chapter.

Ιδιαίτερες ευχαριστίες στη σύζυγό μου Sue, τον γιο μου Chris και την κόρη μου Charlotte.

Και ευχαριστώ την καλή μου φίλη, συνάδελφο μυθιστοριογράφο DM Cain, για τον αδιάκοπο ενθουσιασμό και την ενθάρρυνσή της.

*Για τον
Marc Freebrey*

ΠΕΡΙΕΧΌΜΕΝΑ

ΠΡΌΛΟΓΟΣ

Μια αστραπή. Ένας κεραυνός. Η παρατεταμένη μυρωδιά του όζοντος στον ιδιαίτερα φορτισμένο αέρα.

Και ο κόσμος άλλαξε για πάντα.

Ή μήπως όχι; Ίσως ο κόσμος που ξέραμε να είναι ακόμα ακριβώς ο ίδιος... κάπου αλλού. Την στιγμή ακριβώς που έσκασε ο κεραυνός, τι θα γινόταν αν είχε ανοίξει μια πύλη και μας είχε ρουφήξει μέσα; Και τώρα βρισκόμαστε σε έναν διαφορετικό κόσμο, σε ένα παράλληλο σύμπαν.

Μέσα σε μια στιγμή μεταφερθήκαμε σε έναν κόσμο που δεν γνωρίζουμε. Παρόλο που επιφανειακά μοιάζει το ίδιο, υπάρχει μια υπόνοια ότι όλα μπορεί να μην είναι ακριβώς αυτό που φαίνεται από κάτω. Ακόμα και τα πιο συνηθισμένα πράγματα μπορεί να βγουν εκτός ελέγχου.

Έχουμε αφήσει πίσω μας τα παλιά μας εδάφη, όπου τα πράγματα συμβαίνουν συνήθως για έναν λογικό λόγο και με σαφή σκοπό. Τώρα κατοικούμε σε παράξενες νέες χώρες, όπου το απρόβλεπτο γίνεται ο κανόνας... όπου το απλά γελοίο κρύβεται ακριβώς κάτω από το δέρμα της πραγματικότητας.

Καλώς ήρθατε στη Γη των Αστραπών.

Μια συλλογή 21 διηγημάτων που κυμαίνονται

από το μεγαλειώδες έως το ασυγχώρητα γελοίο, όπως Η δίκη του Άγιου Βασίλη, όπου ο χαρούμενος τύπος με τα κόκκινα αντιμετωπίζει κατηγορίες για σκληρότητα απέναντι στα παιδιά, Ο νταής του Twitter βλέπει έναν διαδικτυακό νταή να παίρνει την τιμωρία του με έναν ιδιαίτερα γκροτέσκο τρόπο και το "Γεια σου αγαπητή μου" στο οποίο το φάντασμα μιας ηλικιωμένης κυρίας εμφανίζεται συνεχώς σε μια γυναίκα καριέρας.

Άλλα περιλαμβάνουν το «Ένας έγκαιρος φόνος , όπου ένας άνδρας φτάνει σε ασυνήθιστα σκληρά μέτρα για να διασφαλίσει ότι θα καταδικαστεί για ένα έγκλημα- το «Ο Άνεμος της Φωτιάς» , με έναν διαστημικό ταξιδιώτη με τρία μάτια και έναν κορμό μήκους δύο μέτρων που βρίσκει ένα μυστηριώδες βιβλίο σε έναν νεκρό κόσμο- και το «Ο Χάρβεϊ ψάχνει για έναν φίλο,» Χάρβεϊ, που μιλάει για ένα νεαρό φάντασμα που ψάχνει απεγνωσμένα κάποιον να παίξει μαζί του.

Και μετά έχουμε το «Ρη– Το Τρολ του Ντίνκλεϋ, ένα ποίημα ανοησίας που γράφτηκε με τη βοήθεια των μαθητών του Δημοτικού Σχολείου της Κοινότητας Χουνκότ, στο Λιουέστερσάιρ, του Ηνωμένου Βασιλείου.

Το βιβλίο δικάζει την ανθρωπότητα για τα αδικήματά της, σε ορισμένες περιπτώσεις κυριολεκτικά. Πολλές από τις ιστορίες είναι μια μελέτη της ανθρώπινης φύσης, ακόμη και αν όλοι οι χαρακτήρες δεν είναι, αυστηρά μιλώντας, άνθρωποι, εξετάζοντας θέματα όπως η απληστία, η λαγνεία, η λαιμαργία και πολλά άλλα θανάσιμα αμαρτήματα, με μια σειρά από χαρακτήρες και σκηνικά με μεγάλη ποικιλία.

Stewart Bint, Desford, Leicestershire, Σάββατο, [21] Απριλίου, 2018

"ΓΕΙΑ ΣΟΥ, ΑΓΑΠΗΤΉ ΜΟΥ"

"Γεια σου, αγαπητή μου."

Τα λόγια αυτά της προκαλούσαν συνήθως μια ζεστή ηρεμία, από τότε που τα άκουσε για πρώτη φορά και είδε τη γριά με τη φούστα από ταρταρούγα και τη γκρι ζακέτα. Το ευγενικό, ελαφρώς ρυτιδιασμένο πρόσωπο ήταν σχεδόν τόσο οικείο όσο και το δικό της. Είχαν περάσει σχεδόν 20 χρόνια από τότε που η γυναίκα άρχισε να της εμφανίζεται, πάντα χαμογελαστή.

Ένα χαμόγελο γνώσης.

"Αυτή είναι η ομορφιά του να είσαι φάντασμα", σκεφτόταν συχνά η Τζένη κατά τη διάρκεια των επισκέψεων της γριάς. "Να μη γερνάς ποτέ, να μένεις πάντα η ίδια".

"Γεια σου, αγαπητή μου", απάντησε στην πάντα χαμογελαστή γυναίκα. Αλλά αυτή τη φορά δεν ήταν τόσο σίγουρη. Η ζωή της ήταν πλέον ευτυχισμένη και ολοκληρωμένη, οπότε γιατί ήταν εδώ η ηλικιωμένη κυρία; Μήπως ήταν κάποια τρομερή καταστροφή για την οποία είχε έρθει να την προϊδεάσει;

Ωστόσο, η ζωή της Τζένης ήταν πολύ διαφορετική όταν την είδε για πρώτη φορά. Ήταν μόλις έξι μήνες μετά το γάμο της με τον Μάλκολμ και ήδη τα πράγματα είχαν αρχίσει να πηγαίνουν στραβά.

"Μπορείς να τον συγχωρέσεις για τη σχέση του", της είχε πει η ηλικιωμένη κυρία. "Δεν θα παραστρατήσει ποτέ ξανά, σου το υπόσχομαι".

"Μα πώς μπορείς να είσαι τόσο σίγουρη;" είχε ρωτήσει η Τζένη.

"Είμαι σίγουρη. Εμπιστέψου με." Η ηλικιωμένη γυναίκα της έγνεψε ευγενικά και εξαφανίστηκε αργά στον αέρα. Η Τζένη έμεινε καθηλωμένη στο σημείο. Δέκα λεπτά νωρίτερα είχε σκουπίσει άγρια το πάτωμα, τραβώντας το καθαριστικό μπρος-πίσω με γρήγορες, θυμωμένες κινήσεις. Πώς μπόρεσε ο Μάλκολμ να της το κάνει αυτό; Πώς μπόρεσε να καταστρέψει έτσι τη ζωή της; Δεν ήξερε πόσο πολύ τον αγαπούσε; Γιατί το είχε κάνει αυτό; Και μάλιστα με εκείνη βρήκε να το κάνει; Τη γραμματέα του, για όνομα του Θεού.

"Γεια σου, αγαπητή μου." Τα λόγια που ειπώθηκαν ακριβώς δίπλα στο αυτί της, τόσο αθόρυβα, αλλά τα άκουγε πολύ καθαρά πάνω από τον θόρυβο της ηλεκτρικής σκούπας, την αιφνιδίασαν εντελώς. Ήταν μόνη της στο σπίτι, ποιος της μιλούσε;

Η Τζένη στριφογύρισε και την είδε να στέκεται εκεί: ήταν μόλις στα 70 , με γκρίζα μαλλιά πιασμένα σφιχτά σε κότσο, χαμογελώντας γλυκά. Αλλά δεν ήταν εντελώς συμπαγής, η πράσινη λουλουδάτη ταπετσαρία του σαλονιού της Τζένης φαινόταν κατευθείαν μέσα της. Η Τζένη ένιωσε έκπληξη και τρόμο.

"Γεια σου, αγαπητή μου", είπε ξανά η ηλικιωμένη γυναίκα. "Σε παρακαλώ, μη φοβάσαι. Ήρθα να σε βοηθήσω".

Αλλά η Τζένη είχε 'μείνει παγωμένη στη θέση της, π χωρίς να μπορεί να κουνηθεί, χωρίς να μπορεί να βγάλει άχνα.

"Π-ποια είσαι εσύ;" κατάφερε τελικά να τραυλίσει, με το μυαλό της να στροβιλίζεται, εντελώς ανίκανο να σκεφτεί λογικά. Εξάλλου, τι θα μπορούσε να είναι λογικό με μια 70χρονη γυναίκα που δεν ήταν εντελώς συμπαγής , δεν ήταν εντελώς αληθινή, να στέκεται -όχι, να αιωρείται- στο σαλόνι της;

"Σε παρακαλώ, μη με φοβάσai. Δεν πρόκειται να σου κάνω κακό".

Ποτέ δεν έμεινε περισσότερο από μερικά δευτερόλεπτα. Αρκετός χρόνος για να πει στην Τζένη αυτά που έπρεπε να ξέρει. Πάντα είχε εκείνο το ευγενικό νεύμα, το χαμόγελο που διευρύνεται ελαφρώς καθώς χάνεται στο τίποτα. Η Τζένη δεν φοβήθηκε ποτέ μετά από εκείνη την πρώτη φορά.

Ήταν κατά τη διάρκεια της δεύτερης επίσκεψης, ένα χρόνο αργότερα, όταν η ηλικιωμένη είπε να την βλέπει ως φύλακα άγγελό της. "Ο δρόμος της ζωής σου δεν θα είναι πάντα εύκολος ή ομαλός, αγαπητή μου, και παρόλο που θα είμαι εδώ για να σε βοηθήσω, δεν μπορώ πάντα να σου λέω ποια διαδρομή να επιλέξεις".

"Όμως γιατί με βοηθάς; Ποια είσαι εσύ;"

Η ηλικιωμένη αγνόησε τις ερωτήσεις. "Αναρωτιέσαι αν θα πρέπει να πάρεις τη νέα θέση εργασίας στη Harrison Bonham Associates", είπε. "Ή να μείνεις στη Sprackleys και να πάρεις την προαγωγή που σου προσφέρουν".

Η Τζένη έγνεψε βουβά. Η ηλικιωμένη κυρία είχε δίκιο. Η Τζένη αγωνιούσε για την απόφασή της, αφού είπε στην Έλεν Σπράκλεϊ ότι θα έφευγε από τη μικρή, αλλά αναπτυσσόμενη, εταιρεία συμβούλων δημοσίων σχέσεων για να ενταχθεί σε μια πολύ μεγαλύτερη, αντίπαλη επιχείρηση.

Το αυξημένο πακέτο είχε έρθει γρήγορα: δέκα τοις εκατό αύξηση του μισθού της, καθώς και αναβάθμιση του αυτοκινήτου της, μια επιπλέον εβδομάδα διακοπών και αύξηση των συνταξιοδοτικών της δικαιωμάτων. Σαφώς μια προσφορά που δεν έπρεπε να αρνηθεί. Αλλά η

Harrison Bonham Associates ήταν μια καθιερωμένη εταιρεία συμβούλων με θαυμάσια φήμη- μια από τις καλύτερες στον κλάδο, στην πραγματικότητα. Με αυτό το όνομα στο βιογραφικό της, ο κόσμος των δημοσίων σχέσεων θα ανοίγονταν μπροστά της σε μερικά χρόνια. Θα μπορούσε να πάει σε οποιαδήποτε εταιρεία συμβούλων στη χώρα, ως μέλος του διοικητικού συμβουλίου, πιθανότατα και ως διευθύνουσα σύμβουλος. Αλλά πώς θα ταίριαζε αυτό με τα σχέδιά της να κάνει οικογένεια;

Και τότε ήταν που η ηλικιωμένη γυναίκα ήρθε για τρίτη φορά, για να τη βρει σταθερά εγκατεστημένη ως διευθύνουσα σύμβουλο της Sprackleys- η Helen Sprackley είχε αναλάβει τον ρόλο της προέδρου μετά την επιλογή της Τζένης να παραμείνει στην εταιρεία.

"Αναρωτιέσαι αν η καριέρα σου μπορεί να συνδυαστεί με την δημιουργία μιας οικογένειας. Λοιπόν, μπορεί. . Εμπρός, αγαπητή μου, ξεκίνα την οικογένειά σου όπως το θέλεις. Είναι το σωστό πράγμα που πρέπει να κάνεις. Αν δεν το κάνεις, θα το μετανιώνεις πάντα".

Με τον εξαιρετικό μισθό της Τζένης στο Σπράκλεϊς και τον Μάλκολμ να κερδίζει επίσης καλά χρήματα ως φωτογράφος μόδας με καλές διασυνδέσεις, ήξερε ότι μπορούσαν εύκολα να πληρώσουν την καλύτερη φροντίδα των παιδιών. Αλλά πώς θα ένιωθε όταν θα ερχόταν το μωρό; Θα ήθελε να μένει συνέχεια στο σπίτι για να το φροντίζει; Θα είχε τόση σημασία η καριέρα της τότε; Σίγουρα είχε σημασία τώρα, αλλά θα είχε στο μέλλον; Θα άλλαζαν οι προτεραιότητές της;

Και έτσι η ηλικιωμένη γυναίκα ήρθε για τέταρτη φορά. "Δεν ξέρω τι να κάνω", της είπε η Τζένη.

"Το ξέρω, αγαπητή μου, το ξέρω. Είναι δύσκολο για σένα", είπε η γυναίκα. "Ανησυχείς ότι αν φύγεις από το πρακτορείο θα βαρεθείς στο σπίτι και ότι μόνο η Τζέμα θα σε απασχολεί για πολλά χρόνια.

Αλλά μπορείς πάντα να επιστρέψεις στον κλάδο σου αργότερα, όταν η Τζέμα θα είναι μεγαλύτερη, όταν θα πηγαίνει σχολείο. Κάποια με τη δική σου εμπειρία θα βρίσκει πάντα δουλειά".

Η πέμπτη επίσκεψη ήταν, πράγματι, όταν η Τζέμα ξεκίνησε το σχολείο. Η Έλεν Σπράκλεϊ υ προσέφερε στην Τζένη την παλιά της θέση ως διευθύνουσα σύμβουλος- η αντικαταστάτρια της Τζένης είχε μετακινηθεί στην Harrison Bonham Associates. Περίεργο πώς εξελίσσονται τα πράγματα, είπε η Τζένη στον εαυτό της.

Αυτή τη φορά η αγωνία ήταν για το αν θα έπρεπε να διευθύνει τη δική της επιχείρηση μερικής απασχόλησης από το σπίτι, ώστε να είναι εκεί όταν η Τζέμα ερχόταν από το σχολείο- ώστε να είναι εκεί όταν η Τζέμα ήταν άρρωστη- ώστε να είναι σίγουρη ότι δεν θα έχανε τις αθλητικές ημέρες και τις θεατρικές παραστάσεις του σχολείου. Η προσφορά της MD ήταν πολύ δελεαστική, αλλά θα ήταν πλήρους απασχόλησης. Η εργασία από το σπίτι θα κρατούσε το μυαλό της απασχολημένο- θα κρατούσε τη δουλειά της και θα της παρείχε έναν βαθμό οικονομικής ανεξαρτησίας, ενώ θα εξασφάλιζε ότι θα ήταν πάντα εκεί για την Τζέμα. Όταν την χρειαζόταν η Τζέμα.

Και έτσι η Τζένη γέννησε ξανά. Όχι ένα μωρό αυτή τη φορά, αλλά την Εταιρία Επικοινωνιών Τζένιφερ Ράντκλιφ.

"Γεια σου, αγαπητή μου." Η ηλικιωμένη γυναίκα εμφανίστηκε την πρώτη μέρα της δουλειάς της, χαμογέλασε γλυκά και είπε: "Έκανες το σωστό", πριν εξαφανιστεί. Ποτέ στο παρελθόν μια επίσκεψη δεν είχε υπάρξει τόσο σύντομη.

Και έτσι οι εμφανίσεις της γριάς σταμάτησαν. Τα χρόνια πέρασαν γρήγορα. Η Τζένη και ο Μάλκολμ μεγάλωσαν την Τζέμα. Κάθε έξι μήνες ο Μάλκολμ έβγαζε επαγγελματικές φωτογραφίες της, και ο αυξανόμενος φάκελος κατέγραφε τη νεαρή ζωή της, από τις στιγμές μετά τη γέννησή της, μέσα από το σαγηνευτικό χαμόγελό της και τα πρώτα της βήματα, μέχρι την πρώτη της μέρα στο σχολείο με το γκρι φόρεμα με την μπροστέλα , το λευκό πουκάμισο και την κόκκινη ζακέτα, την πρώτη της αθλητική μέρα - όταν έκοψε την ταινία κερδίζοντας το σπριντ των 50 μέτρων, και φυσικά όλα τα πάρτι γενεθλίων της.

Η Τζέμα ήταν έξι ετών όταν ήρθε ο αδελφός της, ο Ντομινίκ. Η Τζένη είχε αναρωτηθεί αν η ηλικιωμένη γυναίκα θα εμφανιζόταν ξανά όταν εκείνη και ο Μάλκολμ συζητούσαν αν θα προσπαθούσαν να κάνουν άλλο ένα παιδί. Και οι δύο ήξεραν ότι αν ήταν να αποκτήσουν άλλο ένα μωρό έπρεπε να γίνει τώρα, πριν αυτοί, και η Τζέμα για την ακρίβεια, μεγαλώσουν περισσότερο. Εξάλλου, το βιολογικό ρολόι της Τζένης χτυπούσε αμείλικτα. Εκείνη ήταν τώρα 35 ετών και ο Μάλκολμ 41 ετών.

Αλλά δεν υπήρχαν εμφανίσεις. Η Τζένη άρχισε να ανησυχεί για την απόφασή της. . Όλες οι σημαντικές αποφάσεις της ζωής της είχαν επηρεαστεί από την παρηγορητική, καθησυχαστική παρουσία και τα λόγια της ηλικιωμένης γυναίκας. Ο Μάλκολμ απλά πίστευε ότι ήταν καλή στη λήψη αποφάσεων. Αλλά αυτή τη φορά αισθάνθηκε ότι είχε πρόβλημα.

Ωστόσο, δεν είχε σκοπό να την πιέσει. . Αν την πίεζε , έπεφτε σε μια πεισματική ρουτίνα και του κατσούφιαζε για μέρες. Τελικά αποφάσισε, όπως μαρτυρούσε ο Ντομινίκ.

Όλα αυτά τα χρόνια επιθυμούσε διακαώς να πει στον Μάλκολμ για τον καλοδεχούμενο υπερφυσικό επισκέπτη τους - τον φύλακα άγγελό της - αλλά εκείνος δεν πίστευε στα φαντάσματα. Και στο κάτω κάτω, είπε στον εαυτό της, ήταν το μυστικό της, που μοιραζόταν μόνο με τη γριά γυναίκα, όποια κι αν ήταν αυτή. Και έτσι δεν του το είπε ποτέ.

Συχνά αναρωτιόταν αν θα άκουγε ποτέ ξανά αυτές τις κάποτε οικείες λέξεις. Κι όμως, ήταν εδώ, σχεδόν 20 χρόνια αφότου τις άκουσε για πρώτη φορά και 10 χρόνια από την τελευταία φορά.

Μια ανατριχίλα ευχαρίστησης διέτρεξε τη σπονδυλική της στήλη καθώς γύρισε από την οθόνη του υπολογιστή της για να δει αυτό το γνώριμο πρόσωπο να της χαμογελάει.

"Γεια σου, αγαπητή μου", απάντησε, χρησιμοποιώντας τον συνηθισμένο χαιρετισμό της ηλικιωμένης γυναίκας προς το μέρος της, χωρίς να μπορεί να ελέγξει τα συναισθήματα έντονης ευχαρίστησης που διαπερνούσαν το σώμα της πριν μετατραπούν σε εκείνα της αμφιβολίας.

"Μην ανησυχείς, αγαπητή μου", είπε η ηλικιωμένη γυναίκα. Παράξενο. Ήταν σχεδόν σαν να διάβαζε τις σκέψεις της Τζένης για την καταστροφή. "Δεν θα βλεπόμαστε για πολύ καιρό ακόμα, και δεν ήθελα να με ξεχάσεις, αυτό είναι όλο".

Η Τζένη σχεδόν έκλαιγε. "Φυσικά και δεν θα σε ξεχάσω", έκλαιγε με λυγμούς. "Με βοήθησες τόσο πολύ". Το χαμόγελο διευρύνθηκε, όπως ακριβώς και πριν, και η ηλικιωμένη κυρία χάθηκε στο τίποτα.

Και έτσι πέρασαν τα χρόνια. Η Τζέμα και ο Ντομινίκ μεγάλωσαν και απέκτησαν τις δικές τους οικογένειες, προσφέροντας στον Μάλκολμ και την Τζένη μια σειρά από πολυαγαπημένα εγγόνια. Η εταιρεία δημοσίων σχέσεων της Τζένης έγινε επίσης μια μεγάλη, αξιοσέβαστη εταιρία με πολλούς υπαλλήλους, , απασχολώντας πάνω από 50 άτομα. Είχε σχεδόν αποσυρθεί μόλις μπήκε στα 50, , αναλαμβάνοντας μόνο έναν ρόλο μερικής απασχόλησης ως πρόεδρος. Και, όπως ακριβώς είχε προβλέψει η ηλικιωμένη γυναίκα, ο Μάλκολμ δεν παραστράτησε ποτέ ξανά.

Ναι, η ζωή της ήταν ευτυχισμένη και ολοκληρωμένη.

Μια μέρα ακούστηκε ξαφνικά από το σαλόνι ο ήχος της ηλεκτρικής σκούπας. Ο Μάλκολμ είχε φύγει, οπότε ποιος ήταν στο σπίτι μαζί της; Και ποιος θα μπορούσε να σκουπίζει με ηλεκτρική σκούπα, για όνομα του Θεού;

Η καρδιά της χτυπούσε δυνατά καθώς περπατούσε αθόρυβα στο διάδρομο και άνοιξε την πόρτα, κοιτάζοντας προσεκτικά μέσα. Εκεί βρισκόταν ένα νεαρό κορίτσι που σκούπιζε άγρια, τραβώντας το καθαριστικό μπρος-πίσω με γρήγορες, θυμωμένες σπασμωδικές κινήσεις.

Αλλά το κορίτσι και η σκούπα της δεν ήταν εντελώς συμπαγή , δεν ήταν εντελώς αληθινά. Η Τζένη μπορούσε να δει την πρόσφατα κρεμασμένη ανοιχτόχρωμη κόκκινη ταπετσαρία και την πρόσφατα τοποθετημένη ράγα μέσα από αυτήν.

Και το κορίτσι αιωρούνταν.

Ξαφνικά η Τζένη κατάλαβε. Τώρα κατάλαβε γιατί το πρόσωπο της ηλικιωμένης γυναίκας της φαινόταν πάντα τόσο οικείο, από την πρώτη στιγμή που την είδε.

Πλησίασε πίσω από την κοπέλα, με την ηλεκτρική σκούπα να καλύπτει τον ήχο των βημάτων της.

"Γεια σου, αγαπητή μου", είπε.

Η ΔΊΚΗ ΤΟΥ ΆΓΙΟΥ ΒΑΣΊΛΗ

Πάντα θεωρούσα τον Άγιο Βασίλη έναν ευγενικό γέρο που αγαπούσε τα παιδιά. Έτσι, σοκαρίστηκα όταν ανακάλυψα ότι εμφανιζόταν στο δικαστήριο. Και οι κατηγορίες με εξέπληξαν: σκληρή συμπεριφορά προς τα παιδιά έλεγαν. Ποιος θα το πίστευε;

Κοιτάζοντας πίσω σχεδόν 12 μήνες από εκείνη την καταπληκτική μέρα που παρακολούθησα τη δίκη του Άγιου Βασίλη, μπορώ να τα δω όλα τόσο καθαρά, σαν να ήταν χθες. Υποθέτω ότι ποτέ δεν θα μάθω πώς ακριβώς συνέβη. Το μόνο που ξέρω είναι ότι συνέβη.

Είμαι ρεπόρτερ εφημερίδας σε μια μικρή αγγλική πόλη και παλεύω να βρω το δρόμο μου στον κόσμο και μια από τις τακτικές μου δουλειές είναι να καλύπτω το τοπικό δικαστήριο. Οι δικαστές συνεδριάζουν κάθε Πέμπτη στο δημαρχείο απονέμοντας δικαιοσύνη σε διάφορους κλέφτες, κακοποιούς και άλλους απατεώνες.

Τη συγκεκριμένη ημέρα οι δικαστές και εγώ δυσκολευόμασταν όλοι να μείνουμε ξύπνιοι. Οι υποθέσεις ήταν βαρετές, οι κατηγορούμενοι έβαζαν βαρετά άλλοθι και ακόμη και οι δικαστικοί υπάλληλοι έδειχναν βαριεστημένοι.

Η προέδρευσα δικαστής, η κυρία Ελέανορ Μακχάρις, μόλις κοιτούσε πίσω από τα φανταχτερά κοκάλλινα γυαλιά της, τον τελευταίο τύπο στο εδώλιο του κατηγορουμένου, όταν όλο της το σώμα άρχισε να κουνιέται. Την κοίταζα εντελώς γοητευμένη.

Τα άχρωμα, γαλανόλευκα μαλλιά της ανέμιζαν γύρω από το κεφάλι της σαν να την φυσούσε άνεμος από παντού. Το πάνω και το κάτω μέρος του προσώπου της κουνιόντουσαν προς τα αριστερά, ενώ το μεσαίο, το κομμάτι που συγκρατούσε τη μύτη και τα μάγουλά της, ταλαντευόταν προς τα δεξιά.

Ένιωσα σαν να ήθελα να φωνάξω, αλλά σταμάτησα εγκαίρως τον εαυτό μου. Η κυρία Μακχάρις γινόταν σωστή τούρκος όταν οι άνθρωποι έκαναν θόρυβο στην αίθουσα του δικαστηρίου της. Κοίταξα τους άλλους, αλλά φαινόταν ότι δεν έβλεπαν τίποτα το μεμπτό. Ο γραμματέας του δικαστηρίου συνέχιζε με τη μονότονη φωνή του να διαβάζει τον κατάλογο των κατηγοριών στον κατηγορούμενο- ο εισαγγελέας ανυπομονούσε να σηκωθεί στα πόδια του για να εκθέσει την υπόθεση εναντίον του άντρα στο εδώλιο... κανείς δεν πρόσεξε ότι η κυρία Μακ Χάρις είχε αρχίσει να διαλύεται ψυχολογικά.

Και δεν ήταν μόνο η κυρία Μακ Χάρις s που τρελαινόταν. Ένα περίεργο είδος γκριζόλευκης ομίχλης άρχισε να στροβιλίζεται μπροστά στα μάτια μου. Ένας Θεός ξέρει από πού ήρθε, απλά εμφανίστηκε ξαφνικά. Για μερικά δευτερόλεπτα απέκλεισε την κυρία Μακχάρις και την υπόλοιπη αίθουσα. Αλλά μπορούσα ακόμα να ακούσω τον βαρετό γραμματέα να διαβάζει τις κατηγορίες. Στην πραγματικότητα δεν μπορούσα να ακούσω τι έλεγε, αλλά η φωνή του διαπερνούσε την ομίχλη σαν υπόκωφη κόρνα ομίχλης.

Η λογική αποκαταστάθηκε την επόμενη στιγμή. Ή τουλάχιστον έτσι νόμιζα.

Βρήκα τον εαυτό μου να εξακολουθεί να κοιτάζει την ομίχλη που στροβιλίζεται, αλλά τουλάχιστον τώρα μπορούσα να το βάλω σε μια προοπτική. Κοιτούσα από το παράθυρο την παχιά κουβέρτα χιονιού που έπεφτε έξω.

Κοίταξα ξανά την κυρία Μακ Χάρις. Η λογική εξαφανίστηκε και πάλι. Είχε σταματήσει την περίεργη συμπεριφορά της, αλλά κατά κάποιο τρόπο έμοιαζε διαφορετική. Ανοιγόκλεισα τα μάτια μου. Εντάξει. . Πρέπει να βλέπω πράγματα, είπα στον εαυτό μου, καθώς η εμφάνισή της άρχισε να καταγράφεται στο μυαλό μου. Δεν είναι περίεργο που φαινόταν διαφορετική. Το μεγαλύτερο μέρος του γαλάζιου τριχωτού της κεφαλής της ήταν τώρα χωμένο μέσα σε ένα μακρύ μαύρο μυτερό καπέλο, με λίγες μόνο τούφες να κρέμονται χαλαρά από τα αυτιά της και να ακουμπούν στους ώμους της.

Ούτε το ζοφερό τουΐντ σακάκι της ήταν πια εκεί. Αντ' αυτού, ένα βαρύ μαύρο σάλι με μακρύ κρόσσι ήταν τυλιγμένο γύρω της. Και εκείνα τα φανταχτερά κοκάλινα γυαλιά τεντώθηκαν στο πλάι και καμπύλωσαν σε μια άκρη, δίνοντας την εντύπωση ιπτάμενης νυχτερίδας.

Το μόνο πράγμα που παρέμεινε το ίδιο πάνω της ήταν ότι εξακολουθούσε να κοιτάζει πίσω από την κορυφή των γυαλιών της που ήταν ακουμπισμένα στην άκρη της μύτης της. Η μύτη: γιατί, ακόμη και αυτή ήταν μακρύτερη από ό,τι ήταν πριν. Έτσι δεν είναι;

Και όταν μιλούσε... έφυγε η υπεροπτική, μορφωμένη, πλουμιστή προφορά της. Οι λέξεις που έβγαιναν από μέσα της ήταν ένα λεπτό, κλαψιάρικο κακάρισμα. Συνειδητοποίησα αμέσως ότι κάτι δεν πήγαινε καλά. Είμαι πολύ γρήγορος , βλέπετε. Ναι, ήταν πολύ λάθος. Ο γραμματέας του δικαστηρίου θα έπρεπε να λέει αυτά τα πράγματα, όχι η προεδρεύων δικαστής.

"Έχετε ακούσει τις κατηγορίες εναντίον σας, Άγιε Βασίλη, πώς δηλώνετε, ένοχος ή αθώος;"

Η άμεση απάντηση από το εδώλιο ήταν βροντερή, σχεδόν θορυβώδης: "Μα, αθώος, φυσικά, κυρία". Τώρα, αυτό δεν ακούστηκε ούτε για ένα δευτερόλεπτο σαν το είδος της φωνής που θα έπρεπε να έχει ο εύθραυστος νεαρός άνδρας που στεκόταν εκεί πριν από λίγα δευτερόλεπτα. Είχε πλούσιους, βαθιούς τόνους, σαν να ανήκε σε έναν χαρούμενο, μεσήλικα, ή ακόμα και ηλικιωμένο, άντρα.

Και περιμένετε ένα λεπτό. Είχε πει Άγιος Βασίλης. Τι στο διάολο συνέβαινε;

Απομάκρυνα το βλέμμα μου από την άσχημη γριά (πιο άσχημη και μεγαλύτερη, τέλος πάντων) που είχε γίνει η κυρία Μακ Χάρις και κοίταξα προς την αποβάθρα. Ο άθλιος που έμοιαζε με τον τρελό που κατηγορούνταν για κάποια ασήμαντη παράβαση του νόμου δεν ήταν πια εκεί.

Αντ' αυτού, εκεί στεκόταν ένας άνδρας με μυριάδες γραμμές γέλιου να τσαλακώνουν το δέρμα γύρω από τα μάτια του και το κάτω μέρος του προσώπου του να κρύβεται από μια φουντωτή λευκή γενειάδα. Είχε ύψος περίπου 1,80 μ. και ένας κατακόκκινος χιτώνας κάλυπτε την παραπάνω από πλούσια περιφέρειά του. Τα λευκά μαλλιά του έπεφταν στους ώμους του κάτω από ένα κόκκινο καπέλο που έπεφτε.

Ο Άγιος Βασίλης! Πώς στο διάολο είχε φτάσει εκεί;

Σταμάτησα να προσπαθώ να καταλάβω τι είχε συμβεί. Θα μπορούσα να κάνω εικασίες όλη μέρα και πάλι να απέχω εκατομμύρια μίλια από την αλήθεια. Ορίστε! Με το μυαλό μου να περιπλανιέται, έχασα μέρος της διαδικασίας του δικαστηρίου. Ο εισαγγελέας σηκωνόταν όρθιος, έτοιμος να παρουσιάσει την υπόθεσή του στην κυρία Μακ Χάρις.

"Κυρία", τον άκουσα να λέει. "Ο Άγιος Βασίλης αρνήθηκε τις κατηγορίες εναντίον του, δηλαδή την κακοποίηση των παιδιών. Θα προχωρήσω τώρα να σας δείξω ακριβώς γιατί ο Άγιος Βασίλης είναι ένοχος για τα αδικήματα που του αποδίδονται".

Τουλάχιστον ο δικηγόρος έμοιαζε ο ίδιος, σκέφτηκα. Ή μήπως όχι; Είχα δει τον γέρο-Τσάτστοκ εν δράσει σε αυτή την αίθουσα του δικαστηρίου πολλές φορές, ντυμένο νηφάλια με ένα άψογο σκούρο κοστούμι. Αλλά κατά κάποιο τρόπο αυτό το κοστούμι έδειχνε τώρα ξεφτισμένο και φθαρμένο. Και ο ίδιος ο άνδρας φαινόταν να σκύβει λίγο, ενώ συνήθως στεκόταν στο ύψος του όταν ξεκινούσε μια υπόθεση.

Η κυρία Μακ Χάρις κούνησε ενοχλημένη το χέρι της που έμοιαζε με νύχι. "Ναι, ναι, συνεχίστε, κ. Τσάτστοκ".

Έβηξε απολογητικά. "Καλέστε τη μάρτυρα κατηγορίας, τη δεσποινίδα Ανν ΜακΓκίγκαν."

Η κυρία Ανν ΜακΓκίγκαν κλήθηκε δεόντως και πήρε τη θέση της στο εδώλιο του μάρτυρα.

Καθώς περνούσε από τις διατυπώσεις της δέσμευσης να πει την αλήθεια, όλη την αλήθεια και μόνο την αλήθεια, την κοίταζα και προσπαθούσα να θυμηθώ πού την είχα ξαναδεί. Φυσικά, ήταν σε αυτή ακριβώς την αίθουσα του δικαστηρίου πριν από μερικούς μήνες. Όπως είπα, είμαι γρήγορος.

Είναι κοινωνική λειτουργός και είχε εμπλακεί και πάλι σε μια υπόθεση κακοποίησης παιδιών. Έμοιαζε να είναι περίπου 35 ετών και το αυστηρό της πρόσωπο τής έδινε μια γενική υπεροπτική εμφάνιση. Ωστόσο, όπως και στην κυρία Μακ Χάρις και την γριά Τσάτστοκ, υπήρχαν κάποιες σαφείς αλλαγές σε αυτήν. Η μακριά, λεπτή μύτη της ήταν ακόμα πιο μακριά και λεπτή απ' ό,τι τη θυμόμουν, και τα σφιχτά, αναίμακτα χείλη της έδειχναν πού το κακό στόμα έκοβε την πορεία του πάνω από το μυτερό της πηγούνι.

"Δεσποινίς ΜακΓκίγκαν", έλεγε ο γέρο-Τσάτστοκ. "Θα πείτε στο δικαστήριο με τα δικά σας λόγια ποια ακριβώς είναι η επίδραση που έχουν οι πράξεις του Αϊ-Βασίλη στα παιδιά;"

Έριξε μια αυστηρή βλοσυρή ματιά σε όλο το δωμάτιο και προς τον Άγιο Βασίλη. "Ευχαρίστως. Γιατί, μου ράγισε η καρδιά να βλέπω αυτά τα καημένα τα παιδιά να κλαίνε με λυγμούς, έτσι όπως ήταν. Αυτός ο άνθρωπος κατέστρεψε εντελώς το πνεύμα των Χριστουγέννων. Δεν θα είναι ποτέ ξανά τα ίδια όσο αυτός είναι εκεί έξω, υποτίθεται ότι θα έφερνε χαρά και ευτυχία σε όλες αυτές τις φτωχές ψυχούλες, ενώ το μόνο που κάνει είναι να φέρνει δυστυχία και στενοχώρια".

"Ναι, ναι, απολύτως, δεσποινίς ΜακΓκίγκαν, απολύτως. Αλλά μπορείτε να μας πείτε, παρακαλώ, τι ακριβώς φέρεται να έχει κάνει;"

"Φέρεται ι να έχει κάνει; " Φαινόταν να φτύνει τις λέξεις με απόλυτη περιφρόνηση. Ειδικά την πρώτη. "Δεν υπάρχει καμμιά αμφιβολία. Και βέβαια το έκανε. Αυτός ήταν που κατέβηκε από όλες αυτές τις καμινάδες το πρωί των Χριστουγέννων, κανένας άλλος".

Πίστευα ότι δεν θα αργούσε να έρθει η ώρα που η κυρία Μακ Χάρις θα έκανε το σχόλιό της. Και είχα δίκιο. Είμαι γρήγορος, βλέπετε.

"Απ' όσο γνωρίζω, δεν υπάρχει νόμος που να απαγορεύει στον Άγιο Βασίλη να κατεβαίνει από τις καμινάδες των ανθρώπων το πρωί των Χριστουγέννων", είπε.

Ο γέρο-Τσάτστοκ γύρισε να την αντιμετωπίσει. "Είμαι βέβαιος ότι έχετε δίκιο, κυρία, αλλά πρέπει να σας ζητήσω να συγχωρήσετε τη δεσποινίδα ΜακΓκίγκαν για το ασυνήθιστο ξέσπασμά της. Είναι απλώς ότι έχει δει από πρώτο χέρι τα αποτελέσματα των πράξεων του Άγιου Βασίλη και αισθάνεται πολύ έντονα για όλα αυτά".

Στράφηκε ξανά προς την μάρτυρά του. "Δεσποινίς ΜακΓκίγκαν, θα πρέπει πραγματικά να αποφύγετε να κάνετε σχόλια σχετικά με αυτό που συνέβη. Αν μπορούσατε να μείνετε στα γεγονότα, παρακαλώ".

Το κακό μικρό στόμα έγινε σκυθρωπό. "Ω, εντάξει τότε. Απλώς αυτό που έκανε κάνει το αίμα μου να βράζει. Η δεσποινίς ΜακΓκίγκαν προχώρησε γρήγορα σε αυτό που της ζητήθηκε, προτού ο δικαστής ή ο δικηγόρος της προλάβουν να την επιπλήξουν ξανά. "Η ευτυχία μεταξύ των παιδιών το πρωί των Χριστουγέννων τα τελευταία χρόνια είναι πολύ περιορισμένη. Έχουν ανοίξει τα δώρα που τους έφερε ο Άγιος Βασίλης και τα ματάκια τους έχουν ανάψει από θαυμασμό και δέος. Αυτό είναι κάτι που έχω δει πολλές φορές στη δουλειά μου. Το δώρο είναι καινούργιο και λαμπερό και φυσικά το λατρεύουν.

"Αλλά όταν μαζεύονται και συγκρίνουν τα δώρα, κάθε παιδί αισθάνεται ότι τα δώρα των φίλων του είναι πάντα καλύτερα από τα δικά του. Αρχίζουν να ρωτούν ο ένας τον άλλον πόσο κοστίζουν τα δώρα και γίνονται δυσαρεστημένα. Αυτό το συναίσθημα γρήγορα εξελίσσεται σε έντονη ζήλια και σε πολύ σύντομο χρονικό διάστημα η γλυκιά τους αθωότητα μετατρέπεται σε παρατεταμένο μίσος και δυσαρέσκεια που δεν πήραν ένα μεγαλύτερο, καλύτερο, ακριβότερο δώρο. Αν αυτό δεν είναι σκληρό για τα καημένα τα παιδάκια, το να τα αναστατώνουν έτσι, τότε δεν ξέρω τι είναι".

Η δεσποινίς ΜακΓκίγκαν συνέχισε με τον ίδιο τρόπο για άλλη μισή ώρα, και την ακολούθησαν μια σειρά από παιδιά που έλεγαν τι σήμαιναν τα Χριστούγεννα γι' αυτά.

Και οι απαντήσεις που έδωσαν... λοιπόν:

"Σημαίνει δώρα."

"Πολύ φαγητό."

"Νομίζω ότι πρόκειται για κάποιον τύπο που πέθανε και θυμόμαστε τη μέρα που πέθανε".

"Μου αρέσουν οι σοκολάτες."

"Ο μπαμπάς μεθάει και η μαμά κλαίει".

"Αυτό σημαίνει ότι μπορώ να πάρω έναν νέο υπολογιστή. Αυτός που μου έφερε ο Άγιος Βασίλης πέρυσι δεν είναι τόσο καλός όσο του Ρομπέν, γι' αυτό θέλω έναν καλύτερο".

"Είναι τα γενέθλια του Αϊ-Βασίλη, αλλά αντί να του δίνουμε εμείς δώρα, αυτός μας δίνει πράγματα".

"Το δώρο του Μπίλι κοστίζει πάντα περισσότερο από το δικό μου, γι' αυτό μου αρέσει να το σπάω όταν με αφήνει να παίξω μαζί του".

Ως δημοσιογράφος έχω σκληρύνει και έχω γίνει κυνικός απέναντι σε μερικές από τις ανοησίες που προβάλλουν οι άνθρωποι σε μια δικαστική αίθουσα, αλλά όταν ο Άγιος Βασίλης άρχισε να υπερασπίζεται τον εαυτό του, ήταν το μόνο που μπορούσα να κάνω για να συγκρατήσω ένα δάκρυ.

"Κυρία." Η βροντερή φωνή του αντηχούσε στα αρχαία ξύλα. "Δεν μπορώ να αρνηθώ ότι αυτά που λέει μεγάλο μέρος της κατηγορούσας αρχής είναι αλήθεια. Το πνεύμα των Χριστουγέννων -το αληθινό νόημά τους- έχει καταστραφεί. Μερικά παιδιά γίνονται πικρόχολα και διεστραμμένα όταν βλέπουν ένα καλύτερο παιχνίδι από το δικό τους ή ένα που ήταν πιο ακριβό, και αυτό όντως τους στερεί την αθωότητά τους σε οδυνηρά νεαρή ηλικία. Ω ναι, συμφωνώ ότι αυτό είναι λάθος. Αλλά δεν μπορείτε να με κατηγορήσετε γι' αυτό. Φοβάμαι ότι η πρόοδος της ανθρωπότητας μέσα στον χρόνο έχει αμαυρωθεί. Όσο πιο μακριά πηγαίνει και όσο περισσότερα αποκτά, τόσο περισσότερα θέλει". Ο Άγιος Βασίλης κούνησε λυπημένα το κεφάλι του.

"Ξέρω ότι αν κριθώ ένοχος θα περάσω κάποιο χρονικό διάστημα στη φυλακή, αλλά δεν είναι αυτός ο λόγος για τη σθεναρή υπεράσπισή μου και την πλήρη άρνηση των κατηγοριών που μου απαγγέλθηκαν, κυρία. Σας ανοίγω την καρδιά μου με συναισθήματα και σκέψεις που έχω εδώ και πολύ καιρό. Όμως, μόλις με συνέλαβαν, συνειδητοποίησα πόσο άσχημα γίνονται τα πράγματα και πόσο έχει αλλάξει ο κόσμος μέσα σε λίγες δεκαετίες.

"Τι απέγιναν τα ειδυλλιακά Χριστούγεννα, όταν οι οικογένειες πήγαιναν μαζί στην εκκλησία το πρωί των Χριστουγέννων και ήταν ώρα χαράς επειδή ο Σωτήρας μας είχε έρθει στη Γη εκείνη την ημέρα δύο χιλιάδες χρόνια πριν;

"Ήρθε για να σώσει τον κόσμο, να δείξει στους ανθρώπους του τον δρόμο προς τα εμπρός. Αν είναι ποτέ δυνατόν να έρθει ξανά, η ώρα είναι τώρα, γιατί η ανθρωπότητα έχει απομακρυνθεί από το μονοπάτι που της έδειξε. Το ταξίδι έχει γεμίσει με υλικά αγαθά που οι άνθρωποι προτιμούν από τους απλούς δρόμους του Κυρίου μας.

"Έχουν αφήσει τη φιλοδοξία και την απληστία να θολώσουν τη ζωή τους και έχουν χάσει την όραση του πραγματικού δρόμου μπροστά τους. Τρώνε υπερβολικά με άνεση, ενώ άλλοι πεινάνε. Έχουν ζεστά κρεβάτια, ενώ άλλοι τρέμουν στο κρύο. Δεν υπάρχει πια συμπόνια στον κόσμο. Όλοι πασχίζουν για κάτι καλύτερο και θέλουν πάντα το πιο πράσινο γρασίδι στην άλλη πλευρά.

"Δεν μπορείτε να με θεωρήσετε υπεύθυνο γι' αυτό. Αν κάποιος είναι σκληρός με τα παιδιά, είναι οι γονείς τους, επειδή τους δίνουν πάρα πολλά υλικά αγαθά και όχι αρκετή αγάπη και πνευματικότητα. Τα παιδιά μεγαλώνουν με τα πάντα στο χέρι και χωρίς να εκτιμούν τις αξίες - είτε πρόκειται για υλικές αξίες, είτε, κυρίως, για πνευματικές αξίες".

Σε εκείνο το στάδιο ο γέρο-Τσάτστοκ κατάφερε τελικά να συνεισφέρει. Μπορούσα να δω ότι το ήθελε εδώ και μερικά λεπτά. "Μα αν είναι έτσι, γιατί συνεχίζετε να επισκέπτεστε αυτά τα παιδιά χρόνο με το χρόνο; Δεν θα ήταν καλύτερα για σας να αγνοήσετε τον κόσμο για ένα διάστημα;"

Ο Άγιος Βασίλης κούνησε το σοφό κεφάλι του, με ένα θλιμμένο χαμόγελο να τραβάει τα χείλη του. "Όχι, δεν θα μπορούσα να το κάνω αυτό. Πάντα επισκεπτόμουν τα παιδιά το βράδυ της παραμονής των Χριστουγέννων και το πρωί των Χριστουγέννων και δεν βλέπω κανένα λόγο να αλλάξω τώρα.

"Αν η ανθρωπότητα θέλει να βαδίσει αυτό το συγκεκριμένο μονοπάτι, ποιος είμαι εγώ να πω όχι;

"Αλλά να θυμάστε αυτό - το πνεύμα των Χριστουγέννων εξακολουθεί να υπάρχει για όσους επιλέγουν να το αναζητήσουν. Για το λόγο αυτό, αν με κρίνετε αθώο, τα Χριστούγεννα θα συνεχίσουν να έρχονται στον κόσμο κάθε χρόνο, παρά την αυτοκαταστροφική πορεία που ακολουθεί μια μειοψηφία. Σκεφτείτε όμως το εξής - μπορεί ο κόσμος να επιβιώσει αν δεν γιορτάζουμε πλέον τη γέννηση του σωτήρα του; Σας λέω ότι δεν μπορεί.

"Οι άνθρωποι είναι αυτοί που έχουν φτιάξει τον κόσμο. . Και οι άνθρωποι είναι αυτό που τους έχει φτιάξει ο κόσμος".

Σταμάτησε να μιλάει και κάθισε απαλά στο κάθισμά του.

Η κυρία Μακχάρις σηκώθηκε. "Αν αυτό είναι το μόνο που θέλεις να πεις, Άγιε Βασίλη, τότε θα αποσυρθούμε για να σκεφτούμε την ετυμηγορία μας".

Τώρα, δεν ήταν η πρώτη φορά που αποκοιμήθηκα για λίγα λεπτά περιμένοντας τους δικαστές να επιστρέψουν με την απόφασή τους. Ξύπνησα ξαφνικά όταν η κυρία Μακ Χάρις χτύπησε απότομα το σφυρί της στη βάση του. Για μερικά δευτερόλεπτα την κοίταξα έκπληκτος. Το μυτερό καπέλο της είχε εξαφανιστεί, το ίδιο και το σάλι με τα κρόσσια. Επίσης, επέστρεψε και το ζοφερό τουΐντ σακάκι της.

Και ο Άγιος Βασίλης είχε φύγει. Τη θέση του πήρε πάλι ο φλώρος.

Χρειάστηκαν μερικά δευτερόλεπτα ακόμη για να συνειδητοποιήσω τα πάντα. Τότε γέλασα κάτω από την αναπνοή μου. Φαινόταν ότι τελικά δεν θα άκουγα την ετυμηγορία για τον Άγιο Βασίλη.

Τις επόμενες ημέρες προσπαθούσα να καταλάβω τι ακριβώς είχε συμβεί σε εκείνη την αίθουσα και ποια θα μπορούσε να είναι η ετυμηγορία. Είμαι αρκετά καλός στο να προβλέπω με ποιον τρόπο θα αποφασίσουν οι δικαστές, αλλά σε αυτή την περίπτωση δεν είχα ιδέα.

Ο Άγιος Βασίλης είχε πει ότι θα πήγαινε στη φυλακή αν κρινόταν ένοχος. Και αυτό δεν άξιζε να το σκεφτεί κανείς. Φανταστείτε όλα αυτά τα απογοητευμένα πρόσωπα αν δεν τα επισκεπτόταν.

Αλλά όταν ξημέρωσε το πρωί των Χριστουγέννων όλες οι ανησυχίες μου είχαν φύγει. Ο Άγιος Βασίλης ήρθε ως συνήθως, και απ' όσο ξέρω τους επισκέφτηκε όλους. Υποθέτω ότι πρέπει να κρίθηκε αθώος. Τι ήταν αυτό που είπε; Ω ναι: "Αλλά να θυμάστε αυτό - το πνεύμα των Χριστουγέννων είναι ακόμα εκεί για όσους επιλέγουν να το αναζητήσουν. Για το λόγο αυτό, αν με κρίνετε αθώο, τα Χριστούγεννα θα συνεχίσουν να έρχονται στον κόσμο κάθε χρόνο, παρά την αυτοκαταστροφική πορεία που ακολουθεί μια μειοψηφία. Σκεφτείτε όμως το εξής - μπορεί ο κόσμος να επιβιώσει αν δεν γιορτάζουμε πλέον τη γέννηση του σωτήρα του; Σας λέω ότι δεν μπορεί".

Νομίζω ότι αυτό τα λέει όλα, έτσι δεν είναι;

Ω... και σε περίπτωση που νομίζετε ότι τα ονειρεύτηκα όλα αυτά- όχι, όχι, όχι. Έχω ακόμα τις σημειώσεις που έκανα εκείνη την ημέρα που κάλυψα τη δίκη του Αϊ-Βασίλη.

Η ΤΈΤΑΡΤΗ ΕΥΧΉ

Τα άσχημα χαρακτηριστικά του Ρέτζιναλντ Τοντ ήταν ακόμη πιο γκροτέσκο όταν αντανακλούνταν στο κυρτό εξωτερικό τοίχωμα της παλιάς λάμπας τύπου Αλαντίν. Η κόκκινη βολβοειδής μύτη του έμοιαζε να έχει πλάτος μόλις τέσσερις ίντσες. Αλλά τουλάχιστον τα μικροσκοπικά μάτια της νυφίτσας, πολύ κοντά το ένα στο άλλο, έμοιαζαν να έχουν τεντωθεί σε μια πιο αποδεκτή απόσταση. Κίτρινα, άνισα δόντια έδειχναν μέσα από χοντρά χαμογελαστά χείλη καθώς κοιτούσε το λυχνάρι που κρατούσε στα χέρια του.

"Λοιπόν, τι ξέρεις;" μουρμούρισε. Είχαν περάσει μόλις δύο λεπτά από τότε που ο ανιχνευτής μετάλλων ανακάλυψε τη βρώμικη λάμπα σε ένα χαντάκι, αλλά το άπληστο μυαλό του σκεφτόταν ήδη την αξία της σε λίρες και πένες. "Ένας έμπορος παλαιών αντικειμένων ή ένα παλιατζίδικο μπορεί να μου δώσει κάτι για σένα".

Άρχισε να τρίβει απαλά τη βρωμιά για να δει καλύτερα το πρόσωπό του που αντανακλούσε στον ορείχαλκο, αυξάνοντας συνεχώς την πίεση με το δάχτυλό του. Ξαφνικά, μια αχτίδα καπνού εκτοξεύτηκε από το στόμιο της λάμπας, αρχίζοντας να πυκνώνει και να στερεοποιείται μπροστά στα μάτια του.

Με μια κραυγή έκπληξης έριξε τη λάμπα σαν να είχε γίνει αμέσως καυτή, αλλά ο καπνός συνέχισε να βγαίνει από αυτήν και μέσα σε λίγα δευτερόλεπτα η στροβιλιζόμενη ομίχλη είχε πάρει τη μορφή ενός ενήλικου άνδρα.

Ο Τοντ σκόνταψε προς τα πίσω, κοιτάζοντας έντρομος την ψηλή, σκουρόχρωμη φιγούρα, που έλαμπε μέσα σε μια χρυσή ρέουσα ρόμπα και ένα κόκκινο φέσι. Τα χέρια του νεοφερμένου ήταν διπλωμένα στο στήθος του και υποκλίθηκε χαμηλά, προτού ισιώσει και κοιτάξει κατευθείαν στα μάτια τον Τοντ. Τα λευκά δόντια από ελεφαντόδοντο έλαμπαν μέσα από μια κατάμαυρη γενειάδα όταν χαμογέλασε και μίλησε.

"Σε χαιρετώ, άρχοντά μου. Τι είναι αυτό που επιθυμείς;"

Ο Τοντ κούνησε βουβά το κεφάλι του. "Ποιος είσαι;" κατάφερε τελικά να τραυλίσει.

"Είμαι το τζίνι της λάμπας", του είπε ο ξένος. Ήρθα να σου πραγματοποιήσω τρεις ευχές. Πρέπει να υπακούσω τον αφέντη της λάμπας".

Το μυαλό του Τοντ έκανε μια διπλή τούμπα. Ένα τζίνι για να του κάνει ευχές! Ήταν πέρα από τα πιο τρελά του όνειρα.

"Τι μπορείς να μου δώσεις;" απαίτησε.

"Μα, Αφέντη ... ό,τι επιθυμεί η καρδιά σου".

Ο Τοντ άρχισε να σκέφτεται τις πιθανότητες. Τότε το τζίνι μίλησε ξανά. "Δεν υπάρχει βιασύνη, Αφέντη. Πάρε το χρόνο σου αν θέλεις να σκεφτείς πώς να αξιοποιήσεις στο έπακρο τις ευκαιρίες σου".

"Όχι." Ο Τοντ πήρε μια άμεση απόφαση. Ήξερε ακριβώς τι ήθελε, οπότε γιατί να περιμένει; "Θέλω χρήματα, απίστευτο πλούτο. Δώσε μου μια έπαυλη 40 δωματίων και 100 εκατομμύρια λίρες στην τράπεζα".

Μόλις είχε τελειώσει τα λόγια του, ακούστηκε ένας κεραυνός και ο κόσμος σκοτείνιασε. Λίγα δευτερόλεπτα αργότερα το φως επανήλθε και ο Τοντ βρέθηκε μπροστά στο πιο επιβλητικό σπίτι που είχε δει ποτέ του. Μαρμάρινα σκαλοπάτια οδηγούσαν σε μια μπροστινή πόρτα από βελανιδιά, με παράθυρα που εκτείνονταν και στις δύο πλευρές.

"Είμαι πλούσιος, είμαι πλούσιος", φώναξε, με τα μάτια της νυφίτσας να απολαμβάνουν τη δόξα του νέου του σπιτιού. Μετά σκέφτηκε το άσχημο πρόσωπό του και το πώς απωθούσε τους ανθρώπους όπου κι αν πήγαινε. "Μπορείς να αλλάξεις την εμφάνισή μου;"

Το τζίνι έγνεψε σιωπηλά. Αμέσως ο Τοντ ήξερε ποια θα ήταν η δεύτερη ευχή του. "Κάνε με όμορφο", διέταξε. "Τον πιο όμορφο άντρα στη Γη".

Μια βροντή έπεσε ξανά και ο Τοντ βρέθηκε να περιστρέφεται αβοήθητος μέσα σε ένα απέραντο σκοτάδι. Ένας καυστικός πόνος έσκισε το πρόσωπό του, αναδιαμορφώνοντας τη σάρκα με δάχτυλα φωτιάς. Η αγωνία ήταν τόσο έντονη που του ξέφυγε μια ακούσια κραυγή από τα χείλη πριν συνειδητοποιήσει ότι είχε τελειώσει. Στεκόταν και πάλι στην είσοδο της έπαυλής του και εκτός από ένα ελαφρύ τσούξιμο στα μάγουλά του ένιωθε σαν να μην είχε συμβεί τίποτα.

"Λοιπόν;" απαίτησε, κοιτάζοντας το τζίνι. "Τι συνέβη;"

Για απάντηση το Τζίνι έβγαλε έναν καθρέφτη από το πουθενά. Ο Τοντ τον άρπαξε και κοίταξε έκπληκτος τα τέλεια διαμορφωμένα χαρακτηριστικά του Άδωνη που τον κοιτούσαν από το γυαλί με τα διαπεραστικά μπλε μάτια που κάλυπταν τα ψηλά, προεξέχοντα ζυγωματικά. Κοίταξε με δέος την ελαφρώς ακουαρένια μύτη που ήταν αρκετά μικρότερη από εκείνη που προεξείχε από το πρόσωπο-καταστροφή που θα έβλεπε μόλις δευτερόλεπτα νωρίτερα.

Το άνοιγμα των γεμάτων, αισθησιακών χειλιών αποκάλυψε τέλεια, ομοιόμορφα λευκά δόντια. Το χαμόγελό του ήταν εκθαμβωτικό. Και αντικαθιστώντας τα λεπτά, φουντωτά, γκρίζα μαλλιά, μια καθαρή καραμέλα από ξανθές μπούκλες στο χρώμα του ώριμου καλαμποκιού, συμπλήρωνε τον καμβά της ανδρικής τελειότητας αυτού του καλλιτέχνη.

"Εξαιρετικό", σκέφτηκε, ψηλαφίζοντας το νέο του πρόσωπο. Στη συνέχεια, ένα κατσούφιασμα τσαλάκωσε το λείο, ψηλό μέτωπο. "Αλλά δεν θα μείνω έτσι για πάντα, έτσι δεν είναι;" Γύρισε θυμωμένος προς το Τζίνι. "Μου τα έδωσες όλα αυτά, αλλά δεν θα κρατήσουν για πάντα. Θα γεράσω, θα χάσω την εμφάνισή μου και τελικά θα πεθάνω. Τότε τι καλό θα μου κάνει όλος αυτός ο πλούτος ; Εκτός αν... ναι, ξέρω. Η τρίτη μου επιθυμία είναι να γίνω αθάνατος, να ζήσω για πάντα, χωρίς να γεράσω ποτέ από αυτή τη στιγμή".

Για άλλη μια φορά, το σκοτάδι έκλεψε το φως της ημέρας για λίγα δευτερόλεπτα, συνοδευόμενο από το γνωστό πλέον θόρυβο, και ένιωσε ένα τρέμουλο να διαπερνά το σώμα του καθώς οι δυνάμεις του Τζίνι έκαναν τη δουλειά τους στα μόρια και το DNA του, παγώνοντάς τα σε μια μόνιμη κατάσταση ακινησίας.

Αλλά ο Τοντ εξακολουθούσε να μην είναι ικανοποιημένος. "Δεν έχω κανέναν έλεγχο πάνω στους ανθρώπους", γκρίνιαξε. "Καμία πραγματική δύναμη. Δεν έχω τρόπο να τους κάνω να κάνουν αυτό που θέλω".

Χτύπησε το μέτωπό του με μια κάπως θεατρική χειρονομία. "Αυτό θα έπρεπε να είχα ζητήσει: απόλυτη εξουσία. Κοίτα τη δύναμη που έχεις εσύ. Εγώ δεν έχω καθόλου δύναμη, αλλά εσύ μπορείς να εξουσιάζεις τους ανθρώπους - θα μπορούσες να εξουσιάζεις τον κόσμο με τις δυνάμεις που μπορείς να επιστρατεύσεις. Εγώ μπορεί να είμαι αθάνατος τώρα και πλούσιος, αλλά δεν έχω καμία πραγματική δύναμη πάνω στους ανθρώπους. Αυτό είναι που πραγματικά θέλω.

"Μακάρι να ήμουν τζίνι και να είχα τη δύναμη να..."

Το παραλήρημα του Τοντ διακόπηκε από έναν τέταρτο κεραυνό, και όταν συνήλθε βρήκε τον εαυτό του να κάθεται σταυροπόδι σε έναν περιορισμένο χώρο, με ένα τεράστιο πρόσωπο να τον κοιτάζει από μια τρύπα στην οροφή του χώρου όπου είχε ξαφνικά βρεθεί.

Με ένα σοκ συνειδητοποίησε ότι ήταν το πρόσωπο του Τζίνι, που χαμογελούσε.

"Τίποτα δεν μου έδωσε μεγαλύτερη ευχαρίστηση από το να σου εκπληρώσω μια επιπλέον επιθυμία, Αφέντη. . Έχω τώρα τα πλούτη και την αθανασία σου στη Γη, και εσύ, Ρέτζιναλντ Τοντ, έχεις τη ζωή μου ως Τζίνι, όπως ακριβώς το επιθυμούσες.

"Περίμενα σε αυτό το λυχνάρι για χίλια χρόνια."

Έσκυψε για να το σηκώσει, και χτυπώντας το καπάκι με τον Τοντ μέσα, το πέταξε πίσω στο χαντάκι.

"Ελπίζω να μην χρειαστεί να περιμένεις τόσο πολύ για να επιδείξεις τη νέα σου δύναμη".

ΤΟ ΑΝΑΠΤΥΣΣΌΜΕΝΟ ΠΡΆΓΜΑ

Το Αναπτυσσόμενο Πράγμα μεγάλωσε λίγο περισσότερο και μπήκε μέσα στους θάμνους κοντά σε μια ομάδα παιδιών που συνέχιζαν το παιχνίδι τους, αγνοώντας την ύπαρξή του.

Ο ήλιος έπεφτε ανελέητα, όπως συνηθίζει να κάνει πάνω από το Λος Άντζελες στα μέσα Αυγούστου. Στο Αναπτυσσόμενο Πράγμα δεν άρεσε η ζέστη και έβρισκε καταφύγιο όποτε μπορούσε ανάμεσα στα δέντρα και τους θάμνους. Είχε ανακαλύψει λίγη σκιά στα βουνά Σαν Γκάμπριελ και στον Εθνικό Δρυμό του Άντζελες, αλλά προτίμησε να μείνει στο πάρκο του Γκρίφιθ , όπου η προσφορά τροφής ήταν λίγο πιο άφθονη.

Και αν υπήρχε ένα ελάττωμα στο οποίο το Αναπτυσσόμενο Πράγμα μπορούσε να πει ότι είχε υποκύψει, αυτό ήταν η απληστία. Του άρεσε το φαγητό του και λόγω της ζέστης θεωρούσε απαραίτητο να τρώει τις αγαπημένες του μπουκιές λίγο πιο συχνά. Ο ήλιος είχε την τάση να το στεγνώνει και να το επιβραδύνει, εξαντλώντας την ενέργειά του. Χρειαζόταν περισσότερη τροφή για να αναπληρώσει τις δυνάμεις του. Τα γαστρικά υγρά έτρεχαν βαθιά μέσα στο γλοιώδες, γλιστερό σώμα του εν αναμονή του επερχόμενου γεύματος. Το ένα και μοναδικό κόκκινο μάτι προς την κορυφή της δονητικής, κολλώδους μάζας κοιτούσε βλοσυρά καθώς παραμόνευε ένα θύμα.

Ένα ουρλιαχτό απόλυτης ευχαρίστησης ξέσπασε από τα σάλια του, αρκετούς κύκλους πάνω από την εμβέλεια του ανθρώπινου αυτιού.

Ο σκύλος των παιδιών όμως το άκουσε και σταμάτησε αμέσως. Άφησε το ραβδί από το στόμα του και γύρισε να κοιτάξει τους θάμνους. Σφίγγοντας τα πίσω πόδια του έριξε το μπροστινό μέρος του σώματός του στο έδαφος, έτοιμο να πηδήξει προς τα εμπρός. Το Αναπτυσσόμενο Πράγμα ούρλιαξε προσκαλώντας τον σκύλο να έρθει να το βρει.

"Κόρκι , γύρνα πίσω", φώναξε η Βιρτζίνια Βέσεϋ . Αλλά αν και ο σκύλος άκουσε τη νεαρή κυρία του, δεν την υπάκουσε. Σταμάτησε μερικά μέτρα μακριά από τους θάμνους, γαβγίζοντας δυνατά. Για το αναπτυσσόμενο Πράγμα ο τόνος του γαυγίσματος του λαμπραντόρ ήταν οδυνηρά χαμηλός και δονούσε κάθε ίνα του.

Η Βιρτζίνια είδε για τελευταία φορά το κατοικίδιό της όταν μπήκε μέσα στους θάμνους. Με μια θριαμβευτική κραυγή, το Αναπτυσσόμενο Πράγμα έπεσε πάνω στον Κόρκι, πνίγοντάς τον εντελώς. Ο σκύλος πέθανε με ελάχιστο κλαψούρισμα, ενώ το σώμα του μαζεύτηκε και μπήκε ανάμεσα στα υγρά, λιπαρά σαγόνια του σχεδόν αμέσως. Τα κόκαλα έτριζαν καθώς το μεδούλι ρουφιόταν από μέσα τους, και ισχυρά δόντια έσκιζαν τη σάρκα, κάνοντάς την κομματάκια. Το αναπτυσσόμενο πράγμα ανατρίχιασε εκστατικά, καθώς η φθίνουσα δύναμή του είχε ήδη επιστρέψει. Οι μύες βαθιά στο στομάχι του έπιασαν δουλειά με το τρίχωμα του σκύλου, μετακινώντας το από δω και από κει, τυλίγοντας το δέρμα και το τρίχωμα σε μια σφιχτή μπάλα. Στη συνέχεια, χωρίς σχεδόν καμία προσπάθεια, πέταξε τη μπάλα στο γρασίδι.

Η Βιρτζίνια έσπρωξε μέσα από τους θάμνους με τα χέρια και τα γόνατα αναζητώντας το κατοικίδιό της. Το βλέμμα της σταμάτησε στο "Αναπτυσσόμενο Πράγμα ". Μια σιωπηλή κραυγή ακούστηκε γρήγορα. Άνοιξε το στόμα της, αλλά ο λαιμός της παρέμεινε κλειδωμένος. Όσο κι αν προσπάθησε, δεν μπορούσε να βγάλει έναν ήχο.

Αν το αναπτυσσόμενο πράγμα ήταν ικανό να χαμογελάσει, θα το είχε κάνει εκείνη τη στιγμή. Αφού καταβρόχθισε το ορεκτικό του, ήρθε το κυρίως πιάτο στην ώρα του. Η κάτω σιαγόνα ξεκλειδώθηκε και τα πράσινα λαστιχένια χείλη αναδιπλώθηκαν πάνω στο γλυκό και τρυφερό πεντάχρονο σώμα της Βιρτζίνια.

Με κάθε κατάποση, η δύναμη επέστρεφε στο Αναπτυσσόμενο Πράγμα . Και μέσα σε δύο λεπτά που χρειάστηκε για να τελειώσει το γεύμα του, είχε μεγαλώσει άλλη μια ίντσα ψηλότερα και μια ίντσα φαρδύτερα. Απολάμβανε τη ζουμερή ζωντανή τροφή που ήταν τόσο άφθονη σε αυτόν τον πλανήτη, ειδικά τις μικρότερες ζουμερές μπουκιές, όπως αυτή που μπορούσε ακόμα να γευτεί. Ήταν τα καλύτερα, αυτά που έπρεπε να διαλέξει αν υπήρχε επιλογή. Είχε παρατηρήσει πώς το πέρασμα του χρόνου άφηνε το σημάδι του στη ζωντανή τροφή, χοντραίνοντας το κρέας, κάνοντάς το σκληρό και ινώδες αλλά ακόμα βρώσιμο και θρεπτικό.

Το Αναπτυσσόμενο Πράγμα ήταν χιλιάδες φορές μεγαλύτερο από ό,τι ήταν όταν έπεσε σε αυτόν τον πρωτόγονο κόσμο. Οι γευστικοί του κάλυκες είχαν γρήγορα συνηθίσει τις διαρκώς μεταβαλλόμενες λιχουδιές που χρειαζόταν για να διατηρηθεί στη ζωή, από μικροσκοπικά τμήματα ενός χορταριού μέχρι σβώλους χώματος, σκουλήκια, στη συνέχεια έντομα, πουλιά, γάτες και τελευταία σκύλους και ανθρώπους.

Ο εγκέφαλός του προσπαθούσε να κατανοήσει τις μορφές ζωής που συνάντησε στη Γη, αλλά αποφάσισε ότι καμία δεν ήταν πολύ έξυπνη, σίγουρα όχι αρκετά έξυπνη ώστε να αισθάνεται πόνο, όπως τον γνώριζε το "Αναπτυσσόμενο Πράγμα ". Και έτσι δεν είχε κανέναν ενδοιασμό, δεν αισθανόταν τύψεις συνείδησης, όταν απλά καταβρόχθιζε ό,τι του άρεσε. Ήταν χαμένο σε έναν ξένο κόσμο, προσπαθώντας μανιωδώς να επιβιώσει με τον καλύτερο τρόπο που γνώριζε.

Οι φίλοι της Βιρτζίνια στέκονταν στους θάμνους και περίμεναν να βγει έξω. Το "Αναπτυσσόμενο Πράγμα" αισθάνθηκε έναν αυξανόμενο πανικό ανάμεσά τους, καθώς οι εκκλήσεις τους δεν εισακούστηκαν.

Ο τετράχρονος Ντάμιεν αποφάσισε να μπει μέσα και να ρίξει μια ματιά. Το αναπτυσσόμενο Πράγμα χρησιμοποίησε τότε ένα κόλπο που είχε κάνει με επιτυχία και στο παρελθόν. Στέκεται ακίνητο και πιέζεται προς τους θάμνους, ώστε να περάσει απαρατήρητο από μια όχι και τόσο στενή εξέταση, με το πράσινο και καφέ φολιδωτό σώμα του να συγχωνεύεται σαν χαμαιλέοντας με το φόντο.

Ο Ντάμιεν έριξε μια επιπόλαιη ματιά στο ξέφωτο και δεν εντόπισε καν τα αναμασημένα αχώνευτα υπολείμματα της Βιρτζίνια που ήταν στοιβαγμένα στη χαμηλή βλάστηση.

"Εξαφανίστηκε", είπε καθώς έκανε όπισθεν, πετώντας κομμάτια χώματος και φύλλα από τα ρούχα του. "Το ίδιο και ο Κόρκι."

Η Έλλη-Μέι νόμιζε ότι ήξερε τι είχε συμβεί. "Πάω στοίχημα ότι έχουν βγει από την άλλη πλευρά και κρύβονται από εμάς. Ας πάμε να τους ψάξουμε".

Τα πέντε παιδιά πέρασαν από την άλλη πλευρά των θάμνων και των δέντρων και βιάστηκαν να κατέβουν το μονοπάτι. Σύντομα θα έφτανε η ώρα να πάνε στο σπίτι για τσάι.

———

Ο κ. Βέσεϋ άφησε το τηλέφωνο και στράφηκε προς τη σύζυγό του, με την ανήσυχη έκφραση στο πρόσωπό του να τα λέει όλα. Έριξε μια ματιά στο ρολόι. "Δυόμισι ώρες έχει να την δει κανείς. Η Μπάρμπι λέει ότι σύρθηκε στους θάμνους για να ψάξει τον Κόρκι και πρέπει να βγήκε από την άλλη πλευρά".

Η κυρία Βέσεϋ έκλαιγε με λυγμούς στον ώμο του συζύγου της. "Πού στο καλό μπορεί να είναι;"

"Μην ανησυχείς. Ο Κόρκι είναι μαζί της. Δεν θα αφήσει κανέναν να της κάνει κακό".

"Φιλ, ανησυχώ τόσο πολύ".

"Κοιτάξτε, ας της δώσουμε άλλη μισή ώρα και μετά θα καλέσουμε την αστυνομία να την ψάξει".

"Αλλά σκοτεινιάζει εκεί έξω, Φιλ, και όλοι οι φίλοι της είναι στο σπίτι τώρα". Η φωνή της Σου-Τζέιν άρχισε να σπάει. "Κάτι της συνέβη, το ξέρω ότι της συνέβη".

Ο Φιλ πέρασε με το χέρι του στοργικά τα λαμπερά κίτρινα μαλλιά της Σου-Τζέιν. "Θα είναι εντάξει. "

"Πάρε τον υπαστυνόμο Μπολντερέλι, σε παρακαλώ, Φιλ. Τώρα."

———

Ο υπαστυνόμος Μπολντερέλι κοίταξε αποσβολωμένος το αποτρόπαιο θέαμα που φωτιζόταν στην άκρη της ακτίνας του φακού του. "Παντοδύναμε Θεέ μου, κοίτα το αυτό".

Ο αρχιφύλακας Λίμαν κοίταξε εξίσου αποσβολωμένος τα σκισμένα κομμάτια του αιματοβαμμένου υφάσματος, το χλωμό άδειο δέρμα και το ματ ξανθό τριχωτό της κεφαλής τυλιγμένα σε τρεις τακτοποιημένους σωρούς. Έσφιξε το στομάχι του και αναρρόφησε θορυβωδώς. Ο Μπολντερέλι αισθάνθηκε ότι ήθελε να κάνει το ίδιο.

"Σε όλα τα χρόνια μου στο σώμα..." Η φωνή του χάθηκε καθώς κούνησε αργά το κεφάλι του. Δεν χρειαζόταν να πει ότι δεν είχε ξαναδεί κάτι παρόμοιο για να καταλάβει ο Λίμαν απόλυτα τι εννοούσε. "Καλύτερα να επιστρέψεις στο αυτοκίνητο, Λμαν. Κάλεσε μέσω ασυρμάτου την ιατροδικαστική υπηρεσία να έρθει εδώ κάτω. Και πες τους να μην αφήσουν τίποτα να πέσει στα χέρια των Βέσεϋ ακόμα. Όχι μέχρι να είμαστε σίγουροι".

Ο Λίμαν δεν εμπιστευόταν τον εαυτό του να μιλήσει χωρίς να κάνει εμετό -ή κάτι χειρότερο- και έτσι απάντησε απλά γνέφοντας σιωπηλά στο πίσω μέρος του κεφαλιού του Μπολντερέλι , πριν απομακρυνθεί από τους κλειστοφοβικούς θάμνους για να ρουφήξει μεγάλες γουλιές αέρα.

Ό,τι είχε απομείνει από τη Βιρτζίνια Βέσεϋ συσκευάστηκε προσεκτικά σε τρεις πλαστικές σακούλες και μεταφέρθηκε στο παθολογικό εργαστήριο για εκτεταμένη ανάλυση.

Ο Λίμαν έχασε την αίσθηση του χρόνου καθώς περίμενε σε ένα προθάλαμο, λίγο πιο κάτω από τον διάδρομο, όπου δύο από τους κορυφαίους ιατροδικαστές της πόλης ήταν απασχολημένοι με τα μικροσκόπια και τις χημικές ουσίες τους, κάνοντας σχεδόν κάθε γνωστή εξέταση στα αξιολύπητα λείψανα. Τα έξι άδεια πλαστικά ποτήρια στον κάδο απορριμμάτων δίπλα στη θέση του αρχιφύλακα περιείχαν νωρίτερα δυνατό μαύρο καφέ από το μηχάνημα αυτόματης πώλησης και έδειχναν ότι το στομάχι του αισθανόταν λίγο πιο δυνατό τώρα.

Τελείωσε την ανάγνωση της απογευματινής εφημερίδας για τρίτη φορά πριν κοιτάξει το ψηφιακό του ρολόι.

"Πόσο ακόμα;" ψιθύρισε στον εαυτό του. Τότε οι

διπλές πόρτες άνοιξαν. "Δόκτωρ Στάντον..." σηκώθηκε για να συναντήσει τη φιγούρα που πλησίαζε.

Ο δρ Στάντον ήταν γύρω στα σαράντα και το πιο χαρακτηριστικό γνώρισμά του ήταν μια χαίτη από ασημί γκρίζα μαλλιά, με τις έντονες μπούκλες τους να έχουν χωριστεί ωραία στα δεξιά και να πέφτουν περισσότερο από μια ίντσα κάτω από το κολάρο του. Είχε ειπωθεί ότι ο δρ Στάντον καλλιεργούσε τα μαλλιά του για να αποσπάσει το βλέμμα του κόσμου από τη μεγάλη στρογγυλή μύτη του, για την οποία είχε μεγάλη αυτοπεποίθηση.

Το γκρι παντελόνι που του πήγαινε πολύ καλά προεξείχε κάτω από την λευκή ρόμπα , το οποίο είχε αρχίσει να απογυμνώνεται καθώς έμπαινε από την πόρτα.

"Συγγνώμη που σας άφησα να περιμένετε, αρχιφύλακα ". Τα λόγια του που ακούστηκαν γρήγορα και κάπως αχνά ήταν ενδεικτικά ενός οξυδερκούς, ισχυρού μυαλού. "Απλώς δεν έχουμε ξανασυναντήσει κάτι τέτοιο. Τουλάχιστον όχι από τα χρόνια του Γυμνασίου".

"Στο λύκειο;"

Ο Στάντον έγνεψε. "Μαθήματα βιολογίας."

Το μεγάλο θολωτό μέτωπο του Λίμαν σχηματίζει ρυτίδες. "Λυπάμαι, γιατρέ, δεν καταλαβαίνω".

"Κουκουβάγιες", είπε απλά ο Στάντον.

"Κουκουβάγιες;"

"Κουκουβάγιες. Τι ξέρεις γι' αυτές;"

"Λοιπόν, τίποτα πραγματικά. Εκτός από το ότι βγαίνουν τη νύχτα και κοιμούνται κατά τη διάρκεια της ημέρας".

"Αυτό είναι όλο;"

"Εμ... ναι."

"Τι τρώνε, για παράδειγμα;"

"Δόκτωρ Στάντον, τι σχέση έχει αυτό με τη Βιρτζίνια Βέσεϋ; Αυτή είναι η Βιρτζίνια Βέσεϋ ϊ εκεί μέσα, έτσι δεν είναι; Τουλάχιστον, ό,τι έχει απομείνει από αυτήν, τέλος πάντων".

Ο Στάντον έγνεψε. "Είναι ό,τι έχει απομείνει από αυτήν, ακριβώς . Ό,τι έχει αναμασηθεί από το στομάχι κάποιου".

Ο Λίμαν ανατρίχιασε, νιώθοντας σαν να κινδύνευε να βγει κάτι από το ίδιο του το στομάχι. "Τι;"

Ο Στάντον έγνεψε ξανά. "Γι' αυτό σε ρώτησα τι ξέρεις για τις κουκουβάγιες. Όταν οι κουκουβάγιες έχουν τελειώσει το γεύμα τους, ξερνούν τα μέρη που δεν μπορούν να χωνέψουν... το τρίχωμα και άλλα τέτοια πράγματα, σε μια τακτοποιημένη μικρή μπάλα. Φαίνεται σαν κάτι να έχει κάνει ακριβώς το ίδιο σε αυτό το καημένο το μικρό παιδί".

Ο αρχιφύλακας έμεινε άφωνος. "Αλλά... αλλά, αυτό είναι... τι;"

"Φρικτό, αδύνατο... ναι, χρησιμοποιήστε όποια υπερβολή θέλετε. Αλλά συνέβη. Και τα στοιχεία είναι εκεί μέσα για να το αποδείξουν". Το ήρεμο, αναλυτικό μυαλό του Στάντον δεν επρόκειτο να πτοηθεί από αυτό που είχε δει και ανακαλύψει, όσο απίθανο κι αν φαινόταν. Είχε γίνει μάρτυρας του θανάτου σε πολλές μορφές και δεν είχε την πολυτέλεια να αφήσει τα συναισθήματά του ελεύθερα.

"Δεν υπάρχει καμία αμφιβολία γι' αυτό, αρχιφύλακα . Το υγρό σε αυτά τα λείψανα είναι κάποιο είδος γαστρικού υγρού που σίγουρα δεν είναι ανθρώπινο. Την έφαγε ένα ζώο... ένας Θεός ξέρει τι είδους ζώο... το οποίο στη συνέχεια έφτυσε αυτό που μου δώσατε σε αυτές τις πλαστικές σακούλες".

———

Στο τμήμα, ο αρχηγός της αστυνομίας δεν ήθελε να το πιστέψει, αλλά αναγκάστηκε να δεχτεί τα ευρήματα του γιατρού Στάντον. Τον είχαν καλέσει από το σπίτι του και τώρα ενημέρωνε προσωπικά τους άνδρες του.

"Δεν ξέρουμε τι αντιμετωπίζουμε", είπε κάπως αχρείαστα. "Οι επιστήμονές μας εκτιμούν ότι αυτό που σκότωσε τη Βιρτζίνια Βέσεϋ πρέπει να είναι κάποιο μεγάλο ζώο. Πραγματοποιούνται κι άλλες δοκιμές. Το μόνο που..."

"Μα κύριε." Η διακοπή ήρθε από τη μέση της διαδρομής ανάμεσα στους συγκεντρωμένους αξιωματικούς. "Τι είδους πράγμα είναι αυτό που θα μπορούσε να φάει ένα παιδί με αυτόν τον τρόπο;"

"Όταν είπα ότι δεν ξέρουμε τι αντιμετωπίζουμε, το εννοούσα, αρχιφύλακα Τρέισμαν. . Δεν λείπει ούτε ένα λιοντάρι ή μια τίγρη ή οποιοδήποτε άλλο ανθρωποφάγο θηρίο από κανένα τοπικό ζωολογικό κήπο ή τσίρκο, και κανείς δεν έχει αναφέρει ότι έχει δει κάτι τέτοιο να περιφέρεται.

"Όπως γνωρίζετε, ο αριθμός των αγνοουμένων στην πόλη έχει αυξηθεί έως και κατά 30% τις τελευταίες εβδομάδες, αλλά δεν έχουν βρεθεί επιπλέον πτώματα και σίγουρα δεν έχει βρεθεί ποτέ ξανά κάτι παρόμοιο με τα λείψανα της Βιρτζίνια Βέσεϋ.

"Οι ειδικοί έχουν κάνει, ένας θεός ξέρει τι τεστ σε αυτά τα λείψανα και δεν έχουν βρει τίποτα. Έχουν μείνει εντελώς άναυδοι. Το υγρό που βρέθηκε σε αυτά δεν είναι τίποτα γνωστό στην επιστήμη. Η πλησιέστερη ομοιότητα είναι ο γαστρικός χυμός μιας κουκουβάγιας, η οποία επίσης φτύνει τα υπολείμματα των γευμάτων της με παρόμοιο τρόπο όπως φαίνεται να έχει κάνει αυτό το πλάσμα".

"Έχουν ενημερωθεί ο Τύπος και η τηλεόραση, κύριε;"

"Μην είσαι ηλίθιος, αστυνόμε Σουλτς. Νομίζεις ότι θέλουμε μαζική υστερία στα χέρια μας;"

"Όμως δεν πιστεύετε ότι ο κόσμος πρέπει να

ενημερωθεί γι' αυτό; Να τους προειδοποιήσουμε να είναι σε επιφυλακή;"

Ο Αρχηγός της Αστυνομίας έγνεψε οικτρά. "Ναι, νομίζω ότι πρέπει να τους το πούμε. Αλλά όχι ακόμα. Έχουμε περιθώριο μέχρι αύριο το βράδυ να βρούμε αυτό το πλάσμα, ό,τι κι αν είναι, και να το σκοτώσουμε. Μετά από αυτό δεν θα έχω άλλη επιλογή από το να εξαπολύσω αυτή την υστερία. Τότε θα κληθεί και ο στρατός. Αλλά μέχρι τότε, είναι στα χέρια μας. Θέλω αυτό το πράγμα να βρεθεί και να καταστραφεί.»

"Θα εργάζεστε σε ζεύγη, και εκτός από τα κανονικά υπηρεσιακά σας όπλα, θα σας χορηγηθούν σε όλους τουφέκια υψηλής ισχύος".

Έδειξε τον χάρτη στον τοίχο και ανέθεσε σε κάθε ζευγάρι μια περιοχή της πόλης. Τέλος, στράφηκε προς την πόρτα στο πίσω μέρος της εξέδρας του και άρχισε να κινείται προς αυτήν, προτού σταματήσει για να γυρίσει πίσω. "Α, και κύριοι, δεν χρειάζεται να σας πω ότι θα πρέπει να είστε πολύ προσεχτικοί. . Και καλή τύχη".

Έξω στο πάρκο, το Αναπτυσσόμενο Πράγμα αισθάνθηκε άβολα. Είχε επιστρέψει στη σκηνή του τελευταίου του γεύματος στους θάμνους και διαπίστωσε με τρόμο ότι τα υπολείμματα που είχε φτύσει είχαν εξαφανιστεί. Αυτή ήταν η πρώτη φορά που απέτυχε να θάψει τα ενοχοποιητικά στοιχεία και τώρα ανησυχούσε.

Προσπάθησε να χαλαρώσει κάτω από το φεγγάρι και τα αστέρια ρυθμίζοντας την αναπνοή του, έτοιμο για λίγες ώρες ξεκούρασης, αλλά δεν το έπαιρνε ο ύπνος.. Το ένα και μοναδικό κόκκινο μάτι κοίταζε γύρω του, αναζητώντας κάθε είδους κίνδυνο. Η κόρη του διαστέλλεται στο μέγιστο. Τώρα που ο ήλιος είχε φύγει δεν χρειαζόταν να αλληθωρίζει απέναντι στο σκληρό εκτυφλωτικό φως. Ένιωθε σαν στο σπίτι του στο σκοτάδι.

Κάτι άλλο προβλημάτισε επίσης το Αναπτυσσόμενο Πράγμα. Κάτι που δεν μπορούσε να καταλάβει. Ένιωσε μια παράξενη αηδία βαθιά μέσα στο σώμα του, σαν να τεντωνόταν η ίδια του η ύπαρξη προς όλες τις κατευθύνσεις. Σκέφτηκε για μια φευγαλέα στιγμή πόσο ευτυχισμένο ήταν όταν συνάντησε τη Γη μετά το μακρύ ταξίδι του. Είχε περιπλανηθεί στο διάστημα σαν ένας κοσμικός Ρωμιός μέχρι που αισθάνθηκε τη ζωή να σφύζει στην επιφάνεια του πράσινου και γαλάζιου κόσμου που είχε εντοπίσει από κάτω.

Τώρα αισθανόταν διαφορετικά. Είχε δει τον κόσμο να συρρικνώνεται γύρω του κάθε φορά που η πύρινη σφαίρα του ήλιου είχε ανατείλει στο τέλος μιας περιόδου σκοταδιού και κάθε φορά που είχε φάει τη ζωντανή τροφή. Μια αλλαγή γινόταν βαθιά μέσα σε κάθε κύτταρο. Κάθε κύτταρο μεγάλωνε ένα αντίγραφο. Κάθε πυρήνας διαιρούνταν και το κυτταρόπλασμά του χωριζόταν στα δύο.

Το Αναπτυσσόμενοι Πράγμα στριφογύριζε μέσα στους θάμνους, χτυπώντας τα φύλλα και τα κλαδιά - η κραυγή του διασκορπιζόταν σιωπηλά στο σκοτάδι.

Αγωνιώδης πόνος το διαπέρασε. Ο πόνος που κάθε ανθρώπινη μητέρα αντισταθμίζει με την ευχαρίστηση να βλέπει τον απόγονό της να αναδύεται μέσα της.

Η όρασή του θόλωσε και μια κόκκινη ομίχλη έπλεε για λίγα δευτερόλεπτα μπροστά στα μάτια του, τα οποία έκλεισε ερμητικά. Ο φόβος το κατέκλυσε, διατάζοντάς το να μείνει ακίνητο, ώστε τίποτα να μην το βρει, τίποτα να μην το καταστρέψει. Το μάτι άνοιξε αργά, εξερευνώντας δειλά το σκοτάδι. Το δονούμενο κεφάλι στράφηκε βαθύτερα στο ξέφωτο, και αυτό που είδε το αναπτυσσόμενο

Πράγμα έκοψε την ανάσα του. Έβλεπε τον εαυτό του, ή, τουλάχιστον, ένα άλλο είδος του είδους του, τη δική του φυλή.

Το δεύτερο αναπτυσσόμενο Πράγμα κοίταξε πίσω με τον ίδιο θαυμασμό. Νόμιζε ότι ήταν μόνο του σε αυτόν τον ξένο κόσμο, χωρίς καμία συγγένεια. Δεν μπορούσε να καταλάβει τι είχε συμβεί. Ίσως κάτι στη ζουμερή σάρκα που είχε φάει νωρίτερα να του προκαλούσε παραισθήσεις.

Το πρώτο Αναπτυσσόμενο Πράγμα έψαξε πίσω στο μυαλό του. Τι το έκανε να αισθάνεται έτσι; Ίσως κάτι στη ζουμερή σάρκα που είχε φάει νωρίτερα να του προκαλούσε παραισθήσεις.

Το δεύτερο Αναπτυσσόμενο Πράγμα θυμήθηκε το μακρύ ταξίδι μέσα στην ατέλειωτη άβυσσο του διαστήματος. Το ίδιο και το πρώτο Αναπτυσσόμενο Πράγμα. Μαζί θυμόντουσαν τις μοναδικές κοινές εμπειρίες τους ως ένα.

Ενώ το γέρικο Αναπτυσσόμενο Πράγμα αποκοιμήθηκε, το νεαρό πήγε να βρει τροφή. Μπορεί να είχε τις σκέψεις και τις αναμνήσεις των γονιών του, αλλά σίγουρα δεν είχε γεμάτο στομάχι.

———

Στον Μπολντερέλι και τον Λίμαν είχε ανατεθεί το Πάρκο του Γκρίφιθ. Προσεκτικά κατευθύνθηκαν προς τους θάμνους όπου είχαν βρει τα άπεπτα λείψανα της Βιρτζίνια Βάσεϋ, σκεπτόμενοι ότι δεν υπήρχε καλύτερο μέρος για να αρχίσουν να ψάχνουν για το πλάσμα που την είχε καταβροχθίσει. Πρέπει να υπήρχε κάποιο ίχνος από ό,τι κι αν ήταν αυτό που θα οδηγούσε κατευθείαν στα πεινασμένα σαγόνια.

Αυτή τη φορά ήταν ο φακός του Λίμαν που ξεχώρισε το αποτρόπαιο θέαμα. Το θέαμα του Αναπτυσσόμενου Πράγματος που χωνόταν στους θάμνους και κοιμόταν τον ύπνο του δικαίου.

Το Αναπτυσσόμενο Πράγμα παρακολουθούσε με το μοναδικό κόκκινο μάτι του από απόσταση ασφαλείας.

Είδε τη ζωντανή τροφή να σημαδεύει με μακριά ραβδιά το γονιό του.

Είδε τα ίδια ραβδιά να φτύνουν φωτιά και να κάνουν εκρήξεις.

Είδε θυμωμένες μολύβδινες σφαίρες να ανοίγουν δρόμο στο σώμα του γονέα του, να σκίζουν σάρκα, να κονιορτοποιούν ζωτικά όργανα.

Αισθάνθηκε, *παρά είδε* , τις βασικές δυνάμεις ζωής να φεύγουν από το σώμα του γονέα του, να εξαφανίζονται στο πουθενά. . Αλλά ένα πράγμα θα έμενε για πάντα χαραγμένο στη μνήμη του. Και αυτό ήταν η τρομερή κραυγή θανάτου, αρκετούς κύκλους πάνω από την ακουστική εμβέλεια της ζωντανής τροφής.

Το επόμενο πρωί το Αναπτυσσόμενο Πράγμα έκλαιγε ακόμα με σιωπηλή αγωνία για τον χαμένο συγγενή του , καθώς ορκίστηκε εκδίκηση στους άγριους που κατοικούσαν σε αυτόν τον βάρβαρο κόσμο. Το Αναπτυσσόμενο Πράγμα ένιωσε την ισχυρή ζεστασιά από την πύρινη σφαίρα στον ουρανό να διαπερνά το σώμα του. Μεγάλωσε λίγο περισσότερο και χώθηκε στους θάμνους κοντά σε μια ομάδα παιδιών που συνέχιζαν το παιχνίδι τους, αγνοώντας μακάρια την ύπαρξή του.

ΧΡΉΜΑΤΑ ΓΙΑ ΚΆΨΙΜΟ

Ο Χάρισον Μαικλγουάιτ δεν μιλούσε ούτε λέξη νορβηγικά και θεωρούσε γελοίο το γεγονός ότι ο πελάτης του έπρεπε να τον σύρει μακριά από το κατάστημά του στο Λονδίνο για να κλείσουν τη συμφωνία τους με το Όσλο-Μπέργκεν Εξπρές.

Βέβαια, δεν του κόστιζε ούτε δεκάρα. Το αεροπορικό εισιτήριο από το Λονδίνο στο Όσλο, η διανυκτέρευση στο ξενοδοχείο, το εισιτήριο του τρένου και η πτήση επιστροφής από το Μπέργκεν στο Λονδίνο, όλα προέρχονταν από τη φαινομενικά απύθμενη τσέπη του Ρούπερτ Τέμπλεμαν – Χάιντ. Αλλά αυτό σήμαινε ότι η "Φιλοτελιστική Εταιρία Γουάιτ " έπρεπε να κλείσει για δύο ημέρες. Εμπιστευόταν τη σύζυγό του και την αγαπούσε πολύ, αλλά ακόμη και εκείνη έπρεπε να παραδεχτεί ότι οι γνώσεις της για τον διεθνή κόσμο των γραμματοσήμων άφηναν πολλά περιθώρια.

Υπάκουσε κατά γράμμα στις οδηγίες του κ. Τέμπλεμαν Χάιντ και κάθισε σε ένα συνηθισμένο κουπέ μέχρι το τρένο να περάσει από την κοιλάδα Νίτενταλ , 15 μίλια έξω από το Όσλο. Τότε ξεκίνησε να κατεβαίνει το τρένο αναζητώντας το διαμέρισμα έξι στο τέταρτο βαγόνι.

Τον εξέπληξε το πόσο γρήγορα ο κ. Τέμπλεμαν

-Χάιντ έμαθε ότι είχε αποκτήσει τα δύο γραμματόσημα. Τον εξέπληξε επίσης το γεγονός ότι ο δισεκατομμυριούχος προσέφερε 2 εκατομμύρια λίρες για το ζευγάρι. Αυτό ήταν το διπλάσιο της αγοραστικής τους αξίας, παρόλο που ήταν τα μοναδικά δύο του είδους τους που υπήρχαν.

Η τηλεφωνική συνομιλία μεταξύ των δύο ανδρών ήταν σύντομη και ουσιαστική. Ο κ. Τέμπλεμαν – Χάιντ ήθελε αυτά τα δύο γραμματόσημα και ήταν διατεθειμένος να πληρώσει καλά γι' αυτά- για την ιδιωτική του συλλογή, είπε.

Στην αρχή ο Μαικλγουάιτ δεν ήταν σίγουρος. Ο ίδιος ήταν μεγάλος λάτρης των γραμματοσήμων και πίστευε ότι θα έπρεπε να εκτίθενται κάπου, όχι να είναι κλειδωμένα και να στερούν τα μάτια του κόσμου. Αλλά όταν ο κ. Τέμπλεμαν-Χάιντ ε έκανε την προσφορά του σε μετρητά... λοιπόν.

Αυτό ήταν. Διαμέρισμα έξι. Οι περσίδες ήταν κατεβασμένες στο εσωτερικό. Ο Μαικλγουάιτ χτύπησε διστακτικά την πόρτα.

Μια φωνή ακούστηκε κάπως υπόκωφα, από μέσα. "Ναι;"

"Ε, κύριε Τέμπλμαν-Χάιντ...;"

"Ναι."

"Εγώ είμαι, κύριε. Ο Μαικλγουάιτ. Ο Χάρισον Μαικλγουάιτ. Harrison Έχω τα δυο σας γραμματόσημα" Καθώς μιλούσε, κάποιος τον ακούμπησε.

Ξαφνικά η πόρτα του διαμερίσματος άνοιξε με μια γρήγορη κίνηση και ένα τεράστιο κεφάλι βγήκε έξω, κοιτάζοντας πάνω και κάτω στο διάδρομο. Το χλωμό πρόσωπο έγινε ακόμα πιο βαθύ κόκκινο στη θέα της φιγούρας που υποχωρούσε και είχε περάσει δίπλα από τον Μαικλγουάιτ πριν από λίγα δευτερόλεπτα.

Προσπερνώντας τον έμπορο γραμματοσήμων, ο ψηλός και ογκώδης γίγαντας με το κόκκινο πρόσωπο άρπαξε τον τρίτο άνδρα από τον ώμο, τον γύρισε και μετά απαίτησε: "Μιλάτε αγγλικά;" Ο άλλος άνδρας άνοιξε τα χέρια του, δείχνοντας ότι δεν καταλάβαινε.

Ο γίγαντας τον έσπρωξε μακριά και γύρισε να αντιμετωπίσει τον Μαικλγουάιτ.

"Κύριε Τέμπλεμαν-Χάιντ..." άρχισε ο Μαικλγουάιτ.

"Για όνομα του Θεού, να είστε πιο προσεκτικός ", είπε ο μεγαλόσωμος άνδρας.

"Προσεχτικός; Γιατί; Δεν καταλαβαίνω. Όλα είναι εντάξει, έτσι δεν είναι, κύριε Τέμπλεμαν-Χάιντ;"

"Τι; Ναι. Ναι, φυσικά και είναι. Απλώς δεν θέλω να... ας πούμε ότι είναι καλό που αυτός ο άνθρωπος δεν μιλούσε αγγλικά".

Ο δισεκατομμυριούχος έδειχνε να ανακτά κάποια υποψία ψυχραιμίας.

"Λέτε ότι έχετε τα γραμματόσημα;" ρώτησε.

Ο Μαικλγουάιτ ένεψε. "Και εσείς έχετε τα χρήματα;"

Ο κ. Τέμπλεμαν-Χάιντ έδειξε μια δερμάτινη τσάντα στο κάθισμα. "Μπορείτε να το μετρήσετε αν θέλετε".

Έκοψε τις διαμαρτυρίες του εμπόρου. "Σε αυτή την περίπτωση, πείτε μου ξανά για τα γραμματόσημα".

Ο Μαικλγουάιτ έβγαλε έναν φάκελο από την τσέπη του στήθους του και έβγαλε προσεκτικά δύο γραμματόσημα, τα οποία έβαλε στο τεντωμένο χέρι του δισεκατομμυριούχου.

"Τα γραμματόσημα απεικονίζουν τη βάπτιση του πρίγκιπα Λεοπόλδου του Μπάτενμπουργκ, στο παρεκκλήσι του Αγίου Γεωργίου στο Ουίνδσορ, το 1889. Παράχθηκαν μόνο τέσσερα και τώρα έχουν απομείνει μόνο δύο. Το ένα καταστράφηκε σε πυρκαγιά. Ένα σκυλί μάσησε το άλλο".

"Ώστε αυτά είναι τα μόνα δύο που έχουν

απομείνει στον κόσμο;" Ο κ. Τέμπλεμαν-Χάιντ τα κράτησε στοργικά στο χέρι του.

"Ελπίζω ότι θα τα δείξετε στο κοινό", δήλωσε ο Μαικλγουάιτ. "Θα ήταν τραγωδία αν τα κρατούσατε μόνο για τα μάτια σας".

Ο δισεκατομμυριούχος απομάκρυνε το βλέμμα του από τα γραμματόσημα για να κοιτάξει κατευθείαν στα μάτια του εμπόρου.

"Πείτε μου, κύριε Μαικλγουάιτ, όσο πιο σπάνιο είναι ένα πράγμα, τόσο περισσότερο αξίζει, ναι;"

Ο Μαικλγουάιτ έγνεψε.

"Και αυτά τα δύο γραμματόσημα μαζί αξίζουν, πόσο, περίπου 1 εκατομμύριο λίρες;"

Και πάλι ο Μαικλγουάιτ έγνεψε.

Το βλέμμα του κ. Τέμπλεμαν-Χάιντ ήταν έντονο, εκνευριστικό. "Αλλά αν υποθέσουμε ότι είχα μόνο ένα; Ας υποθέσουμε ότι υπήρχε μόνο ένα στον κόσμο. Πόσο θα άξιζε;"

"Αν υπήρχε μόνο ένα... γραμματόσημο με τόση ιστορία... Πρίγκιπας Λεοπόλδος... εύκολα 5 εκατ. λίρες. Θα ήταν ανεκτίμητο". Στον Μαικλγουάιτ δεν άρεσε η λάμψη στα μάτια του συνταξιδιώτη του. "Γιατί ρωτάς;"

Ως σιωπηλή απάντηση, ο κ. Τέμπλεμαν-Χάιντ έβαλε το ένα γραμματόσημο στην εσωτερική του τσέπη, έβγαλε τον αναπτήρα του και έκαψε ήρεμα το άλλο γραμματόσημο.

ΈΝΑΣ ΈΓΚΑΙΡΟΣ ΦΌΝΟΣ

Κοιτάζοντας πίσω μετά από τόσα χρόνια, ο Μπιλ Χάντερ ήξερε ότι το σχέδιό του δεν θα λειτουργούσε σήμερα, με το Facetime, το Skype και άλλες μορφές άμεσης επικοινωνίας.

Αλλά το 1982 ήταν εντελώς διαφορετικά τα πράγματα.

―――

Η αναμονή ήταν αυτή που άγχωνε τον Χάντερ περισσότερο από οτιδήποτε άλλο. Κοίταξε γύρω του την αίθουσα του δικαστηρίου, με τα μάτια του να σταματούν στην πόρτα του προθάλαμου, όπου εκείνη τη στιγμή αποφασιζόταν το μέλλον του.

Το ρολόι τράβηξε το βλέμμα του στη συνέχεια. Σίγουρα δεν μπορεί να έχει περάσει πολύ ώρα , σκέφτηκε. Ένοχος ή αθώος... ποια θα ήταν η ετυμηγορία;

Ο Χάντερ χρησιμοποιούσε συχνά τέτοιες περιόδους αναμονής για να σκεφτεί τα πλεονεκτήματα και τα μειονεκτήματα της καθημερινής του ζωής. Ήταν ένας επιτυχημένος επιχειρηματίας με τη δική του εταιρεία υπολογιστών, και η ελκυστική και ζωηρή σύζυγός του είχε διατηρήσει την εμφάνισή της από τα τριάντα της χρόνια μέχρι και τα σαράντα της. Στα 48 της, η Μάργκαρετ ήταν πέντε χρόνια νεότερή του, και στους ξένους φαινόταν ότι είχαν τον τέλειο γάμο.

Αλλά όταν αυτοί οι παρατηρητές έφευγαν από τα πλούσια πάρτι των Χάντερ και οι πόρτες έκλειναν για τον έξω κόσμο, η βιτρίνα αποκολλήθηκε, δείχνοντας την αληθινή φύση αυτού που βρισκόταν από κάτω.

Με τα χρόνια είχε αποδεχτεί ότι ο γάμος είχε τελειώσει, και ακόμη και όταν τα παιδιά έφυγαν από το σπίτι έμεναν μαζί μόνο για τα προσχήματα. Είχε μερικές περιπέτειες, και αναμφίβολα το ίδιο είχε κάνει και η Μάργκαρετ. Ήταν ικανοποιημένος που άφηνε τη ζωή να κυλάει έτσι, αλλά έβαλε τα όρια όταν εκείνη έριξε τη βόμβα ένα πρωί στο πρωινό.

"Παρεμπιπτόντως", είχε πει αδιάφορα, ενώ καθάριζε το βάζο με τη μαρμελάδα και το πιάτο με το βούτυρο. "Μπορείς να μεταφέρεις αύριο το καβαλέτο και τις μπογιές σου από το δωμάτιο με τα παστέλ; Θέλω να το καθαρίσω εγκαίρως για το Σαββατοκύριακο. Έχω καλέσει κάποιον".

"Ποιον;"

"Κάποιον με τον οποίο θέλω να περάσω το Σαββατοκύριακο".

"Ποιον;" επέμεινε.

"Δεν τον ξέρεις".

"Εκείνον! " Ο Χάντερ έφτυσε τη λέξη. "Τι στο διάολο κάνεις;"

"Αν δεν τα μετακινήσεις αυτά τα πράγματα, θα πάνε κατευθείαν στον κάδο απορριμμάτων".

Και έτσι οι τροχοί μπήκαν αδυσώπητα σε κίνηση. Κάθε Σαββατοκύριακο μετά από αυτό, ο γιατρός Τσαρλς Χάιν ερχόταν να μείνει και η Μάργκαρετ κοιμόταν μαζί του στο δωμάτιο με τα παστέλ.

Όσο περνούσαν οι μήνες, ο Μπιλ Χάντερ απεχθανόταν όλο και περισσότερο τη σύζυγό του και σταδιακά άρχισε να διαμορφώνεται στο μυαλό του ένα σχέδιο.

Τώρα, στην αίθουσα του δικαστηρίου, σαν να περνάει η ζωή ενός πνιγμένου ανθρώπου μπροστά από τα μάτια του, ο Χάντερ θυμήθηκε τις λεπτομέρειες εκείνης της μοιραίας νύχτας, για να ελέγξει ξανά ότι δεν υπήρχαν λάθη. Θα τα έβλεπαν όλα αυτά τα κοφτερά νομικά μυαλά που αμφισβητούσε;

Όταν έφυγε από το γραφείο εκείνη την ημέρα, φώναξε χαρούμενα στη γραμματέα του. "Εντάξει, Σύλβια, φεύγω. Μην ξεχνάς ότι αύριο είμαι όλη μέρα στο Λονδίνο για τη συνάντηση της Datateknik".

Η Σύλβια χαμογέλασε. "Δεν θα το κάνω, κύριε Χάντερ. Και μην ξεχνάτε ότι βρίσκεστε στο ξενοδοχείο Grosvenor Court. Δεν θα μπορούσα να σας βρω στο Wilton Palace".

Οδήγησε αργά προς το μεγάλο απομονωμένο σπίτι που μοιραζόταν με τη Μάργκαρετ τα τελευταία 25 χρόνια, φροντίζοντας να βεβαιωθεί ότι, όταν έστριβε από την πύλη, δεν τον έβλεπε κανείς.

"Υποθέτω ότι θα τηλεφωνήσεις στην Ντέμπι απόψε;" ρώτησε, καθώς η Μάργκαρετ άρχισε να μαζεύει τα πιάτα του δείπνου.

"Φυσικά. Δύο λεπτά μετά τις δύο. Θα έπρεπε να το ξέρεις αυτό χωρίς να ρωτήσεις".

Κάθε χρόνο από τότε που η κόρη τους μετανάστευσε στο Νάπιερ στο Βόρειο Νησί της Νέας Ζηλανδίας, η Μάργκαρετ επέμενε να της τηλεφωνεί στα γενέθλιά της, ακριβώς τη στιγμή της γέννησής της: δύο λεπτά μετά τη μία το μεσημέρι, ώρα Νέας Ζηλανδίας. Αυτό σήμαινε ότι έπρεπε να σηκωθεί στις δύο τα ξημερώματα ώρα Αγγλίας για να κάνει το τηλεφώνημα.

"Λοιπόν, μη με ξυπνήσεις", θυμάται να λέει, προσποιούμενος ακριβώς τη σωστή ποσότητα εκνευρισμού.

"Εσύ δεν θα της μιλήσεις;" Η Μάργκαρετ ακούστηκε τρομοκρατημένη.

"Όχι φέτος, όχι. Θα της τηλεφωνήσω από το γραφείο αύριο το πρωί γύρω στις δέκα. Τότε θα είναι ακόμα ξύπνιοι". Έκανε μια παύση και μετά πρόσθεσε σχεδόν σαν να το σκέφτηκε εκ των υστέρων: "Ω, μην της το αναφέρεις αυτό. Ας είναι έκπληξη".

———

Το αδιάκοπο μπιπ του ξυπνητηριού του ψηφιακού του ρολογιού τον ξύπνησε στις δύο παρά δέκα. Φτάνοντας το φως στο κομοδίνο μπορούσε να ακούσει τη Μάργκαρετ στο διπλανό υπνοδωμάτιο καθώς ετοιμαζόταν για τη μεγάλη της στιγμή. Η καρδιά του χτυπούσε άγρια στο βαρύ στήθος του καθώς το υπόκωφο κροτάλισμα των ξύλινων τσοκάρων της περνούσε από την πόρτα του, κατά μήκος του παταριού και κατέβαινε τις σκάλες.

Λίγες στιγμές αργότερα κατέβηκε κι αυτός τις σκάλες και άκουσε τη Μάργκαρετ να σιγοτραγουδάει στο σαλόνι. Ο Χάντερ άνοιξε αθόρυβα την πίσω πόρτα και τοποθετήθηκε έξω από το παράθυρο του σαλονιού, πιέζοντας το αυτί του στο τζάμι, ακούγοντας για τα πρώτα σημάδια ότι μιλούσε στην κόρη τους.

"Ντέμπι; Γεια σου, Ντέμπι. Είναι η μαμά. Χρόνια πολλά, αγάπη μου. Πώς είσαι;"

Ως συνήθως, ακουγόταν ενθουσιασμένη και φώναζε δυνατά στο τηλέφωνο. "Πάρτι; Πότε; Απόψε; Τι υπέροχο!"

Τα υπόλοιπα λόγια της πνίγηκαν κάτω από το σπάσιμο του παραθύρου, καθώς ο Χάντερ πέταξε μια πέτρα μέσα από αυτό. Με μερικά επιδέξια βήματα είχε περάσει ξανά την πίσω πόρτα, κοιτάζοντας προσεκτικά στο σαλόνι.

Η Μάργκαρετ έτρεχε προς το μέρος του.

Έπρεπε να είναι γρήγορο. Το ήξερε αυτό. Πριν προλάβει να πει το όνομά του.

Το ακουστικό του τηλεφώνου βρισκόταν δίπλα στη βάση και δεν είχε την πολυτέλεια να ακούσει η Ντέμπι κάτι λάθος. Όπως το όνομά του.

Η Μάργκαρετ έμεινε άναυδη, καθώς το περίεργο βλέμμα της έβλεπε την πλήρως ντυμένη φιγούρα του. Στη συνέχεια, φώναξε από τρόμο καθώς τα μάτια της καρφώθηκαν στο μαχαίρι με τη μακριά λεπίδα στο σηκωμένο δεξί του χέρι. Απεγνωσμένα όρμησε προς το μέρος της, νιώθοντας αποκάλυπτη ικανοποίηση όταν η λεπίδα διέσχισε το λεπτό της δέρμα και χώθηκε βαθιά στην καρδιά της.

Ενώ άνοιγε το σπασμένο παράθυρο και παραμέριζε την κουρτίνα, άκουγε την αγωνιώδη φωνή της Ντέμπι από τη Νέα Ζηλανδία: "Μαμά; Μαμά; Τι συμβαίνει; Μαμά...; "

Η Jaguar του γουργούριζε στους επαρχιακούς δρόμους και βγήκε στον κεντρικό δρόμο. Έριχνε συνεχώς μια ματιά στο ρολόι του ταμπλό καθώς το αυτοκίνητο ανέβαζε ταχύτητα. Τελικά βγήκε σε έναν αγροτικό δρόμο και έκανε σπριντ για τα υπόλοιπα 500 μέτρα μέχρι το εξοχικό του γιατρού Χάιν. Ο Χάντερ δεν είχε μείνει άπραγος κατά τη διάρκεια των Σαββατοκύριακων που ο Χάιν περνούσε με τη Μάργκαρετ, οπότε είχε κάνει μεγάλη εξάσκηση ώστε να ανοίξει επιδέξια την κλειδαριά της πλαϊνής πόρτας. Είχε περάσει αυτή τη διαδρομή πολλές φορές και ήξερε ακριβώς τι έπρεπε να κάνει.

Πρώτη στάση ήταν το ρολόι του παππού στο χολ που έδειχνε τρεις παρά δέκα. Απαλά έβαλε το εκκρεμές να σταματήσει και γύρισε τους δείκτες πίσω στα δύο παρά πέντε λεπτά. Πίεσε το εκκρεμές ξανά στο ρυθμό του, σταματώντας για μερικά δευτερόλεπτα για να βεβαιωθεί ότι το ρολόι δούλευε και πάλι, πριν ανέβει με τις μύτες των ποδιών του τις σκάλες.

Άνοιξε αργά .την πόρτα του υπνοδωματίου περίπου ένα μέτρο και πέρασε μέσα από το κενό, πλησιάζοντας αθόρυβα προς το κρεβάτι και το κομοδίνο..

Κοιτάζοντας τον κοιμισμένο άνδρα ένιωσε μια ξαφνική ανάγκη να τον χτυπήσει στο κεφάλι. Αλλά γρήγορα έδιωξε τέτοιες παράλογες σκέψεις από το μυαλό του.

Όλα τα πράγματα με τη σειρά τους, , σκέφτηκε. Έβγαλε το ηλεκτρικό βύσμα από το ραδιόφωνο του κομοδίνου. Αμέσως ο οπίσθιος φωτισμός έσβησε και οι αναδιπλούμενοι αριθμοί στην ψηφιακή ένδειξη ακινητοποιήθηκαν.

Το στόμα του σκλήρυνε, και με μια γρήγορη κίνηση κλώτσησε το τραπέζι, το οποίο έπεσε κάτω με έναν πανίσχυρο θόρυβο.

Ο Χάιν ξύπνησε σε ένα δευτερόλεπτο και σηκώθηκε στο κρεβάτι. "Τι στο διάολο συμβαίνει;" Το φως του φεγγαριού που έλαμπε αχνά μέσα από τις λεπτές κουρτίνες έριχνε μια απόκοσμη λάμψη στην απειλητική μορφή του Χάντερ που δέσποζε από πάνω του.

Ο Χάντερ δεν απάντησε, αλλά απλώς πάγωσε σαν γκροτέσκο άγαλμα, φροντίζοντας ο Χάιν να μπορεί να καταλάβει ποιος ήταν.

"Ποιος...; Θεέ μου. Χάντερ. . Τι παιχνίδι παίζεις, φίλε;"

Και πάλι, ο Χάντερ δεν απάντησε. Απλά στεκόταν εκεί. Στη σιωπή που ακολούθησε άκουσε το ρολόι του παππού να χτυπάει δύο φορές. Και έριξε μια ματιά στο ρολόι του. Έξι λεπτά πριν τις τρεις. Μέχρι στιγμής, όλα καλά.

Ήλπιζε ότι ο Χάιν είχε δει και ακούσει αρκετά για να είναι σε θέση να θυμηθεί τα πάντα αργότερα, και στόχευσε με μια καλά τοποθετημένη γροθιά το σαγόνι του γιατρού. Ο Χάιν σωριάστηκε με έναν αναστεναγμό και η ανάσα του αποβλήθηκε από το σώμα του από ένα άλλο αιχμηρό χτύπημα, αυτή τη φορά στο στομάχι. Μετά έπεσε πίσω, αναίσθητος.

Ο Χάντερ δεν χρειάστηκε περισσότερα από δύο λεπτά για να επαναφέρει τα περιστρεφόμενα ψηφία του ψηφιακού ραδιοφωνικού ρολογιού στις δύο η ώρα και να ξαναβάλει τον παππού στη θέση του.

Δύο ώρες αργότερα ο νυσταγμένος νυχτοφύλακας του ξενοδοχείου Grosvenor Court του έδωσε το κλειδί του δωματίου του.

———

Ο συνήγορος πολιτικής αγωγής ήταν ανελέητος στη σύνοψή του. "Έχουμε ακόμη και την ακριβή ώρα της επίθεσης", είπε με αυτοπεποίθηση. "Όπως ακούσατε, ο γιατρός Χάιν θυμάται ξεκάθαρα ότι άκουσε το ρολόι του παππού να χτυπάει δύο η ώρα και ότι το βύσμα βγήκε από το ρολόι του κομοδίνου του όταν το τραπέζι ανατράπηκε. Είχε σταματήσει λίγο πριν τις δύο. Ο γιατρός Χάιν ήταν πολύ κατηγορηματικός τόσο για τον άνθρωπο όσο και για την ώρα. Ήταν ο κατηγορούμενος, ο Γουίλιαμ Χάντερ, και ήταν δύο η ώρα.

"Το τραγικό είναι, φυσικά, ότι εκείνη ακριβώς την ώρα δολοφονήθηκε η κυρία Χάντερ κατά τη διάρκεια διάρρηξης στο σπίτι τους, 30 μίλια μακριά. Αυτό έχει επιβεβαιωθεί από την κόρη τους. Αν ο κ. Χάντερ ήταν στο σπίτι αντί να κάνει αυτή την επίθεση στον γιατρό Χάιν , ίσως να μπορούσε να τη σώσει. Θα πρέπει να ζήσει με αυτό το γεγονός για το υπόλοιπο της ζωής του.

"Παρά την άρνηση του κ. Χάντερ, έχουμε την κατάθεση του θυρωρού του ξενοδοχείου, ο οποίος επέμεινε ότι δεν είχε κάνει κράτηση μέχρι σχεδόν τις πέντε το πρωί.

"Σας θέτω υπόψη, κυρίες και κύριοι ένορκοι, ότι στις δύο η ώρα το πρωί της εν λόγω ημέρας, ο

Γουίλιαμ Χάντερ δεν βρισκόταν στο εν λόγω ξενοδοχείο, όπως ισχυρίζεται, αλλά επιτέθηκε στον γιατρό Χάιν".

Οι αναμνήσεις του Χάντερ για τις κινήσεις του εκείνο το βράδυ διαλύθηκαν καθώς οι ένορκοι επέστρεψαν. Παρέμεινε όρθιος όσο ο πρόεδρος ανακοίνωνε την ετυμηγορία τους.

Ο Χάντερ γύρισε να αντιμετωπίσει τον δικαστή του Δικαστηρίου Κρόουν που ανακοίνωσε την ποινή του.

"Γουίλιαμ Άρθουρ Χάντερ, κρίθηκες ένοχος για προμελετημένη επίθεση εναντίον του γιατρού Τσαρλς Έντουαρντ Χάιν. Το δικαστήριο δέχεται, ωστόσο, ότι υπήρξε κάποια πρόκληση και, φυσικά, αυτό είναι το πρώτο σας αδίκημα.

"Έχοντας πει αυτό, όμως, δεν έχω άλλη επιλογή από το να σε στείλω στη φυλακή για εννέα μήνες".

Το τρεμούλιασμα των βλεφάρων του Χάντερ θα μπορούσε να εκληφθεί ως βουβή αγωνία. Όμως οι σκέψεις του δεν ήταν καθόλου αγωνιώδεις. Αν ποτέ οι συνεχιζόμενες έρευνες για την ανεξιχνίαστη δολοφονία της Μάργκαρετ έφταναν πολύ κοντά για να τον παρηγορήσουν, το μόνο που χρειαζόταν να πει ήταν: "Κοιτάξτε, επιθεωρητά, καταδικάστηκα για ένα άλλο έγκλημα ακριβώς τη στιγμή που σκοτώθηκε η γυναίκα μου".

Ο ΚΛΈΦΤΗΣ ΤΩΝ ΟΝΕΊΡΩΝ

Η Γουάιλντ-Ρουν κοίταξε με λύπη τις πορτοκαλί ραβδώσεις που έβαφαν τα σύννεφα στα δυτικά του Μπανατρέη. . Ένας κόκκινος ουρανός, καθώς η μέρα πλησίαζε στο τέλος της, μπορεί να ευχαριστούσε τους βοσκούς στις πλαγιές της κοιλάδας, προαναγγέλλοντας μια όμορφη καλοκαιρινή μέρα αύριο, αλλά στην Γουάιλντ-Ρουν έφερνε μόνο απελπισία.

Πριν από την επόμενη αυγή, θα έπρεπε να έρθει η νύχτα, και για την Γουάιλντ-Ρουν η νύχτα δεν έδινε πια τον αναζωογονητικό ύπνο που έδινε κάποτε. Όταν ο ήλιος εξαφανιζόταν πίσω από τις κορυφές των δέντρων στην άκρη του δάσους απέναντι από την κοιλάδα, το σκοτάδι θα έφερνε τη συνηθισμένη ποικιλία τρόμων και εφιαλτών.

Οι γέροντες του χωριού το έβλεπαν να συμβαίνει πολύ συχνά. Και είχαν ακούσει ότι συνέβαινε σε όλο το βασίλειο. Τώρα έβλεπαν το ίδιο μοτίβο να εξελίσσεται με την Γουάιλντ-Ρουν. Τις πρώτες νύχτες της αρρώστιας της -γιατί έτσι προτιμούσαν να μιλούν γι' αυτήν, παρόλο που ήξεραν το αντίθετο- τα όνειρά της ήταν απλώς ένας μισογκρεμισμένος ανώνυμος φόβος. Αυτός είχε προχωρήσει αμείλικτα για να εξαπολύσει έναν οργισμένο κόσμο αφάνταστης φρίκης, όπου νύχτα με τη νύχτα έπεφτε θύμα σε ό,τι κι αν ήταν αυτό που περιπλανιόταν στις σκοτεινές σκιές και γωνιές του μυαλού της.

———

Το ένα τέρας μετά το άλλο έτρεχαν στο ονειρικό της τοπίο, τα κομμένα χέρια της έγδαραν το πρόσωπό της καθώς προσπαθούσε απεγνωσμένα να φύγει, αλλά τα πόδια της ήταν τόσο βαριά που με το ζόρι έσερνε το ένα πόδι μπροστά από το άλλο. Μερικές φορές έβλεπε φευγαλέα κόκκινα μάτια να ακολουθούν κάθε της κίνηση στο σκοτάδι. Δεν ήξερε σε τι ανήκαν αυτά τα μάτια, αλλά αισθανόταν ότι θα την έκαναν κομμάτια αν τα άφηνε να την πλησιάσουν. Με τα μολυβένια πόδια της να αρνούνται να υπακούσουν στις σιωπηλές εκκλήσεις της να απομακρυνθεί γρήγορα, αισθάνθηκε τους ιδιοκτήτες αυτών των ματιών να την πλησιάζουν.

Ενώ το μυαλό της που κοιμόταν κρατιόταν στην αδυσώπητη μέγγενη αυτών των νυχτερινών τρόμων, η μητέρα της και ο πατριός της ήταν παγιδευμένοι σε έναν δικό τους εφιάλτη. Γι' αυτούς ήταν ο εφιάλτης της εγρήγορσης ότι ήταν ανίκανοι να αποτρέψουν τη μοναδική κόρη της Αλι-Μπρουν να υποφέρει με αυτόν τον τρόπο κάθε φορά.

Στην αρχή τα όνειρα ήταν γενικά ήρεμα, απλώς διαταράσσουν τον ύπνο της μερικές φορές κάθε βράδυ. Στη συνέχεια, η γη που θα γινόταν το νυχτερινό της σπίτι για πολλές εβδομάδες, γινόταν όλο και πιο δυσοίωνη και καταδικασμένη, κατοικημένη από κάθε είδους κακόβουλα όντα. Την πρώτη φορά που συνέβη, η διαπεραστική κραυγή της διέσχισε την ησυχία του σκότους λίγο μετά τα μεσάνυχτα. Ο Μπραν-Ρικ ξύπνησε στη στιγμή, σηκώθηκε από το κρεβάτι και έτρεξε προς το δωμάτιο της θετής του κόρης.

"Τι είναι;" Η φωνή της Αλη-Μπρουν ήταν πηχτή και παραμορφωμένη από τον ύπνο, καθώς σηκώθηκε νυσταγμένη, ξυπνώντας, όχι από την κραυγή, αλλά από την ξαφνική κίνηση του Μπραν-Ρικ . Μέχρι να φτάσει στο πλευρό του συζύγου της, εκείνος ήταν σκυμμένος πάνω από το κρεβάτι της Γουάιλντ-Ρουν.

"Ξύπνα, Γουάιλντ-Ρουν , βλέπεις εφιάλτη, αυτό είναι όλο". *Αυτό είναι όλο.* Αυτά τα λόγια θα επέστρεφαν για να την στοιχειώσουν τις επόμενες μέρες - και νύχτες - που θα ακολουθούσαν. Εκείνη τη στιγμή, όμως, ένιωθε ότι επρόκειτο για έναν απλό, μεμονωμένο εφιάλτη, επειδή η Γουάιλντ-Ρουν κοιμόταν γενικά βαθιά, αν και τις τελευταίες μέρες είχε μιλήσει παρεμπιπτόντως για μισομνημονευμένα όνειρα.

Έφτασε προς το μέρος της, κουνώντας απαλά τον ώμο της καθώς βίαιοι σπασμοί ταρακουνούσαν το σώμα της.

Στην αρχή εκείνης της νύχτας η Γουάιλντ- Ρουν κοιμήθηκε βαθιά, η αναπνοή της ήταν αργή, απαλή και ήρεμη. Στη συνέχεια, σταδιακά, καθώς η νύχτα περνούσε, αισθάνθηκε ότι κάτι δεν ήταν όπως θα έπρεπε να είναι και το όνειρο άρχισε να ξεδιπλώνεται. Τη μια στιγμή περπατούσε στα βοσκοτόπια που συνόρευαν με το χωριό. Την επόμενη, ένιωθε να παγιδεύεται στο ονειρικό τοπίο του αυξανόμενου εφιάλτη της, τρέχοντας γρήγορα μέσα σε ένα άγνωστο δάσος καταδιωκόμενη από κάτι εξίσου άγνωστο. Έπρεπε να ξεφύγει, δεν μπορούσε να το αφήσει να την πιάσει, δεν μπορούσε να το αφήσει να την καταβροχθίσει, δεν μπορούσε να το αφήσει να την ξεριζώσει από άκρο σε άκρο, κάτι που ήξερε ότι ήταν το μόνο που ήθελε να κάνει. Βρισκόταν κοντά της, κερδίζοντας πόντο με πόντο καθώς και οι δύο έπεφταν με τα μούτρα μέσα στα πυκνά δέντρα, τα κλαδιά των οποίων μπλέκονταν ψηλά στο κεφάλι, εμποδίζοντας τον ήλιο, φέρνοντας ένα σχεδόν αιώνιο σούρουπο στο δάσος.

Τα ρούχα της ήταν επίσης άγνωστα. Έφυγαν το αγαπημένο της, πρόχειρα ραμμένο, δερμάτινο φόρεμα και οι μπότες με κορδόνια μέχρι το γόνατο και αντικαταστάθηκαν από ένα κουρελιασμένο πουκάμισο και ένα σορτσάκι. Κλαδιά χτυπούσαν το πρόσωπο και τα χέρια της και μικρές, κοφτερές πέτρες και κλαδιά χτυπούσαν τις σόλες των γυμνών ποδιών της καθώς προχωρούσε μέσα στο καταπιεστικό ημίφως. Ξαφνικά οι αναμνήσεις ξαναγύρισαν και η γη δεν φαινόταν πια τόσο άγνωστη. Ακριβώς μπροστά της στέκονταν τα θρυμματισμένα απομεινάρια ενός κάποτε ψηλού και περήφανου Shagbark Hickory, του οποίου ο κορμός είχε κοπεί στα δύο από έναν κεραυνό. Τις ώρες που ξυπνούσε αυτή η παράξενη και βίαιη γη θα την θυμόταν μόνο κατά το ήμισυ και θα εξοριζόταν σε εκείνα τα μυστηριώδη κομμάτια του μυαλού που προσπαθούσαν να κρύψουν πράγματα που δεν ήθελαν να θυμούνται. Αλλά τώρα, με κάποιο τρόπο, γνώριζε τη γεωγραφία του δάσους στο οποίο βρισκόταν, καθώς συνειδητοποιούσε ότι είχε ξαναβρεθεί εδώ.

Εκείνες οι άλλες φορές, όμως, ήταν σε όνειρα, όχι σε εφιάλτη σαν αυτόν. Εκείνες τις άλλες φορές είχε περάσει περπατώντας ειρηνικά στο μονοπάτι του δάσους, μόνο περιστασιακά αντιλαμβανόμενη κάτι που κινούνταν παράλληλα μαζί της μέσα από τα δέντρα.

Ανησυχητικό, αλλά όχι τρομακτικό. Ήταν ένα ελάφι, είχε πει στον εαυτό της με σιγουριά, απλώς ένα ελάφι. Όχι όμως αυτή τη φορά. Αυτό δεν ήταν ελάφι από το οποίο έτρεχε να ξεφύγει, ήταν κάτι κακό που της ευχόταν ανυπολόγιστο κακό. Γι' αυτό έτρεχε. Όμως η νεοαπομνημονευθείσα γνώση της για το δάσος ίσως μπορέσει να τη βοηθήσει.

Ήξερε ότι λίγα μόλις μέτρα αριστερά από το διαλυμένο Hickory ένα ξέφωτο θα άνοιγε μπροστά της, που θα εκτεινόταν για περίπου εκατό μέτρα προς όλες τις κατευθύνσεις. Και στο κέντρο του ξέφωτου υπήρχε κάτι που θα τη βοηθούσε να ξεφύγει από τον ολοένα και πιο γρήγορο διώκτη της.

Μακάρι να μπορούσε να φτάσει εκεί εγκαίρως, αλλά θα ήταν πολύ δύσκολη υπόθεση. Μπορούσε να ακούσει κάτι να γλιστράει μέσα από τη βλάστηση κοντά της. Πολύ κοντά. Κερδίζει έδαφος. Πόσο μακριά είναι τώρα το ξέφωτο; Πόσο μακριά από το κέντρο του ξέφωτου και την ασφάλεια ήταν;

Έσκασε μέσα από την κουβέρτα των δέντρων στο οδυνηρά λαμπερό φως του ήλιου, και εκεί, σε απόσταση 50 μέτρων, βρισκόταν ο απόκρημνος μονολιθικός βράχος ύψους τριών μέτρων που ήλπιζε ότι θα αποδεικνυόταν η σωτηρία της. Στα μισά του δρόμου που μεσολάβησε ρίσκαρε μια ματιά πάνω από τον ώμο της. Και είδε για πρώτη φορά τον διώκτη της.

Τότε ήταν που η διαπεραστική κραυγή ξέσπασε από το κοιμισμένο σώμα της, ξυπνώντας τον πατριό της.

Τα μάτια της ακόμα συνήθιζαν την ξαφνική επίθεση του ήλιου αφού βγήκε στο ξέφωτο από το αμυδρό ημίφως του δάσους, αλλά ο εφιάλτης της προσάρμοσε γρήγορα το φως για να αντισταθμίσει. Ό,τι κι αν είχε γεννήσει τον εφιάλτη ήθελε να διασφαλίσει ότι θα μπορούσε να δει τον διώκτη της σε όλη του την τρομακτική κακία. Και αυτό που είδε έστειλε μια συγκίνηση αγνού τρόμου να διατρέξει την ονειρική της προσωπικότητα, ανοίγοντας τις πύλες για την αδρεναλίνη να κατακλύσει την κυκλοφορία του αίματός της. Ο φόβος ξεχύθηκε από μέσα της σε κύματα, παρασυρόμενος κατά μήκος της κοντινής γραμμής ley μέχρι να βρει το στόχο του πίσω από τα απομεινάρια του Shagbark Hickory. Τα λίγα δευτερόλεπτα που κοίταξε τον διώκτη της ήταν αρκετά για να ξεχυθούν άλλα κύματα φόβου από αυτήν προς τη γραμμή ley.

Σε ύψος 20 μέτρων από πάνω της δέσποζαν δύο μυτερά πρόσωπα, καθένα από τα οποία φαινόταν να συνδέεται με λαιμούς διαμέτρου τουλάχιστον δύο μέτρων, που ενώνονταν περίπου στη μέση της διαδρομής προς το έδαφος σε έναν κορμό σώματος πλάτους τεσσάρων μέτρων. Το σώμα έκανε πλαγιολίσθηση κατά μήκος του εδάφους προς το μέρος της. Η κάτω πλευρά του δικέφαλου φιδιού είχε ένα απαλό γαλαζωπό-λευκό χρώμα, το οποίο έκανε αντίθεση με τα σκούρα μπλε λέπια επάνω. Τέσσερα μικροσκοπικά διαπεραστικά μάτια, δύο σε κάθε πλευρά και των δύο δερματώδη, φολιδωτών προσώπων, έλαμπαν κόκκινα πάνω από κενά στόματα που αποκάλυπταν μοχθηρά μυτερούς κυνόδοντες που την απειλούσαν. Παρά το γεγονός ότι ανήκαν σε ένα σώμα, κάθε κεφάλι φαινόταν να δρα ανεξάρτητα, επειδή και τα δύο χτύπησαν ταυτόχρονα, συγκρουόμενα μεταξύ τους. Εκτοπισμένα από το στόχο τους, τα δύο σετ κυνοδόντων πέρασαν ακίνδυνα από το λαιμό της Γουάιλντ-Ρουν.

Αυτό της έδωσε τα λίγα δευτερόλεπτα που χρειαζόταν για να φτάσει στην ασφάλεια του μονόλιθου. Δεν ήξερε γιατί ήταν ασφαλής εκεί. Απλά ήξερε ότι θα ήταν. Ανοίγοντας τα χέρια της, έπιασε τον βράχο και βρέθηκε μούσκεμα, να σέρνεται έξω από ένα ποτάμι που κυλούσε κατά μήκος του πυθμένα μιας κοιλάδας. Στις φτέρνες της χτυπούσαν δεκάδες μικροσκοπικά, σαν βελόνες δόντια στα στόματα εκατοντάδων μικρών ψαριών που έτρεχαν μέσα από το νερό προς το μέρος της. Σκαρφαλώνοντας στην όχθη γύρισε να κοιτάξει πίσω στο νερό. Τα ψάρια έβγαιναν στη στεριά, ενώ η σχισμή στις ουρές τους μεγάλωνε, μετατρέποντας την ουρά κάθε ψαριού σε ένα ζευγάρι κοντά, κοντόχοντρα πόδια. Ξαφνικά ένα ψάρι όρμησε πάνω της, αγκιστρώθηκε στον ώμο της και έβαλε τα δόντια του βαθιά στη σάρκα της. Αγκομαχώντας από τον πόνο που της προκάλεσαν οι δεκάδες μικροσκοπικές τσιμπήματα, ενστικτωδώς το χτύπησε, κουνώντας το σώμα της, προσπαθώντας απεγνωσμένα να το διώξει.

Στον κόσμο της εγρήγορσης το χέρι του Μπάντρικ τίναζε απαλά τον ίδιο ώμο.

Μαχαίρωσε το ψάρι, αλλά τα δόντια του ήταν καλά ενσωματωμένα. Πιάνοντας το κεφάλι του, το έσφιξε με όλη της τη δύναμη, τραβώντας ταυτόχρονα προς τα πάνω. Τα δόντια βγήκαν από το δέρμα της, στάζοντας το αίμα της, και την επόμενη στιγμή το κεφάλι εξερράγη στο χέρι της, λούζοντας το πρόσωπό της με υγρή, κολλώδη, βρωμερή γλίτσα.

Ανέβηκε πιο ψηλά στην όχθη, με τα πόδια της να γλιστρούν στη λάσπη. Εκεί, μπροστά της ήταν το θρυμματισμένο Hickory, που σήμαινε ότι ακριβώς δίπλα της ήταν ο απόκρημνος, μονολιθικός βράχος που θα της έδινε προστασία.

Μακάρι να μπορούσε να φτάσει εκεί εγκαίρως, αλλά θα ήταν πολύ δύσκολη υπόθεση. Τα ψάρια την ακολουθούσαν, εκπληκτικά γρήγορα με τα κοκαλιάρικα ουρανοπόδαρά τους. Πλησίαζαν. Πλησίαζαν όλο και πιο κοντά. Πόσο μακριά είναι το Hickory τώρα; Θα έβλεπε τον βράχο όταν έφτανε εκεί; Πόσο μακριά είναι ο βράχος και η ασφάλεια;

Πολλές ακόμη φορές εκείνο το βράδυ την πρόλαβαν ανώνυμα πλάσματα λίγα δευτερόλεπτα πριν πιάσει τον βράχο και εκτοξευτεί σε κάποιο άλλο ξέφρενο κυνηγητό.

Μερικές φορές η ταχύτητα με την οποία έτρεχε την εξέπληττε. Τα γυμνά της πόδια έτρεχαν αλάνθαστα στο έδαφος - χορτάρι, βράχος, χαλίκι, λάσπη - μεταφέροντάς την χιλιόμετρο με χιλιόμετρο, ακριβώς έξω από την εμβέλεια των καταδιωκτών της. Έψαχνε απεγνωσμένα για το σπασμένο Hickory. Και κάθε φορά ήταν σχεδόν, βασανιστικά, μόλις σε απόσταση αναπνοής, όταν τελικά την ξεπέρασαν, και τα δόντια βυθίζονταν μέσα της, ή χέρια σαν νύχια με στριμμένα γδαρμένα νύχια άρχιζαν να την τραβούν στα βάθη της κόλασης. Κάθε φορά ο φόβος έρεε από μέσα της κατά μήκος της διαδρομής της γραμμής ley προς τον στόχο της πίσω από το δέντρο, πριν οι άκρες των απλωμένων δαχτύλων της ακουμπήσουν τον μονόλιθο, δίνοντας προσωρινή, φευγαλέα ασφάλεια.

Μερικές φορές τα πόδια της ήταν μολυβένια και, όσο κι αν προσπαθούσε, με δυσκολία τα κινούσε, ενώ το κεφάλι της έψαχνε μανιωδώς προς κάθε κατεύθυνση για οποιοδήποτε σημάδι του τρόμου που ήξερε ότι θα μπορούσε να απέχει μόνο δευτερόλεπτα.

Ο φόβος ήταν πλέον το μοναδικό της συναίσθημα. Ήταν ο φόβος που έστελνε την αδρεναλίνη να τρέχει στις φλέβες της. Ήταν ο φόβος που κρατούσε την Wild-Rune αιχμάλωτη νύχτα με τη νύχτα, βυθίζοντάς την όλο και πιο βαθιά στην απαρηγόρητη απελπισία.

Και τότε, λίγο πριν ξημερώσει κάθε πρωί, η νυχτερινή φρίκη έφτασε στο αποκορύφωμά της. Οι κυνόδοντες έτρεχαν με τα σάλια τους μόλις λίγα εκατοστά από τις φτέρνες της. Τα ασώματα χέρια, που έσταζαν αίμα, έπιαναν την πλάτη της. Οι αράχνες έπεφταν με ένα αρρωστημένο γλίστρημα πάνω στο κεφάλι της, σέρνονταν μέσα από τα μαλλιά της και έμπαιναν στα αυτιά της, στα ρουθούνια της, εισχωρούσαν με δύναμη στο στόμα της, τα ακούραστα πόδια τους τρυπούσαν τα σφιχτά σφιγμένα βλέφαρά της. Μπορούσε να μυρίσει την καυτή, βρωμερή ανάσα των ιδιοκτητών των μυριάδων κόκκινων ματιών καθώς την περικύκλωναν, κόβοντας όλες τις οδούς διαφυγής, πλησιάζοντας αργά, αργά, αργά, αργά, περιμένοντας την ώρα τους, περιμένοντας να την ξεσκίσουν σε κομμάτια, να την καταβροχθίσουν άκρο-άκρο. Τα πεισματάρικα πόδια της αρνούνταν να κινηθούν σαν να ήταν παγιδευμένα σε μια θάλασσα από μελάσα, ρουφώντας την όλο και πιο βαθιά στα στροβιλισμένα βάθη τους.

Η Wild-Rune θα χτυπιόταν ανεξέλεγκτα στο κρεβάτι της, με τα ξανθά μαλλιά της να είναι ματ και μούσκεμα από τον ιδρώτα.

Και κάθε βράδυ, λίγο πριν τελειώσουν οι εφιάλτες, ο Wild-Rune έβλεπε ένα κορίτσι να στέκεται πίσω από το Hickory. Φαινόταν λίγο μεγαλύτερη από τον Wild-Rune, ίσως τέσσερα ή πέντε χρόνια μεγαλύτερη. Η φοβερή λευκή ωχρότητα του δέρματός της έκανε έντονη αντίθεση με τα βαθιά ρουμπινί κόκκινα χείλη της, τα οποία άνοιγαν αργά για να αποκαλύψουν μια μαύρη γλώσσα που έβγαινε και ακουμπούσε στο πηγούνι της. Η κοπέλα πίσω από το δέντρο σήκωσε τότε τα χέρια της για να αγκαλιάσει την απτή πλέον ροή φόβου που έβγαινε από την ξέφρενη ονειρική περσόνα της Γουάιλντ-Ρουν . Έσπευσε κατά μήκος της γραμμής ley, αυξανόμενη σε δύναμη και ένταση, παίρνοντας τη δύναμή της από το ley, τεντώνοντας τον εαυτό της πριν ρέει ανάμεσα στα απλωμένα χέρια του κοριτσιού και μέσα στο στόμα της. Ένας μακρύς, αργός αναστεναγμός ξέφυγε από τα χείλη του κοριτσιού, καθώς η λάμψη του κατάλευκου δέρματός της έγινε λίγο πιο φωτεινή από ό,τι ήταν λίγο νωρίτερα. Μια νέα λάμψη έδωσε στα καστανόξανθα μαλλιά της μια πιο πλούσια απόχρωση και πρόσθετη λάμψη. Τα μαλλιά έμοιαζαν επίσης λίγο πιο πυκνά και λίγο πιο μακριά, ενώ η λάμψη στα καστανά μάτια της ήταν μια λάμψη νίκης.

Καθώς η κοπέλα πίσω από το δέντρο έπεσε στα

πόδια της, φαινομενικά ικανοποιημένη και γεμάτη, το μυαλό της Wild-Rune άφησε το ονειρικό τοπίο του δάσους και επέστρεψε στο βασανισμένο σώμα της. Τώρα, πίσω στο κρεβάτι της, το άγριο σπαρταριστό της σώμα σταμάτησε. Το κεφάλι της βυθίστηκε πίσω στο μαξιλάρι και ο ύπνος της έγινε ελεύθερος από εφιάλτες. Ήταν ανήσυχος και διαταραγμένος, αλλά ύπνος παρ' όλα αυτά, και την κράτησε για εκείνες τις φευγαλέες στιγμές, μέχρι που η πρώτη ακτίνα ηλίου τρύπησε το σκοτάδι γύρω από το κρεβάτι της και ξύπνησε στραγγισμένη και εξαντλημένη. Μέρα με τη μέρα τα ψηλά ζυγωματικά που τόνιζαν το μαυρισμένο οβάλ πρόσωπό της εμφανίζονταν λίγο πιο έντονα, καθώς το δέρμα κάτω από αυτά βυθιζόταν σε μια ολοένα και πιο βαθιά κοιλότητα. Τα κάποτε λαμπερά γαλαζοπράσινα μάτια της έγιναν θαμπά, άτονα και μη εστιασμένα.

Η μόνη παρηγοριά που μπορούσαν να πάρουν ο Μπραν-Ρικ, η Αλί-Μπρουν και η Γουάιλντ-Ρουν ήταν ότι οι γέροντες είπαν πως το μαρτύριο θα περάσει κάποια στιγμή. "Η αρρώστια είναι προσωρινή", τους είχε πει ο Φορ-Σάιτ όταν ζήτησαν συμβουλές από τον Σαμίν του χωριού μετά την τρίτη νύχτα. "Είναι τρομερό πράγμα να συμβαίνει σε κάποιον τόσο νέο, αλλά πρέπει να παρηγορηθείτε γνωρίζοντας ότι στα 14 της χρόνια οι εφιάλτες της δεν θα είναι τόσο ανεπτυγμένοι όσο εκείνοι κάποιου που είναι έστω και δύο χρόνια μεγαλύτερος".

Τα αόρατα μάτια της Σάμεν δεν πρόδιδαν καμία ένδειξη της οδύνης που ένιωθε για την Γουάιλντ-Ρουν , γνωρίζοντας ότι τα λόγια της ήταν κενά και κούφια, καθώς θυμόταν εκείνη την τρομερή νύχτα πριν από 70 χρόνια, όταν σε ηλικία 16 ετών, έπεσε και εκείνη για πρώτη φορά θύμα του Κλέφτη των Ονείρων.

ΣΙΩΠΗΛΌΣ ΜΆΡΤΥΡΑΣ

Ο Μπεν έσκυψε κάτω από το τραπέζι. Ελπίζοντας ότι δεν θα τον έβλεπαν. Ήξερε ότι έπρεπε να κάνει κάτι για να το σταματήσει. Αλλά το κουράγιο του τον εγκατέλειψε. Εξάλλου, ήταν πολύ μικρός. Και ο μασκοφόρος ήταν πολύ μεγάλος.

Και πάλι το μαχαίρι κατέβηκε και ο Μπεν άκουσε έναν επιθανάτιο αναστεναγμό.

———

"Δύο μαχαιριές", είπε ο πρώτος ντετέκτιβ. "Ένα στην καρδιά και ένα στον πνεύμονα".

"Πρέπει να αιφνιδίασε έναν διαρρήκτη", παρατήρησε ο δεύτερος ντετέκτιβ. "Το παράθυρο της τραπεζαρίας έχει σπάσει. Μάλλον μπήκε μέσα και έπιασε τον κλέφτη στα πράσα".

Ο πρώτος ντετέκτιβ κοίταξε ξανά το πτώμα. "Αυτά για τους ήρωες που τα έχουν όλα", σκέφτηκε κάπως περιφρονητικά. Ξαφνικά είδε τον Μπεν να σκύβει κάτω από το τραπέζι.

"Μπα, μπα , τι έχουμε εδώ;" Έλα, αγόρι μου, έλα έξω. Όλα είναι εντάξει, κανείς δεν πρόκειται να σε πειράξει."

Ο Μπεν εξακολουθούσε να τρέμει. Αλλά η φωνή

του αστυνομικού είχε κάτι το ευγενικό. Κάτι που άρεσε στον Μπεν και το εμπιστευόταν. Κούνησε την ουρά του, προχωρώντας προς τα έξω. Ο αστυνομικός έσκυψε και πήρε το μικρό κανίς στην αγκαλιά του. Η γλώσσα του Μπεν πετάχτηκε έξω, καλύπτοντας το πρόσωπο του ντετέκτιβ με άτσαλα γλειψίματα.

"Εντάξει, εντάξει", χαμογέλασε ο άνθρωπος του νόμου, κρατώντας τον σκύλο που πάλευε σε απόσταση αναπνοής και στη συνέχεια τον άφησε κάτω. Σκούπισε το πρόσωπό του με το μαντήλι του. Το χαμόγελο έσβησε καθώς μια σκέψη πέρασε από το μυαλό του, και κοίταξε τον σκύλο με συνοφρύωμα.

"Πες μου, φιλαράκο, πρέπει να είδες ποιος το έκανε αυτό. Κρίμα που δεν μπορείς να μας πεις."

Ο Μπεν ήξερε ποιος το είχε κάνει, εντάξει. Ο άντρας ήταν μασκοφόρος, αλλά ο Μπεν δεν χρειαζόταν να δει το πρόσωπό του. Ήξερε τη μυρωδιά του άντρα. Ήταν ο ίδιος άντρας που έμπαινε από τη διπλανή πόρτα κάθε Πέμπτη βράδυ, όταν το αφεντικό του έπαιζε βελάκια.

Ο ίδιος άνθρωπος που ανέβηκε επάνω με τη γυναίκα του αφέντη του και δεν κατέβηκε ξανά για δύο ώρες.

Ω, ναι, ο Μπεν ήξερε ποιος το είχε κάνει, εντάξει.

Τι είχε πει ο αστυνομικός; "Κρίμα που δεν μπορείς να μας πεις ". Αλλά ο Μπεν μπορούσε να τους πει. Θα αψηφούσε τους νόμους της φύσης, αλλά ο Μπεν ένιωθε ότι έπρεπε να το κάνει.

Αμέτρητες αναμνήσεις στριφογύριζαν στο μυαλό του, ενσταλαγμένες από τις πολλές ζωές που είχε περάσει στη Γη.

Μερικές φορές ήταν άνδρας, μερικές φορές γυναίκα. Μερικές φορές ένα ζώο του αγρού. Τώρα, στην παρούσα ενσάρκωσή του ήταν ο Μπεν, το κανίς. Μάρτυρας της δολοφονίας του αφεντικού του. Ένα βαθύ αίσθημα οργής αναδύθηκε μέσα του. Αν δεν ξεσκέπαζε τον σαδιστή δολοφόνο που είχε δολοφονήσει για την αγάπη της γυναίκας του αφεντικού του, ο άνθρωπος θα τη γλίτωνε.

Με κάποιο τρόπο ο Μπεν έπρεπε να μιλήσει, να πει στον αστυνομικό ποιος το είχε κάνει. Τα θλιμμένα καστανά μάτια του καρφώθηκαν στα μάτια του δεύτερου ντετέκτιβ, κρατώντας το βλέμμα του. Συγκέντρωσε κάθε ίχνος δύναμης που είχε, καλώντας βαθιά ξεχασμένα στίγματα μαγείας από την αυγή του χρόνου για να δώσει φωνή στην κυνική του γλώσσα. Άνοιξε το στόμα του και άρχισε. Αλλά το μόνο που συνάντησε τα αυτιά του αστυνομικού ήταν ένα μονότονο βουητό.

Ο πρώτος ντετέκτιβ κοίταξε έκπληκτος τον Μπεν. "Θεέ μου", είπε. "Συνήθως είναι τόσο φλύαρα πλασματάκια. Έχεις πολύ βαθύ γάβγισμα, φιλαράκο.

"Γιατί... τι συμβαίνει με το πόδι σου;"

Η αριστερή μπροστινή πατούσα του Μπεν είχε πεταχτεί έξω, δείχνοντας άκαμπτα τον τοίχο.

Ο δεύτερος ντετέκτιβ χτύπησε το κεφάλι του. "Θεέ μου, αλλά κάνεις θόρυβο. Γαυγίζεις πάρα πολύ, έτσι δεν είναι;"

Τα λόγια φάνηκε να χτυπούν μια χορδή στον πρώτο νομοθέτη. Τα μάτια του ακολούθησαν την κατεύθυνση της απλωμένης πατούσας του σκύλου. "Δείχνει τη διπλανή πόρτα". Ο ντετέκτιβ στράφηκε προς τον συνάδελφό του. "Και ποιες ήταν αυτές οι λέξεις που χρησιμοποίησες; Γαυγίζεις πάρα πολύ», είπες.

Συμβουλεύτηκε τις σημειώσεις του. "Ο γείτονας της διπλανής πόρτας είναι ο κύριος Μπάρκερ. Πολ Μπάρκερ.»

Αν τα σκυλιά μπορούσαν να χαμογελάσουν, ο Μπεν θα το έκανε. Έφυγε χαρούμενος προς το μπολ με το φαγητό του, με την ουρά του να κουνιέται από άκρη σε άκρη.

Ω ναι, θα έδειχνε με το δάχτυλο τον κ. Μπάρκερ.

Ο ΆΝΕΜΟΣ ΤΗΣ ΦΩΤΙΆΣ

Το καμένο βιβλίο τράβηξε την προσοχή του Ζινζιμπάρ μόλις πέρασε την αψίδα και μπήκε στη μεγάλη αίθουσα. Βρισκόταν πάνω σε έναν σωρό από μπάζα πάνω στα μωσαϊκά πλακάκια. Το εξώφυλλό του ήταν κόκκινο και από εκεί που στεκόταν περίπου τρία μέτρα μακριά, έμοιαζε να είναι φτιαγμένο από πλαστικό.

Το τείχος στην άλλη πλευρά της αρένας είχε καταρρεύσει κάποια στιγμή στο αμυδρό και μακρινό παρελθόν, και τώρα ένας υδάτινος ήλιος έριχνε λεπτές ακτίνες εκεί που κάποτε δέσποζε σταθερά και δυνατά.

Ο Ζινζιμπάρ τσαλάκωσε τον κορμό του μήκους δύο ποδιών με αποστροφή. Τα τρία μάτια του τεντώθηκαν στην άκρη των μίσχων τους, επιθεωρώντας τα συντρίμμια και τη φθορά γύρω του. Το αριστερό του ανώτερο πλοκάμι εκτοξεύτηκε και έτριψε προσεκτικά την επιφάνεια του βιβλίου.

Αποφάσισε ότι δεν ήταν πλαστικό, αν και είχε την ίδια περίεργη γυαλιστερή απόχρωση- ήταν ένα είδος επικαλυμμένου χαρτονιού.

Οι άκρες του ήταν μαυρισμένες, σαν κάποιος να το είχε σώσει από φωτιά ή σαν οι φλόγες να το είχαν γλείψει περίεργα χωρίς να το καταναλώσουν.

Γύρισε το κάλυμμα, και οι δυο καρδιές του έπαψαν να χτυπούν. Υπήρχαν γράμματα μέσα. Για εκείνον ήταν απλώς μια σειρά από ανούσιες γραφές, αλλά ήταν πεπεισμένος ότι, όπως και πριν, σε άλλους κόσμους, οι μελετητές στο διαστημόπλοιο θα μπορούσαν να τη μεταφράσουν. Οι γνώσεις τους σε τέτοια ιερογλυφικά ήταν απαράμιλλες σε όλο το σύμπαν.

Με ενθουσιασμό το μάζεψε, ρίχνοντάς το στην τσάντα του. Το μάτι του κουνιόταν, ενώ έψαχνε κάθε σκονισμένη γωνιά και σχισμή για άλλους τέτοιους θησαυρούς.

Όταν αυτή η κίνησή του τον οδήγησε σε κενό, βγήκε πάλι έξω, τυλίγοντας τα πλοκάμια του γύρω από το παχύ, φολιδωτό σώμα του σε μια εκστατική αγκαλιά. Σε όλα του τα ταξίδια δεν είχε βρει ποτέ κάτι σαν αυτό το βιβλίο. Ήταν πάντα αυτός που επέστρεφε από την επιφάνεια ενός πλανήτη με άδεια πλοκάμια. Αλλά όχι αυτή τη φορά, σκέφτηκε. Αυτή τη φορά θα ήταν ο ήρωας. Ίσως τα μυστικά που περικλείονται στις σελίδες του βιβλίου να αποκάλυπταν τι είχε συμβεί σε αυτόν τον άλλοτε ακμάζοντα κόσμο.

Θυμήθηκε το κύμα ευφορίας που απλώθηκε στο γιγαντιαίο διαστημόπλοιο όταν τα όργανά τους εντόπισαν αυτόν τον αχαρτογράφητο πλανήτη. Η εξερεύνηση ήταν πάντα ένα ευπρόσδεκτο διάλειμμα από τους ατελείωτους μήνες πτήσης.

Όμως, η ζαλάδα σιγά σιγά ξεφούσκωσε καθώς το πλοίο διέσχιζε τα σύννεφα και περνούσε χαμηλά πάνω από την επιφάνεια. Κοιτάζοντας μέσα από τις θύρες παρατήρησης ήταν φανερό ότι ο πλανήτης κάποτε έσφυζε από ζωή. Αλλά το μόνο που είχε απομείνει τώρα από τις εκτεταμένες πόλεις του ήταν κατεστραμμένα, ισοπεδωμένα κτίρια. Η σάρωση των οργάνων δεν έδειξε πουθενά καμία μορφή ευφυούς ζωής με βάση τον άνθρακα. Οι μελετητές συμπέραναν ότι κάποια μεγάλη τραγωδία είχε συμβεί στους ανθρώπους του.

Οι ενδείξεις και οι οθόνες των υπολογιστών αποκάλυψαν ένα υψηλότερο από το συνηθισμένο επίπεδο ακτινοβολίας στην ατμόσφαιρα, και πάλι οι μελετητές κλήθηκαν να βγάλουν συμπεράσματα.

Κούνησαν ομόφωνα τα σοφά κεφάλια τους. Ναι, είπαν, ήταν μάλλον το αποτέλεσμα κάποιου πυρηνικού ολοκαυτώματος πριν από πολλές εκατοντάδες χρόνια. Θα ήξεραν καλύτερα, πρόσθεσαν, όταν θα μπορούσαν να αναλύσουν κάποια από τη βλάστηση που ήταν πυκνά προσκολλημένη στη γη.

Ο Ζινζιμπάρ αγκαλιάστηκε ακόμα πιο σφιχτά καθώς επέστρεφε στο πλοίο με το βραβείο του. Δεν θα ήταν υπέροχο, σκέφτηκε, αν το εύρημά του έδειχνε τι ακριβώς είχε συμβεί;

Χρειάστηκαν μερικές εβδομάδες για να μπορέσουν οι μελετητές να σπάσουν τη γλώσσα αρκετά ώστε να διαβάσουν το βιβλίο. Όταν όμως ήταν έτοιμοι, απευθύνθηκαν στο συγκεντρωμένο πλήθος από τη σκηνή του πλοίου.

"Φαίνεται να είναι ένα ημερολόγιο", εξήγησαν στο σιωπηλό πλήθος. "Ένα ημερολόγιο που καλύπτει αρκετά χρόνια, σαν ο συγγραφέας να φοβόταν να αποτυπώσει πολλά στο χαρτί, ή σαν να ήταν το μοναδικό βιβλίο που είχε και το χαρτί ήταν λιγοστό".

Ο Ζινζιμπάρ βρήκε τρία αποσπάσματα ιδιαίτερα συναρπαστικά, τα οποία διάβασε ξανά και ξανά μέχρι που μπόρεσε να τα απαγγείλει απ' έξω.

"Εκεί που βρισκόμουν, έμοιαζε με άνεμο φωτιάς. Ένας τυφώνας που έκαιγε τα πάντα στο πέρασμά του. Μπορούσα να τον νιώσω να έρχεται καθώς έκλεινα την πόρτα του καταφυγίου μου. Κατάφερα να μπω μέσα μόνο δευτερόλεπτα για να γλιτώσω.

"Για δύο ημέρες άκουγα το ραδιόφωνό μου, ακούγοντας τη φρίκη αυτού που είχε συμβεί. Οι υπερδυνάμεις είχαν αλληλοεξοντωθεί: το πυρηνικό ολοκαύτωμα είχε ολοκληρωθεί. Ξαφνικά το ραδιόφωνο σταμάτησε και έχασα την επαφή με τον έξω κόσμο. Φοβήθηκα να τολμήσω να βγω έξω, αλλά τα αποθέματα τροφίμων που είχα για έξι μήνες λιγόστευαν και δεν είχα άλλη επιλογή.

"Τι παράξενος, αγνώριστος κόσμος με περίμενε όταν τράβηξα προσεκτικά τα λουκέτα και πέρασα την πόρτα. Ήταν καλοκαίρι, και μεσημέρι, κι όμως το τοπίο ήταν λουσμένο σε ένα αιθέριο λυκόφως, και ένας παγωμένος άνεμος βρυχάται στο βάλτο".

Ένα άλλο απόσπασμα προς το τέλος του βιβλίου τράβηξε την προσοχή του Ζινζιμπάρ ακόμη περισσότερο από το εισαγωγικό. Φαντάστηκε ότι γράφτηκε αρκετά χρόνια αργότερα.

"Όχι μόνο ο κόσμος αλλάζει γρήγορα, αλλά και οι άνθρωποί του- αν μπορούμε να αποκαλούμαστε ακόμη άνθρωποι. Στην αρχή υποθέτω ότι φοβόμουν να το παρατηρήσω στον εαυτό μου, αλλά πρέπει να υπήρχε.

"Εκτός από τις γενετικές μεταλλάξεις που παρατηρούνται στα νεογέννητα μωρά, εμείς οι ηλικιωμένοι γινόμαστε κάθε μέρα όλο και πιο τρομακτικά παραμορφωμένοι. Το δέρμα μας γίνεται πιο σκληρό, σχεδόν σαν το φλοιό ενός δέντρου. Πιστεύω όντως ότι μεταλλασσόμαστε σε ένα νέο είδος για να προσαρμοστούμε στα συντρίμμια του κόσμου μας.

"Τα χέρια μου μεγαλώνουν σε μήκος. Μόλις πριν από δύο χρόνια έπεφταν ακριβώς κάτω από τα γόνατά μου. Τώρα φτάνουν σχεδόν μέχρι τους αστραγάλους μου. Τα δάχτυλά μου συγχωνεύονται μεταξύ τους σχηματίζοντας τανάλιες, και η μύτη μου δεν στηρίζεται πλέον απλώς στο πηγούνι μου, αλλά φαίνεται να κάνει για το στήθος μου".

Ο Ζινζιμπάρ θαύμασε τις ομοιότητες. Κρίνοντας από τις περιγραφές στο ημερολόγιο, οι άνθρωποι αυτού του κόσμου έμοιαζαν πολύ με τη φυλή του τώρα, και φαίνεται ότι είχαν εξελιχθεί σε παρόμοιες γραμμές.

Σκέφτηκε τις εικόνες που είχε δει από τους προγόνους του πριν από το ολοκαύτωμά τους, πριν ο δικός του κόσμος, η όμορφη πράσινη Γη, καταστραφεί από τον πόλεμο μεταξύ της Βόρειας Κορέας και της Δύσης.

Αυτές οι εικόνες έδειχναν παράξενα, άσχημα πλάσματα με δύο χέρια και δύο πόδια, μικρές μύτες με κουμπιά και μόνο δύο μάτια, φρικτό λείο δέρμα- και αντί για χοντρό, πεισματάρικο φύτρωμα όπως το δικό του υπέροχο εξόγκωμα, είχαν μικροσκοπικές ποσότητες λεπτών, λεπτών μαλλιών, που ξεφύτρωναν μόνο από την κορυφή του κεφαλιού τους.

Ίσως πριν οι άνθρωποι του άγνωστου κόσμου υποστούν τη ραγδαία εξέλιξή τους, να ήταν κι αυτοί τέρατα όπως οι πρόγονοί του στη Γη.

Ξαναδιάβασε την τελευταία πρόταση του αρχαίου ημερολογίου:

"Ανησυχώ. Υπάρχει ένα παράξενο νέο πρόβλημα σε όλη τη χώρα μας. Απειλεί την ίδια την ύπαρξή μας".

Ο Ζινζιμπάρ έκλεισε το βιβλίο με λεπτότητα. Τόσες πολλές ομοιότητες μεταξύ της μοίρας αυτού του κόσμου και της Γης. Η μόνη μεγάλη διαφορά ήταν ότι οι άνθρωποι της Γης είχαν επιβιώσει. Αυτή η φυλή φαινόταν να έχει επιβιώσει από τα επακόλουθα της έκρηξης, μόνο και μόνο για να χαθεί πολλές γενιές αργότερα στα χέρια κάποιας νέας, άγνωστης δύναμης.

Έφυγε προς την τουαλέτα, ελπίζοντας μέσα του ότι η ανθρωπότητα δεν θα βυθιζόταν προς το ίδιο πεπρωμένο.

ΈΛΕΓΧΟΣ ΕΔΆΦΟΥΣ

Τα χέρια του έτρεμαν καθώς τραβούσε το χειριστήριο με όλη τη δύναμη που μπορούσε να συγκεντρώσει.

Ο ιδρώτας έτρεχε από το μέτωπό του.

Οι σειρήνες ουρλιάζουν.

Τα φώτα αναβόσβησαν στην πολύπλοκη συστοιχία οργάνων.

Δεν χρειαζόταν τη βελόνα του υψομέτρου για να του πει ότι το έδαφος έτρεχε να τον συναντήσει. Το στομάχι του ανατρίχιαζε καθώς κοίταζε με αποστασιοποιημένο, γοητευμένο τρόμο το τοπίο που κούναγε και κλωτσούσε πέρα από τα όρια του πιλοτηρίου.

Μια φωνή ακούστηκε επειγόντως μέσα από τα ακουστικά του. "Για όνομα του Θεού, φίλε, τράβα πιο πάνω, θα βουτήξεις".

"Τι νομίζεις ότι προσπαθώ να κάνω;", είπε στο μικρόφωνο του κράνους, σκύβοντας βαθιά στο μαλακό κάθισμα, με τους μύες του σφιγμένους και τα δάχτυλά του λευκά καθώς κρατούσε το χειριστήριο. Σιγά σιγά ο ορίζοντας εξομαλύνθηκε και η πράσινη ύπαιθρος άρχισε να απομακρύνεται.

Τα κρόταλα εξακολουθούσαν να ηχούν σαν πένθιμη γκρίνια. Και ακόμα τα φώτα αναβόσβηναν αδιάκοπα, λέγοντάς του ότι η κύρια μηχανή είχε σβήσει.

Η όλη υπόθεση είχε ξεκινήσει με μια μαύρη κουκκίδα που φάνηκε να υλοποιείται ξαφνικά. Τη μια στιγμή ο απέραντος γαλάζιος ουρανός είχε σημαδευτεί από μερικά μόνο φευγαλέα σύννεφα. Μετά ήταν εκεί. Γεμάτη απειλή. Τρέχοντας προς το μέρος του. Η πρώτη φορά που την αντιλήφθηκε ήταν όταν ο σαρωτικός βραχίονας στην οθόνη του ραντάρ του την εντόπισε στη θέση δύο η ώρα. Γρήγορα είχε μετατοπίσει το βλέμμα του από τα όργανα στα τέσσερα στρώματα ακρυλικού πλαστικού που αποτελούσαν το παρμπρίζ του πιλοτηρίου με τα 12 εξαρτήματα συγκράτησης από τιτάνιο για την προστασία από τα χτυπήματα των πουλιών.

Στην αρχή δεν υπήρχε τίποτα και έπρεπε να ξανακοιτάξει το ραντάρ για να βεβαιωθεί ότι δεν είχε εξαπατηθεί. Δεν τον ξεγέλασε. Εκεί ήταν. Πλησίαζε προς το μέρος του.

Ξαφνικά η οθόνη έδειξε μια άλλη κουκκίδα να ξεφεύγει από την πρώτη. Αυτή κινούνταν πολύ πιο γρήγορα. Ένας πύραυλος. Και αυτός ήταν ο στόχος του.

"GhostWalk Two προς έλεγχο εδάφους", είχε πει όσο πιο ήρεμα μπορούσε. "Δέχομαι επίθεση. Παίρνω μέτρα αποφυγής".

Στενεύει τα μάτια του για να καταπολεμήσει τον ήλιο, ενώ σαρώνει τον ουρανό. Ακόμα και η αντιθαμβωτική επίστρωση δυσκολευόταν να καταπολεμήσει πλήρως την εκτυφλωτική λάμψη, όταν τον έβλεπε κατά μέτωπο. Τότε το είδε.

Η μαύρη κουκκίδα μεγάλωνε συνεχώς.

"Έχω οπτική επαφή." Η φωνή του ανέβηκε καθώς όλο και περισσότερη αδρεναλίνη έτρεχε ανελέητα στον οργανισμό του. "Μοιάζει με θερμικό αεροσκάφος αέρος-αέρος".

Τράβηξε τον μοχλό ελέγχου την τελευταία στιγμή

και ο πύραυλος πέρασε ακίνδυνα. Αλλά ήξερε ότι δεν είχε ξεφύγει ακόμα από το δάσος. Ούτε κατά διάνοια.

Το κεφάλι του πετούσε άγρια από τη μια πλευρά στην άλλη καθώς κυνηγούσε το θανατηφόρο βλήμα. Το τοπίο έκανε μια στροφή 90 μοιρών και είδε τον πύραυλο να αλλάζει πορεία.

"Επιστρέφει για άλλη μια φορά".

Η φωνή του επίγειου ελέγχου ήταν σιωπηλή μέχρι να τους το πει. Γνώριζαν ότι η πλήρης προσοχή του θα ήταν στραμμένη στην αποφυγή του πυραύλου. Τώρα ο ελεγκτής φαινόταν να πιστεύει ότι η συμβουλή του θα μπορούσε να φανεί χρήσιμη. "Δεν μπορείτε να του ρίξετε μια βολή ή τουλάχιστον να εκτοξεύσετε έναν πύραυλο για να τον παραπλανήσετε μακριά σας;"

"Γυρίζω τώρα να δοκιμάσω." Τράβηξε απότομα το χειριστήριο προς τα αριστερά, βλέποντας τον πύραυλο να περνάει και πάλι. "Δεν είναι εύκολο, ξέρεις."

Παλεύει να επαναφέρει τη φωνή του σε ένα πιο ελεγχόμενο επίπεδο: "Αυτό ήταν το τελευταίο πράγμα...."

Ο κόσμος του γύρισε ανάποδα μέσα σε μια εκτυφλωτική λάμψη και έναν εκκωφαντικό βρυχηθμό. Σχεδόν κάθε προειδοποιητική λυχνία ενεργοποιήθηκε και οι σειρήνες έκτακτης ανάγκης επιτέθηκαν στα αυτιά του.

Ο ορίζοντας γεγονότων στράφηκε και στράφηκε. Τη μια στιγμή πάνω του, την επόμενη κάτω του. Το joystick κουνιόταν ελεύθερα για μερικά δευτερόλεπτα μέχρι που η λαβή του έγινε πιο σταθερή με τις προσπάθειές του να ανακτήσει τον έλεγχο.

"ΣΟΣ, ΣΟΣ, ΣΟΣ, ΣΟΣ, με χτύπησαν. Πήρε την κύρια μηχανή."

Τα μάτια του σάρωσαν ένα συγκεκριμένο τμήμα

των οργάνων. "Ο δευτερεύων κινητήρας έχει αποκοπεί, αλλά και αυτός έχει υποστεί ζημιά".

Μπορούσε να ακούσει τον επίγειο έλεγχο να του φωνάζει, αλλά ο συνεχής θόρυβος των σειρήνων έπνιγε τις λέξεις. Το υψόμετρο έτρεχε και έδειχνε ακριβώς πόσο γρήγορα τα πεδία από κάτω ανέβαιναν για να τον υποδεχτούν.

Τα χέρια του κουνήθηκαν βίαια από την πίεση, και μετά από μια ολόκληρη ζωή, όπως φάνηκε, το έδαφος επέστρεψε στον σωστό προσανατολισμό του. Ένας μακρύς αναστεναγμός ξέφυγε από τα χείλη του καθώς επέτρεψε στον εαυτό του την πολυτέλεια να χαλαρώσει για ένα δευτερόλεπτο.

Τότε η φωνή ανέβηκε σε κραυγή, παλεύοντας να ακουστεί πάνω από το βαν: "Ελάτε στο GhostWalk Two, τι συμβαίνει;"

"Θα πρέπει να με χτύπησε, αλλά πήρε την κύρια μηχανή. Θα πρέπει να κατέβω".

Κοίταξε μπροστά σαν να ήθελε να δει καλύτερα τα πεδία, ενώ τα χέρια του έτρεχαν στα χειριστήρια, κουνώντας διακόπτες και χτυπώντας πλήκτρα. Έριξε μια τελευταία ματιά στα όργανα προτού δώσει στο παρμπρίζ την αμέριστη προσοχή του. Οι κορυφές των δέντρων σφύριζαν επικίνδυνα κοντά, καθώς ο εξωτερικός κόσμος άρχισε να τρέμει και να γέρνει ξανά.

"Η δευτερεύουσα μηχανή έχει σχεδόν τελειώσει", φώναξε βραχνά. "Ή τώρα ή ποτέ!"

Καθώς απολάμβανε το μεθυστικό θέαμα μπροστά του, το τελευταίο δέντρο εξαφανίστηκε από κάτω του. Χιλιόμετρα μετά από χιλιόμετρα όμορφης, αδιατάρακτης βάλτου. Πλούσια βλάστηση που απλωνόταν στο άπειρο. Έγινε σχεδόν μεθυσμένος. Δεν ήταν μακριά τώρα. Λίγα μέτρα ακόμα και τα φώτα θα αναβόσβηναν σαν τρελά και θα του έλεγαν ότι τα κατάφερε. Αλλά αυτή τη στιγμή ο ραγδαία αυξανόμενος τριγμός μετάλλου πάνω σε μέταλλο του έλεγε ότι ο δευτερεύων κινητήρας ζοριζόταν στα όρια των δυνατοτήτων του.

Μια ματιά στο υψόμετρο. Είκοσι πέντε πόδια. Πίσω στο γρασίδι. Υπήρχε μια αγροικία μπροστά. Πλησιάζει γρήγορα. Πίσω στο υψομετρητή. Δέκα πόδια.

Έσπρωξε το χειριστήριο προς τα εμπρός σε μια τελευταία αγωνιώδη προσπάθεια να προλάβει το αγροτόσπιτο, για να δώσει τη μέγιστη δυνατή ισχύ στους προωθητήρες όπισθεν πριν το χτυπήσει. Το ουρλιαχτό του κινητήρα έφτασε σε ένα κρεσέντο και το τοπίο που εκτοξευόταν πέρα από το παράθυρό του άρχισε να επιβραδύνει. Αλλά όχι εγκαίρως. Ενστικτωδώς αντιστάθηκε, περιμένοντας τη σύγκρουση καθώς η αγροικία έτρεχε προς το μέρος του.

Όταν ήρθε η συντριβή με τον αηδιαστικό, γήινο γδούπο και την εκκωφαντική έκρηξη, ο χρόνος φάνηκε να επιβραδύνεται. Η μύτη του πρωτότυπου μαχητικού GhostWalk διαπέρασε το μπροστινό μέρος του κτιρίου εκτοξεύοντας τούβλα, ξύλα και πέτρες προς όλες τις κατευθύνσεις.

Καθώς το κάθισμά του κουνιόταν και λικνιζόταν, το τελευταίο πράγμα που είδε πριν κλείσει καλά τα μάτια του ήταν δύο άτομα μπροστά του. Έναν μεσήλικα άντρα και μια γυναίκα, που κοιτούσαν αποσβολωμένοι καθώς το αντικείμενο της καταστροφής τους έσκιζε τα σώματά τους, με τα αίματα να πιτσιλίζουν πάνω στο αδυσώπητο ακρυλικό. Αλλά τα εξαρτήματα αυτά κρατούσαν.

Ένα ισχυρό χτύπημα έφερε τον τρελό κόσμο του σε μια απότομη στάση.

Πέρασαν δευτερόλεπτα προτού ρισκάρει να ανοίξει το ένα μάτι, και αυτό που είδε τον έκανε να χαμογελάσει πλατιά. Ο έξω κόσμος πέρα από το παράθυρο ήταν ήσυχος και ακίνητος.

Άκουσε μια πόρτα να ανοίγει κάπου στα δεξιά

του και ένα χέρι μπήκε μέσα στον προσομοιωτή εκπαίδευσης για να τον βοηθήσει να λύσει τη ζώνη ασφαλείας. Ο ιδιοκτήτης του χεριού του χαμογέλασε. "Τουλάχιστον αυτή τη φορά δεν ανατινάχτηκες στον αέρα".

Κοίταξε το σκωπτικό πρόσωπο από πάνω του και χαμογέλασε κι εκείνος. "Ναι, ήταν λίγο καλύτερα, έτσι δεν είναι; Αλλά εξακολουθώ να πιστεύω ότι χρειάζομαι μερικές ακόμα συνεδρίες με αυτό το πράγμα πριν ανεβούμε στο πραγματικό GhostWalk. Ακόμα δεν ανταποκρίνεται ακριβώς όπως θα ήθελα".

ΔΥΣΛΕΙΤΟΥΡΓΊΑ

Πρόλογος:

Το μοναδικό πράγμα για τη Δυσλειτουργία και το διήγημα που ακολουθεί σε αυτή τη συλλογή, το Παιδί της Στάχτης , είναι ότι γράφτηκαν ως εντελώς αυτόνομες ιστορίες, αλλά όταν άρχισα να γράφω το μυθιστόρημά μου, το Άξονας του Χρόνου, , είδα πώς θα μπορούσα να τις συνδέσω και να επεκτείνω τις ιστορίες τους.

Καθώς άρχισα να συνυφαίνω τις πλοκές, έγιναν γρήγορα η απόλυτη ζωτική ουσία του Άξονα του Χρόνου.

Υπάρχουν δύο τρόποι για να απολαύσετε αυτές τις δύο ιστορίες - είτε να τις διαβάσετε ανεξάρτητα από το Ο Άξονας του Χρόνου , ως ξεχωριστές ιστορίες, είτε να τις παραλείψετε ως μεμονωμένες ιστορίες και να διαβάσετε απλώς το Άξονας του Χρόνου.

Ωστόσο, έχω διαπιστώσει ότι σε πολλούς ανθρώπους αρέσει να τις διαβάζουν πριν από το Ο Άξονας του Χρόνου , απλώς για να δουν αν μπορούν να βρουν τη σύνδεση. Και μπορώ να πω με βεβαιότητα ότι κανείς δεν έχει βρει τη σωστή σύνδεση.

Οπότε, υπάρχει μια πρόκληση για εσάς, αν αποφασίσετε να την αποδεχτείτε!

Δυσλειτουργία

Ακούγοντας το πρώτο μπιπ της τηλεδιάσκεψης , ο Λόιντ Μπράντμαν σήκωσε το κεφάλι του εκνευρισμένος από την τρισδιάστατη ολοεικόνα στη γωνία.

"Ακριβώς στη μέση του Alpha-Zero και πάλι."

"Γιατί δεν το βάζεις σε αδρανή κατάσταση όσο διαρκεί το πρόγραμμα;" ρώτησε η σύζυγός του, συνοφρυωμένη καθώς προσπαθούσε να ακούσει τον πρωταγωνιστή της σαπουνόπερας.

"Επειδή τα τηλεφωνήματα μπορεί να είναι σημαντικά."

"Ποτέ δεν είναι", μουρμούρισε κάτω από την αναπνοή της.

Ο Μπράντμαν γύρισε το κάθισμα από συνθετικό δέρμα στο ένα του πόδι και χτύπησε ένα από τα δώδεκα κουμπιά που ήταν χαραγμένα στο μπράτσο της καρέκλας. Η οθόνη διασύνδεσης υπολογιστή 400 τετραγωνικών χιλιοστών στον τοίχο ζωντάνεψε, πλαισιώνοντας τα τραχιά χαρακτηριστικά του Γουόλτερ Ρέντμπρικ, του διευθύνοντος συμβούλου της κορυφαίας ενεργειακής εταιρείας της Αυστραλίας, Datateknik.

Ο Μπράντμαν μπήκε αμέσως σε εγρήγορση και ο οκταφωνικός ήχος της σαπουνόπερας έσβησε ως απάντηση σε ένα ακόμη χτύπημα στην κονσόλα ελέγχου.

"Γουόλτερ, τι...;"

"Λόυντ! " Τώρα ήταν η σειρά της Χέδερ Μπράντμαν να δείξει εκνευρισμό. Άγγιξε ένα παρόμοιο χειριστήριο στη δική της καρέκλα για να επαναφέρει έναν βαθμό έντασης στο ολοπρόγραμμα, όπου ένα φορτηγό μόλις απογειωνόταν από έναν διαστημικό σταθμό με ένα κρεσέντο θορύβου από τις υπερτροφοδοτούμενες μηχανές του.

Το πρόσωπο στην τηλεδιάσκεψη τσαλακώθηκε σε ένδειξη διαμαρτυρίας για την επίθεση του χταποδιού στα αυτιά του.

"Λόιντ, έχουμε μια κατάσταση". Η φωνή του Ρέντμπρικ ήταν δυνατή για να καταπολεμήσει το ολοκαύτωμα. "Πρέπει να σε δω αμέσως".

Ο Μπράντμαν κοίταξε τη σύζυγό του με ένα κοφτερό βλέμμα σαν λέιζερ, καθώς το διαστημόπλοιο απομακρύνθηκε από τον περιστρεφόμενο δορυφόρο και κατευθύνθηκε προς την αποικία εξόρυξης καλετονίου βαθιά στο απομακρυσμένο αστρικό σύστημα Πήγασος Τέσσερα. Ήταν η αγαπημένη σαπουνόπερα του Μπράντμαν- μια φουτουριστική ιστορία του διαστημικού σταθμού Άλφα-Νέο, που επέπλεε σε μια σημαντική διαγαλαξιακή διαδρομή πτήσης, προσφέροντας καταφύγιο σε κουρασμένους τουρίστες και πιλότους φορτηγών πλοίων. Πέντε βράδια την εβδομάδα οι υπεραμοιβόμενοι ηθοποιοί μπορούσαν να δουν στα τρισδιάστατα ολογραφικά συστήματα σε όλα σχεδόν τα σπίτια του Ντάργουιν, να παίζουν την ιστορία τους για τους καθημερινούς διαστημικούς ανθρώπους.

Ένα χτύπημα σε ένα άλλο κουμπί διέκοψε τη ζωντανή εκπομπή, καθώς το μυαλό του έστριψε σε πιο σοβαρά θέματα τώρα, έτη φωτός μακριά από τέτοιες παρατραβηγμένες ανοησίες διαφυγής.

"Τι είναι, Γουόλτερ, τι συνέβη;" Κοίταξε βαθιά την εικόνα του αφεντικού του και ήταν σίγουρος ότι τα ελαφρώς υπερβολικά μακριά, κυματιστά μαλλιά ήταν μια σκιά πιο γκρίζα από ό,τι όταν είχαν φύγει και οι δύο από το γραφείο στην παραλία εκείνο το απόγευμα.

"Υπήρξε μια δυσλειτουργία στον κύριο αντιδραστήρα στο εργοστάσιο μετατροπής Μακντόνελ". Η φωνή του Ρέντμπρικ ακούστηκε επείγουσα, έντονη, το πρόσωπό του τραβηγμένο. Ο Μπράντμαν διαισθάνθηκε ότι τον άφηναν να μάθει τα νέα με προσοχή- ότι θα ακολουθούσαν χειρότερα.

Και υπήρχε.

"Οι άλλοι αντιδραστήρες μπήκαν σε αυτόματη υπερστροφή για να αντισταθμίσουν, αλλά ο υπολογιστής δεν κατάλαβε ότι κάτι δεν πήγαινε καλά", του είπε ο Ρέντμπρικ. "Καθένας από τους δευτερεύοντες αντιδραστήρες έφτασε σιγά σιγά σε κρίσιμο επίπεδο, κλέβοντας όλο και περισσότερη ενέργεια από τον σακατεμένο, μέχρι που στέρεψε και εξερράγη".

Η σιωπή του Μπράντμαν μίλησε για πολλά.

Και πέρασαν δέκα ολόκληρα δευτερόλεπτα, τα οποία έμοιαζαν με μια ολόκληρη ζωή, προτού ο Ρέντμπρικ μιλήσει ξανά. "Προκάλεσε μια αλυσιδωτή αντίδραση. Ανέβηκαν ο ένας μετά τον άλλον. Δεν έμεινε τίποτα από την περιοχή". Η φωνή του έμεινε αβοήθητη.

Ο Μπράντμαν κατάπιε δυνατά. "Είναι καλά το Άλις Σπρινγκς;" Το εργοστάσιο μετατροπής Μακντόνελ οφείλει το όνομά του στο ότι βρίσκεται εν μέρει υπόγεια και εν μέρει μέσα σε ένα βουνό στην οροσειρά Μακντόνελ, 240 μίλια νοτιοδυτικά του Alice Springs στη Μεγάλη Αυστραλιανή Outback.

Ο Ρέντμπρικ έγνεψε. "Έχει ερημώσει μια έκταση περίπου 150 τετραγωνικών μιλίων, αλλά η πόλη είναι εντάξει".

"Τουλάχιστον αυτό είναι κάτι. Πότε συνέβη;"

"Πριν από είκοσι λεπτά. Μόλις τελειώσαμε την τηλεμετρία. Έτσι ξέρουμε τι το προκάλεσε. Είναι όλα εκεί, μέχρι και το ακριβές δευτερόλεπτο που εμφανίστηκε η δυσλειτουργία στον πρώτο αντιδραστήρα και η σταδιακή αύξηση μέχρι το κρίσιμο σημείο στους άλλους". Η φωνή του Ρέντμπρικ ήταν πλέον μόλις και μετά βίας κάτι περισσότερο από ψίθυρος, και παρά τον ισχυρό κλιματισμό στο γραφείο του, ο επικοινωνιολόγος έδειχνε καθαρά ρυάκια ιδρώτα να τρέχουν στο πρόσωπό του.

Το σαγόνι του Μπράντμαν έπεσε χαλαρά καθώς ρουφούσε τη σημασία αυτού που μόλις είχε μάθει. "Έρχομαι προς τα εκεί", είπε.

Ο Ρέντμπρικ έγνεψε σιωπηλά και διέκοψε τη σύνδεση.

Ο Μπράντμαν απομακρύνθηκε από την κενή οθόνη και κοίταξε ατενώς το διαστημόπλοιο στο παγωμένο ολοκαύτωμα. Η Χέδερ έφτασε απέναντι και του έσφιξε το χέρι. "Δεν φταις εσύ, έτσι δεν είναι, Λόιντ; Η δυσλειτουργία;"

Ένα μακρινό βλέμμα κυρίευσε τα μάτια του, οι σκέψεις του ήταν αλλού- προσπαθούσε να βρει τι θα μπορούσε να πάει στραβά σε αυτό που πίστευε ότι ήταν μια ασφαλής επιχείρηση. Δύο δυσλειτουργίες ταυτόχρονα ήταν αδιανόητες, όμως από όσα του είχε πει ο Ρέντμπρικ πρέπει να ήταν δύο: η αρχική στον κύριο αντιδραστήρα - με το μάτι του μυαλού του εντόπισε τη σύνδεση με τον κεντρικό πυρήνα επεξεργασίας - και μετά το σύστημα προειδοποίησης που θα έπρεπε να είχε ειδοποιήσει αμέσως τους χειριστές. Ακόμα και αν δεν παρακολουθούσαν τα συστήματά τους, ο ηχητικός συναγερμός θα έπρεπε να είχε ενεργοποιηθεί πολύ πριν οι άλλοι αντιδραστήρες φτάσουν σε κρίσιμο σημείο.

Δεν υπήρχε περίπτωση μια τέτοια συσσώρευση να περάσει απαρατήρητη. Αυτός και δύο μηχανικοί της Datateknik είχαν επινοήσει τη διαδικασία μετατροπής ενέργειας και πέρασαν πολλούς μήνες για να την τελειοποιήσουν, να την εγκαταστήσουν και να την παρακολουθούν συνεχώς.

Εκτός αν... και έδωσε φωνή στα συναισθήματά του: "Σαμποτάζ".

Τα μάτια της Χέδερ μεγάλωσαν από τρόμο, καθώς το χέρι της, που εξακολουθούσε να ακουμπά στο χέρι του, έκλεισε οδυνηρά τη λαβή του. "Σαμποτάζ;" ψιθύρισε. "Αλήθεια το πιστεύεις αυτό;"

Ο Μπράντμαν απομάκρυνε το χέρι του, τρίβοντας προσεκτικά τα λευκά σημάδια που είχαν αφήσει τα δάχτυλά της. "Δεν ξέρω ακόμα", είπε. "Είναι απλώς μια σκέψη προς το παρόν".

Το δηλητήριο στο ξέσπασμά του έσβησε και έπιασε απαλά το χέρι της γυναίκας του. "Λυπάμαι", είπε ήσυχα.

Χαμογέλασε και έγνεψε. "Μην ανησυχείς, καταλαβαίνω. Καλύτερα να φύγεις".

Γρήγορα κατέβασε τα μανίκια του πουκαμίσου του, φόρεσε ένα σακάκι και βγήκε βιαστικά από το διαμέρισμα προς το ασανσέρ. Καθώς κατέβαινε τους 28 ορόφους, οι σκέψεις του πήγαν στους δέκα εργαζόμενους του εργοστασίου μετατροπής που δούλευαν αργά, στις γυναίκες τους που τώρα θα έμεναν χήρες και στα παιδιά χωρίς πατέρα. Όλα αυτά εξαιτίας μιας δυσλειτουργίας στο σύστημά του, ένα σύστημα που είχε διαβεβαιώσει όλους ότι ήταν αλάνθαστο και ασφαλές.

Πέρασε κατευθείαν δίπλα από τον επίτροπο χωρίς να ακούσει την εγκάρδια ευχή του γέρου να έχει ένα ωραίο βράδυ, στρίβοντας αριστερά έξω από την πολυκατοικία στον πολυσύχναστο δρόμο.

Το βράδυ είχε αρχίσει να σκοτεινιάζει, και γύρω του έλαμπε τεχνητό φως από τα αεροπλάνα και τις ουρανοξύστες πολυκατοικιών σε αυτό το προάστιο του Ντάργουιν. Λίγα μέτρα πιο μπροστά δύο μεθυσμένοι κάλεσαν ένα ταξί και στάθηκαν και παρακολουθούσαν καθώς αυτό αιωρούνταν προς το μέρος τους, πέφτοντας στα λαστιχένια μαξιλάρια του με έναν απαλό αναστεναγμό. Ο Μπράντμαν τους απέφυγε και άρχισε να τρέχει μόλις πέρασε. Έφτασε στο σταθμό τηλεμεταφοράς καυτός και λαχανιασμένος, και η φωνή του ακούστηκε με γρήγορες, άνισες αναπνοές καθώς έδινε οδηγίες στον υπολογιστή, ο οποίος στη συνέχεια χρέωσε το πιστωτικό τσιπ της εταιρείας του για το κόστος του ταξιδιού. Υπήρχαν ένας ή δύο άλλοι άνθρωποι που τριγυρνούσαν στο σταθμό, αλλά κανένας τους δεν του φάνηκε να είναι από αυτούς που θα μπορούσαν να αντέξουν οικονομικά την πολυτέλεια του ταξιδιού με τηλεμεταφορά. Ένα νεαρό ζευγάρι -τους υπολόγιζε γύρω στα 18 ή 19- περπατούσε αργά μπροστά του, χαχανίζοντας, χέρι με χέρι. Και ένας ηλικιωμένος άνδρας, που κρατούσε ένα καφέ μπουκάλι και φορούσε ένα γκρι παλτό που είχε δει σαφώς καλύτερες μέρες, ανέβαινε τη ράμπα προς τις διπλές πόρτες.

Ο Μπράντμαν προσπέρασε με απότομο τρόπο, αγνοώντας τα υβριστικά σχόλια των εφήβων. Δεν υπήρχε χρόνος για χαζομάρες- ήταν ένας άνθρωπος που βιαζόταν, ένας άνθρωπος με μια αποστολή. Αυτοί οι άνθρωποι δεν θα έπρεπε να βρίσκονται εδώ, ούτως ή άλλως, σκέφτηκε. Πώς μπορούν να αντέξουν οικονομικά να διακτινιστούν μέσω τηλεμεταφοράς;

Μόνο μία από τις πόρτες παραμέρισε όταν πλησίασε προς τα εκεί. Είχε συνηθίσει να ανοίγουν και οι δύο για να αντιμετωπίσει το πλήθος των ωρών αιχμής με το οποίο ταξίδευε συνήθως, θέλοντας να φτάσει στην κύρια επιχειρηματική περιοχή του Ντάργουιν στην παραλία. Ως συνήθως, η σκληρή, κλινική λευκότητα του άδειου εσωτερικού επιτέθηκε στιγμιαία στα μάτια του. Έσπρωξε το πιστωτικό του τσιπ στην υποδοχή για να εξακριβώσει ότι, πράγματι, μόλις είχε δώσει στον υπολογιστή τα σωστά στοιχεία.

"Σταθμός Πέντε, και γρήγορα", απαίτησε, κοιτάζοντας μέσα από τα σκληρά τζάμια στο κέντρο ελέγχου. "Βιάζομαι."

Ο χειριστής κοιτούσε απαθής. "Έρχονται μερικοί ακόμα άνθρωποι. Λυπάμαι, αλλά θα πρέπει να τους περιμένετε".

Ο Μπράντμαν έριξε μια εκνευρισμένη ματιά πάνω από τον ώμο του στους εφήβους και τον ηλικιωμένο καθώς ανέβαιναν τη ράμπα. Πίεσε τον εαυτό του σε μια γωνιά του θαλάμου τηλεμεταφοράς των δέκα μέτρων, ελπίζοντας ότι δεν θα προσπαθούσαν να αρχίσουν συζήτηση μαζί του. Ο ηλικιωμένος κατευθύνθηκε προς την απέναντι γωνία, ενώ το νεαρό ζευγάρι στεκόταν στο κέντρο. Η κοπέλα στράφηκε προς τον Μπράντμαν.

"Είναι η πρώτη μας φορά", ενθουσιάστηκε με τα μάτια της λαμπερά και λαμπερά. "Με τηλεμεταφορά, εννοώ. Πώς είναι;"

Πώς ήταν - ποια ήταν η αίσθηση του να έχεις έναν υπολογιστή να σου αποσυνθέτει τα σωματικά σου μόρια σε υποατομικό επίπεδο, να τα μεταδίδει σαν email μέσω του αιθέρα και στη συνέχεια να τα επανασυνθέτει (ελπίζω!) με τη σωστή σειρά ο υπολογιστής στον θάλαμο προορισμού; "Περίμενε και θα δεις", μουρμούρισε ο Μπράντμαν. "Θα έχει τελειώσει πριν το καταλάβετε, ούτως ή άλλως". Κοίταξε θυμωμένος τον χειριστή μέσα από το τζάμι, θέλοντας να τους διακτινίσει μακριά από τη νότια προαστιακή έκταση της πόλης στο Σταθμό Πέντε στη βόρεια προκυμαία.

Επιτέλους, σκέφτηκε καθώς το χέρι του χειριστή με τη μπλε στολή απλώθηκε προς το πληκτρολόγιο του υπολογιστή.

Το ίδιο δευτερόλεπτο που είδε το κόκκινο φως του πομπού να ανάβει και ένιωσε την ασθενή δόνηση του θαλάμου τηλεμεταφοράς να ενεργοποιείται, αντιλήφθηκε τις σειρήνες και τις φωνές του συναδέλφου του χειριστή: "Δυσλειτουργία! Μην τους στείλετε".

Αλλά το ελαφρύ σβήσιμο των φώτων και η γαλακτώδης αίσθηση του ξαφνικού κενού πέρα από τον γυάλινο πίνακα έδειξαν στον Μπράντμαν ότι ήταν πολύ αργά- τους είχαν ήδη στείλει στο δρόμο τους. Η σειρήνα έσβησε αμέσως, όπως και οι μανιασμένες φωνές από το δωμάτιο ελέγχου. Είχαν απομακρυνθεί χιλιόμετρα μέχρι τώρα.

Ο γέρος έριξε στον Μπράντμαν ένα επιφυλακτικό βλέμμα, αλλά οι έφηβοι έδειχναν να μην ανησυχούν, χαμένοι στον δικό τους κόσμο του θαύματος, του ρομαντισμού και του δέους. Τα δύο ζευγάρια νεαρών ματιών κοιτούσαν γύρω τους, φαινομενικά γοητευμένα από το κενό.

"Έχουμε κολλήσει", ανακοίνωσε ξαφνικά ο γέρος. "Παγιδευτήκαμε στο κενό."

"Κολλήσατε; Τι εννοείς;" Η φωνή της κοπέλας γινόταν όλο και πιο δυνατή με κάθε λέξη. Έπιασε το χέρι του φίλου της.

"Έχει χαλάσει", είπε ο γέρος χαρούμενα. "Θα μπορούσαμε να μείνουμε εδώ για μέρες".

"Σκάσε", είπε ο Μπράντμαν, βλέποντας τους νεαρούς να χλομιάζουν θανάσιμα. "Μας ξανασυναρμολόγησαν εδώ, όπου κι αν είναι εδώ. Οπότε δεν υπάρχει τίποτα για να ανησυχείτε πραγματικά. Είμαστε σώοι και αβλαβείς".

"Αλλά είναι ακόμα χαλασμένο", είπε ο γέρος. "Θα μπορούσαμε να μείνουμε εδώ για πολλές μέρες". Ξεβίδωσε το καπάκι από το μπουκάλι του, έχωσε το λαιμό στο στόμα του και πήρε μια βαθιά γουλιά από το περιεχόμενό του.

"Α, έτσι είναι καλύτερα", αναστέναξε, σκουπίζοντας την υγρασία από τα χείλη του με το πίσω μέρος ενός βρώμικου χεριού. "Ωωωχ , συγγνώμη, ξέχασα τους τρόπους μου". Πρόσφερε το μπουκάλι στον Μπράντμαν, ο οποίος το απομάκρυνε με ένα αηδιασμένο βλέμμα. Η ευγενική χειρονομία του ηλικιωμένου προκάλεσε την ίδια αντίδραση και στους εφήβους.

"Τι εννοούσες όταν είπες ότι μπορεί να μείνουμε εδώ για μέρες;" Η φωνή της κοπέλας έτρεμε, εξακολουθούσε να ακούγεται ψηλά, και ο Μπράντμαν υπέθεσε ότι βρισκόταν στα πρόθυρα της υστερίας. *Για όνομα του Θεού, μην την αφήσεις να πάθει κλειστοφοβία*, έπιασε τον εαυτό του να σκέφτεται.

"Μέρες και μέρες και μέρες", επανέλαβε ο γέρος μετά από άλλη μια γουλιά από το μπουκάλι του. Ριψοκινδύνεψε και η έντονη, αρρωστημένη μυρωδιά του γλυκού μηλίτη έφτασε στα ρουθούνια του Μπράντμαν.

"Τι εννοείς;" φώναξε ξανά το κορίτσι. Ο φίλος της έβαλε το χέρι του προστατευτικά γύρω από τους ώμους της, αλλά ο Μπράντμαν αισθάνθηκε ότι αυτός, ο φίλος, είχε μάλλον την ίδια ανάγκη παρηγοριάς με εκείνη.

"Έχουμε κολλήσει εδώ μέχρι να μπορέσουν να το επιδιορθώσουν", είπε ο γέρος.

"Πόση ώρα θα πάρει;" ρώτησε το αγόρι με τρεμάμενη φωνή.

"Όσο χρειαστεί." Ο γέρος έκλεισε το μπουκάλι του και το έχωσε στα βάθη του άθλιου, βρώμικου παλτού του. "Αλλά μπορεί να πάρει μέρες και μέρες και μέρες".

Ο Μπράντμαν κοίταξε το παλιό πρόσωπο του αλήτη, παρατηρώντας με αποστροφή τα μικρά μάτια της νυφίτσας που ήταν πολύ κοντά μεταξύ τους, τα γκρίζα μαλλιά που είχαν απεγνωσμένα ανάγκη από πλύσιμο και το στενό, λεπτό πηγούνι που χρειαζόταν απεγνωσμένα ξύρισμα.

"Τι ακριβώς εννοείς με αυτό;" απαίτησε. Παρόλο που χρησιμοποιούσε τον τηλεμεταφορέα σχεδόν καθημερινά τα τελευταία 15 χρόνια για να μετακινείται στο γραφείο του, μαζί με τακτικές επισκέψεις σε εργοτάξια, δεν είχε βιώσει ποτέ βλάβη και δεν είχε ιδέα πόσο καιρό θα χρειαζόταν μια επισκευή.

Ξαφνικά ένιωσε μια μεγάλη -και κάπως αχαρακτήριστη- έκρηξη οίκτου για το αξιολύπητο νεαρό ζευγάρι- η πρώτη τους συναρπαστική στιγμή που διακτινίστηκαν στον Δαρβίνο είχε χαλάσει. Πιθανότατα δεν θα ήθελαν ποτέ ξανά να δουν το εσωτερικό ενός θαλάμου τηλεμεταφοράς.

Αλλά ο Μπράντμαν κράτησε το μεγαλύτερο μέρος της συμπάθειάς του για τον εαυτό του. Έπρεπε να μοιράζεται το χρόνο του με αυτόν τον αηδιαστικό γέρο. Χρόνο που τον χρειαζόταν επειγόντως αλλού.

Τα μάτια της νυφίτσας τον κοίταζαν σιωπηλά.

Ο Μπράντμαν είχε αρχίσει να χάνει την υπομονή του. "Σου έκανα μια ερώτηση", ξεσπάθωσε, και μετά έκανε αμέσως ένα βήμα προς τα πίσω, καθώς ένα γουργουρητό άρχισε κάπου στα βάθη του μηλίτη-πικραμένου στομάχου του, το οποίο έφτασε να γίνει άλλο ένα κανονικό ρέψιμο.

"Τι ώρα είναι;", ζήτησε ο γέρος, χτυπώντας το στομάχι του, μετά την κοιλιά του.

"Θέλει να μάθει την ώρα!" Μια νότα σχεδόν κωμικού εκνευρισμού τρύπωσε στη φωνή του Μπράντμαν, καθώς άπλωσε τα χέρια του αβοήθητος προς το νεαρό ζευγάρι.

"Όχι, παρακαλώ", επέμεινε ο γέρος. "Είναι σημαντικό."

Ο Μπράντμαν έριξε μια ματιά στην ψηφιακή οθόνη του καρπού του, περιμένοντας να δείξει κάπου μεταξύ οκτώ και εννέα η ώρα. Εξάλλου, είχε λείψει από το διαμέρισμα μόλις 20 λεπτά και ο Άλφα-Ζέρο ήταν ακόμα στο 3D ολόγραμμα όταν έφυγε.

Κοίταξε έκπληκτος το ρολόι του. Έντεκα λεπτά μετά τις τέσσερις! Δεν είναι δυνατόν. Κοίταξε ψηλά, με ένα κατσούφιασμα στο μέτωπό του. Άλλη μια ματιά. Το ίδιο. Και παρατήρησε ότι και τα δευτερόλεπτα είχαν σταματήσει.

"Σταμάτησε. Τι κάνατε στο ρολόι μου;" φώναξε θυμωμένος.

Πριν προλάβει να απαντήσει ο γέρος, το αγόρι συνέχισε: "Και το δικό μου σταμάτησε. Αλλά αυτό δεν μπορεί να είναι σωστό, λέει τέσσερα-έντεκα".

Η κοπέλα έστρεψε το αμήχανο πρόσωπό της προς τον Μπράντμαν. "Και το δικό μου."

Ο Μπράντμαν είχε αρχίσει να αισθάνεται έξω από τα νερά του. Και τα τρία ρολόγια έδειχναν την ίδια ώρα. Την ίδια λάθος ώρα: τέσσερα έντεκα και δεκαπέντε δευτερόλεπτα. Ο ηλικιωμένος φαινόταν να κάνει έναν υπολογισμό στο μυαλό του, βγάζοντας σιωπηλά νούμερα ενώ μετρούσε τα δάχτυλα του αριστερού του χεριού. Σήκωσε το χέρι του όταν ο Μπράντμαν άρχισε να μιλάει. "Όχι. Ησυχία", διέταξε. Υπήρχε ένας νέος βαθμός εξουσίας στη φωνή του.

Σαν εξημερωμένο αρνί ο Μπράντμαν στεκόταν βουβός, περιμένοντας υπάκουα να τελειώσει.

"Σωστά", είπε τελικά ο γέρος. "Συγγνώμη γι' αυτό. Απλά δουλεύω κάτι, ξέρεις".

Ο Μπράντμαν έπρεπε να ρωτήσει. "Τι;"

"Περιμένατε να είναι γύρω στις οκτώ και μισή, έτσι δεν είναι;" Δεν φάνηκε να παρατηρεί το κουτσό νεύμα αναγνώρισης του Μπράντμαν, αλλά συνέχισε κατευθείαν. "Τα ρολόγια σας λένε λίγο μετά τις τέσσερις... ναι; Μια διαφορά τεσσεράμισι ωρών, σωστά; Οπότε, οποιαδήποτε στιγμή τώρα...." Διέκοψε, απλώνοντας και τα δύο χέρια προς τις πόρτες.

Τίποτα.

"Λοιπόν;" ρώτησε ο Μπράντμαν μετά από μερικές στιγμές.

Ο γέρος συνοφρυώθηκε. "Ο συγχρονισμός μου δεν μπορεί να είναι τόσο λάθος, σίγουρα. Α, εδώ είμαστε."

Καθώς μιλούσε, οι διπλές πόρτες παραμέρισαν

και άφησαν το φως της ημέρας να το πλημμυρίσει. *Το φως της ημέρας.* Ο Μπράντμαν σκέφτηκε για ένα δευτερόλεπτο ότι πρέπει να τρελάθηκε. Είχε αρχίσει να σκοτεινιάζει έξω όταν μπήκαν στην τηλεμεταφορά. Και τι έκαναν όλοι αυτοί οι άνθρωποι έξω, που στέκονταν εκεί, ακίνητοι σαν αγάλματα; Δεκάδες άνθρωποι, εντελώς ακίνητοι.

"Έλα, έχω κάτι να σου δείξω". Ο γέρος ακούστηκε σαν ενθουσιασμένος μαθητής. Ο Μπράντμαν δεν διαμαρτυρήθηκε όταν ένιωσε να τον πιάνουν από το χέρι, αλλά απλώς έτρεξε δίπλα του με το νεαρό ζευγάρι να τον ακολουθεί.

Γύρω τους η πόλη βρισκόταν σε απόκοσμη ησυχία. Μόνο που η πόλη δεν ήταν ο Ντάργουιν. Ο Μπράντμαν την αναγνώρισε χάρη στις φορές που είχε βγει από την τηλεμεταφορά στις επισκέψεις του στο εργοστάσιο μετατροπής Μακντόνελ. Αυτό ήταν το Άλις Σπρινγκς. Ο πολυσύχναστος κεντρικός δρόμος ήταν γεμάτος αεροπλάνα, αλλά όλα είχαν παγώσει στη μέση της κίνησης, και ούτε ένας ήχος δεν έφτανε στα αυτιά του Μπράντμαν, εκτός από τα τέσσερα σετ βημάτων τους.

"Τι συνέβη;" κατάφερε να τραυλίσει. "Είναι σχεδόν σαν... λοιπόν... σαν να έχει σταματήσει ο χρόνος για όλους εκτός από εμάς".

Ο γέρος έτριψε τα χέρια του χαρούμενα. "Είμαι περήφανος για σας, κύριε Μπράντμαν, πραγματικά είμαι". Ο Μπράντμαν δεν άρχισε να αναρωτιέται πώς ο γέρος ήξερε το όνομά του. Στην πραγματικότητα, δεν πρόσεξε καν ότι του απευθύνθηκε με το όνομά του, ήταν πολύ απορροφημένος από την απορία για άλλα πράγματα. "Αυτό ακριβώς συνέβη, κύριε Μπράντμαν, η δυσλειτουργία του τηλεμεταφορέα μάς έκανε να παραμείνουμε "εν κινήσει" ας πούμε, παγιδευμένοι ανάμεσα σε δύο σταθμούς. Εκείνη τη χρονική στιγμή δεν ήμασταν φυσικά τίποτα περισσότερο από σωματίδια συμπυκνωμένων μορίων, αλλά έπρεπε να υλοποιηθούμε κάπου. Ο υπολογισμός για το πού, βασίζεται στην ταχύτητα με την οποία μεταδιδόμασταν και στην απόσταση που διανύαμε".

Ο Μπράντμαν κοίταξε τον απίστευτα παγωμένο κόσμο γύρω τους. "Αλλά εδώ δεν είναι το Ντάργουιν, είναι το Άλις Σπρινγκς".

"Δεν περιμένω ακόμη και από έναν παγκοσμίου φήμης φυσικό όπως εσείς να καταλάβει τη διαχρονική επιστήμη που κρύβεται πίσω από αυτό". Ο γέρος ακούστηκε κάπως αυτάρεσκος, μάλλον σαν ένας αντιπαθής λέκτορας που εξηγεί κάτι σε έναν όχι και τόσο έξυπνο φοιτητή. "Το μόνο που χρειάζεται να ξέρετε είναι ότι έχουμε γυρίσει προς τα πίσω σε μια παγωμένη χρονική στιγμή λίγο μετά τις τέσσερις το απόγευμα στο Άλις Σπρινγκς".

Ήταν αδύνατο για τον Μπράντμαν να εκλογικεύσει αυτό που άκουγε. "Πήγε πίσω στο χρόνο;" ειρωνεύτηκε. "Μην λες ανοησίες. Τι μας συνέβη πραγματικά;"

Ο ηλικιωμένος γέροντας γέλασε με τον εαυτό του. "Ποτέ δεν το πιστεύουν, ποτέ. Δεν ξέρω γιατί μπαίνω στον κόπο να τους το εξηγήσω".

Το νεαρό ζευγάρι κοιτούσε τον ουρανό. Χιλιάδες μέτρα από πάνω τους ένα υπερυψωμένο αεροσκάφος απλά κρεμόταν στο απέραντο γαλάζιο.

"Με πιστεύετε, έτσι δεν είναι;" τους ρώτησε.

Γύρισαν προς το μέρος του, με κενές εκφράσεις να καλύπτουν τα πρόσωπά τους.

"Δεν πειράζει", είπε ζωηρά. "Με τον κ. Μπράντμαν ασχολούμαι".

Ο Μπράντμαν, επίσης, τον κοίταξε με κενό βλέμμα. "Τι μας έκανες;"

"Τι σου έχω κάνει...;" Η ρητορική ήταν αργή και υπομονετική -και πάλι σαν καθηγητής προς φοιτητή. "Σας έδωσα μια μοναδική ευκαιρία, κύριε Μπράντμαν, αυτό σας έκανα. Σας έδωσα την ευκαιρία να ζήσετε ξανά μερικές σύντομες ώρες από τη ζωή σας, να διορθώσετε τα πράγματα. Με ακολουθείς τώρα;"

Ξαφνικά, σαν αστραπή, ο Μπράντμαν μπόρεσε να κατανοήσει το νόημα του ηλικιωμένου. "Δεν ξέρω πώς ή γιατί, αλλά, ναι, νομίζω ότι ξέρω. Μπορώ να σταματήσω τη δυσλειτουργία στο εργοστάσιο μετατροπής Μακντόνελ".

"Απολύτως, κύριε Μπράντμαν." Τα μάτια της νυφίτσας έλαμψαν. "Είσαι πράγματι ένας αξιόλογος μαθητής. Είμαι περήφανος που είμαι ο μέντοράς σου".

"Πόσο χρόνο έχω;"

"Μέχρι να καταλάβουν τι κάναμε στον τηλεμεταφορέα".

"Πόσο καιρό νομίζεις ότι θα πάρει;"

"Όχι μέχρι να ολοκληρώσεις την αποστολή σου, σε διαβεβαιώνω γι' αυτό".

"Αλλά το εργοστάσιο είναι μίλια μακριά, στην οροσειρά Μακντόνελ".

"Το μεταφορικό σας μέσο σας περιμένει, κύριε".

Τα μάτια του Μπράντμαν ακολούθησαν το τεντωμένο χέρι του ηλικιωμένου άνδρα και κατέληξαν σε ένα ταξί που είχε παγώσει στην άκρη του δρόμου. Η πόρτα του ήταν ανοιχτή και δύο γυναίκες είχαν σταματήσει εγκαίρως την ώρα που αποβιβάζονταν. Ο γέρος τις σήκωσε απαλά από τη μέση και μπήκε μέσα. Γλίστρησε τον εξίσου ακίνητο οδηγό πάνω στο κάθισμα, και μετά πέρασε επιδέξια με τα δάχτυλά του από την κονσόλα του υπολογιστή.

"Ελάτε, κύριε Μπράντμαν, μπείτε μέσα".

Καθώς ο Μπράντμαν μπήκε στο πίσω μέρος, άκουσε την πόρτα να κλείνει και τον κινητήρα να παίρνει μπροστά.

"Ει, τι θα γίνει με εμάς;" φώναξε ο έφηβος απ' έξω, χτυπώντας το παράθυρο.

"Μην ανησυχείς", φώναξε ο γέρος. "Θα σας πάρουμε στο δρόμο της επιστροφής".

Ο Μπράντμαν τους κοίταξε καθώς το αυτοκίνητο ανέβαινε, πριν φύγει δυτικά προς την ύπαιθρο και την άθικτη ακόμη οροσειρά Μακντόνελ.

———

Οι έφηβοι κοίταζαν το αεροπλάνο μέχρι που δεν ήταν παρά μια μικρή κουκκίδα στο βάθος και η απόλυτη ησυχία κατέβηκε στον κόσμο τους για άλλη μια φορά.

"Λοιπόν, μου αρέσει αυτό", είπε η κοπέλα. "Τι κάνουμε τώρα;"

Ο φίλος της κοιτούσε γύρω του το σουρεαλιστικό θέαμα του Άλις Σπρινγκς παγωμένο στο χρόνο, τους παγωμένους ανθρώπους, τα παγωμένα αυτοκίνητα, τα παγωμένα αεροσκάφη. "Είναι σαν φωτογραφία. Ένα τρισδιάστατο ολόγραμμα μέσα στο οποίο περπατάμε".

"Καλύτερα να μην απομακρυνθούμε πολύ από εδώ", συνέχισε το κορίτσι. "Δεν θέλουμε να χάσουμε το λεωφορείο για το σπίτι μας".

Ξαφνικά το αγόρι είδε μια κίνηση με την άκρη του ματιού του. "Έι, κάποιος είναι εκεί πέρα".

Πριν προλάβει να αντιδράσει η φίλη του, έτρεξε 20 μέτρα προς ένα στενό δρομάκι. Τρεις αλήτες που φορούσαν παρόμοια βρώμικα παλτά με εκείνο που στόλιζε τον γέρο που τους είχε πάει εκεί, κάθονταν ακουμπισμένοι στον τοίχο, προφανώς παγωμένοι στο χρόνο όπως όλοι και όλα. Όμως ένας τέταρτος αλήτης κατηφόριζε προς το στενό.

"Περίμενε ένα λεπτό", φώναξε το αγόρι καθώς η τρελή φιγούρα έστριψε μεθυσμένη προς τη μία πλευρά και εξαφανίστηκε μέσα από μια πόρτα.

Το αγόρι είχε φτάσει στα μισά του δρόμου όταν άκουσε μια κραυγή από πίσω του. "Τόνι. . Βοήθησέ με!" Γύρισε και είδε τη φίλη του να παλεύει με τους άλλους τρεις αλήτες. Τα χέρια της κρατούνταν γερά, ενώ ο ένας αλήτης της έκανε γρήγορα ένεση στο λαιμό με μια σύριγγα ενισχυμένη με δύναμη. Έμεινε άτονη και οι τρεις άντρες την ξάπλωσαν απαλά στο έδαφος.

"Σαράλε!" φώναξε ο Tony, τρέχοντας προς το μέρος τους. "Τι έκανες στη Σαράλε;"

Οι αλήτες σχημάτισαν μια γραμμή ανάμεσα στον Τόνι και την κοπέλα, αλλά αυτό δεν τον εμπόδισε. Χωρίς να σταματήσει το βήμα του, ρίχτηκε κατευθείαν πάνω τους. Δύο έπεσαν μαζί του, αλλά ο τρίτος κατάφερε να στριμωχτεί στον τοίχο για να αποφύγει τον ανθρώπινο πολιορκητικό κριό.

Παρόλο που ο Τόνι ήταν νέος και γυμνασμένος, δεν είχε καμία ελπίδα απέναντι και στους τρεις. Επειδή δεν ήταν τόσο εγκαταλελειμμένοι όσο φαίνονταν. Έμοιαζαν να αποτινάσσουν από τη μια στιγμή στην άλλη την όψη των σκυφτών, μεθυσμένων αποτυχημένων, γίνονταν εύκαμπτοι και δυνατοί. Μέσα σε λίγα δευτερόλεπτα τον είχαν εξουδετερώσει, και ο ένας έφτασε σβέλτα μέσα στο λερωμένο και κουρελιασμένο παλτό του για μια άλλη σύριγγα με ενισχυμένη δύναμη.

"Ποιος είσαι εσύ;" ούρλιαξε ο Τόνι, παλεύοντας άγρια, προσπαθώντας να ξεφύγει από την κατακτητική λαβή που τον κρατούσε σταθερά. "Τι μας κάνεις;"

Η φωνή του αλήτη ακουγόταν εκπληκτικά νεανική και ζωντανή. "Μην αντιστέκεσαι", διέταξε ομαλά. "Δεν πρόκειται να σε πειράξουμε. Θα σε πάμε σπίτι σου, αυτό είναι όλο".

"Σπίτι... αλλά πώς;" Τα μάτια του Τόνι γούρλωσαν από φόβο, καθώς η σύριγγα αιωρούνταν επικίνδυνα κοντά στο λαιμό του. Ο αλήτης που την κρατούσε έσπρωξε το πρόσωπό του κοντά στο πρόσωπο του Τόνι. "Όταν ξυπνήσεις θα είσαι στον θάλαμο τηλεμεταφοράς και δεν θα θυμάσαι τίποτα από όλα αυτά". Πίεσε τη σύριγγα στη σάρκα του Τόνι και πάτησε τη σκανδάλη.

Στο ένα ή δύο δευτερόλεπτα πριν χάσει τις αισθήσεις του, ο Τόνι είδε τον τέταρτο αλήτη να επιστρέφει από το δρομάκι, βγάζοντας το παλτό του και αποκαλύπτοντας από κάτω μια σκούρα μπλε στολή. Ήταν ο χειριστής της τηλεμεταφοράς, τον οποίο είχε δει για τελευταία φορά στον θάλαμο ελέγχου του Ντάργουιν. Ο άντρας σχεδόν κολυμπούσε στην εξασθενημένη όρασή του.

"Βιάσου", τον άκουσε ο Τόνι να λέει, αλλά οι λέξεις ακούστηκαν αχνές καθώς οι αισθήσεις του παραληρούσαν. "Είμαι έτοιμος να πάρω...."

Στη συνέχεια ο Τόνι βυθίστηκε στη λήθη.

Ο Μπράντμαν κοίταξε μέσα από το παράθυρο του αεροπλάνου την πόλη που βρισκόταν σιωπηλή και ακίνητη καθώς έτρεχαν προς τα αστικά όρια και την άγρια φύση πέρα από αυτά: την ύπαιθρο, όπου το εργοστάσιο μετατροπής Μακντόνελ βρισκόταν στην καρδιά της οροσειράς.

Δεν μπορούσε να πιστέψει αυτό που συνέβαινε. "Ποιος είσαι εσύ", τόλμησε να ρωτήσει. "Πώς τα κάνεις όλα αυτά;"

Ο ηλικιωμένος άντρας χαλάρωσε το χειριστήριο για να κάνει ελιγμούς γύρω από ένα όχημα μπροστά τους που αιωρούνταν τόσο στον αέρα όσο και στο χρόνο. Κοίταξε πίσω, πάνω από τον ώμο του, τον Μπράντμαν που καθόταν στο πίσω μέρος.

"Ας πούμε απλά ότι χρησιμοποιώ δυνάμεις της φύσης που δεν έχετε μάθει να αξιοποιείτε ακόμα".

"Αλλά ποιος είσαι εσύ;"

"Καλό ταξίδι, κύριε Μπράντμαν".

"Αλλά τι...;"

"Αν ήμουν στη θέση σου, θα άρχιζα να σκέφτομαι πώς να διορθώσω αυτή τη δυσλειτουργία στον αντιδραστήρα σου". Ο ηλικιωμένος άντρας έκανε μια χειρονομία προς το αγαλματένιο τοπίο πέρα από το παρμπρίζ του αεροπλάνου. "Μπορεί να φαίνεται έτσι εκεί έξω, αλλά στην πραγματικότητα δεν έχετε όλο τον χρόνο του κόσμου. Θα πρέπει να δουλέψετε γρήγορα". Πάτησε ένα πλήκτρο στην κονσόλα και ένα ηχομονωτικό φύλλο από πλαστικό γυαλί γλίστρησε ομαλά ανάμεσά τους, αποκόπτοντας τον από κάθε άλλη ερώτηση.

Ο Μπράντμαν ξαπλώθηκε στο κάθισμά του και άρχισε να φαντάζεται τον κεντρικό πίνακα του αντιδραστήρα.

Αλλά όσο κι αν προσπαθούσε, η αυτοσυγκέντρωση συνέχιζε να του διαφεύγει. Το μυαλό του εξακολουθούσε να παραπαίει από τα απίθανα γεγονότα της ημέρας. Πρώτον, η έκρηξη που προκλήθηκε από μια δυσλειτουργία -περισσότερο από δύο δυσλειτουργίες- στο σύστημα που έλεγε σε όλους ότι ήταν ασφαλές- στην πραγματικότητα, ο αριθμός των χαρακτηριστικών ασφαλείας που ήταν ενσωματωμένα σε αυτό είχε γίνει θρυλικός μεταξύ των συναδέλφων του διευθυντών της Datateknik που θεωρούσαν ότι ήταν υπερβολικά προσεκτικός. Δεύτερον, αυτό που του συνέβαινε τώρα ήταν εντελώς απίστευτο. Για μια-δυο στιγμές σκέφτηκε σοβαρά την πιθανότητα να ονειρευόταν - ότι όλα αυτά ήταν ένας εφιάλτης. Αλλά μπορούσε να θυμηθεί με σαφήνεια όλα όσα είχε κάνει κατά τη διάρκεια της ημέρας- τι έφαγε για μεσημεριανό και βραδινό, τα ραντεβού που είχε κλείσει και τους ανθρώπους που είχε δει. Και λίγο πριν φύγει από το γραφείο του είχε δεσμευτεί οριστικά στον Walter Ρέντμπρικ ότι το αποτέλεσμα της δοκιμαστικής λειτουργίας του πρωτότυπου αντιδραστήρα σε απευθείας σύνδεση για έναν ολόκληρο μήνα, μετά την επιτυχή προσομοίωση του αντιδραστήρα σε απευθείας σύνδεση για έναν μήνα, θα ήταν έτοιμο εντός δύο ημερών. Όχι, σίγουρα δεν το είχε ονειρευτεί αυτό. Τον είχε πάρει ο ύπνος βλέποντας το Alpha-Zero; Ήταν σίγουρος ότι δεν το είχε κάνει. Κοίταξε έντονα μέσα από το πλαστικό γυαλί το πίσω μέρος του κεφαλιού του ηλικιωμένου άνδρα, παρατηρώντας πώς τα φουντωτά γκρίζα μαλλιά κρέμονταν σε λιπαρές τούφες πάνω από το κολάρο του.

Κοίταξε ξανά έξω. Η εξάπλωση του πολιτισμού αραιώθηκε καθώς το αεροσκάφος έτρεχε προς τα νοτιοδυτικά σύνορα του Άλις Σπρινγκς. Μέσα σε λίγα λεπτά πετούσαν πάνω από την έρημη θαμνώδη γη, με τα κτίρια πίσω τους να μην είναι παρά συρρικνωμένες κουκίδες στον ορίζοντα.

Τελικά έφτασαν στο εξωτερικό χείλος της οροσειράς Μακντόνελ, όπου το αφιλόξενο επίπεδο έδαφος άρχισε να διογκώνεται σε λόφους και βουνά. Ο Μπράντμαν είχε κάνει αυτό το ταξίδι πολλές φορές, αλλά ποτέ υπό τόσο περίεργες συνθήκες. Εξακολουθούσε να μην μπορεί να πιστέψει κανείς ότι πέρα από τα όρια του αεροπλάνου όλος ο κόσμος ήταν προφανώς παγωμένος στο χρόνο και ότι εκείνος βρισκόταν καθ' οδόν για να αποτρέψει μια κατακλυσμιαία έκρηξη που είχε ήδη συμβεί. Αλλά όχι, *δεν είχε συμβεί, έτσι δεν είναι;* Όχι ακόμα; Τουλάχιστον όχι αυτή τη συγκεκριμένη χρονική στιγμή, τέσσερις ώρες στο παρελθόν του. Και όμως, στο δικό του παρόν είχε συμβεί. Πιέζοντας αυτά τα ανεξήγητα παράδοξα στο πίσω μέρος του μυαλού του, επιστράτευσε κάθε ίχνος θέλησης που είχε για να θέσει υπό έλεγχο τις σκέψεις του. Ο αντιδραστήρας. Τι προκάλεσε τη βλάβη του αντιδραστήρα και γιατί το σύστημα παρακολούθησης δεν ειδοποίησε τους χειριστές; Μια αυτοδιάγνωση στον υπολογιστή θα ήταν ο ταχύτερος τρόπος για να εντοπίσει τι πρέπει να γίνει, σκέφτηκε. Αλλά ακόμα και αυτό θα πάρει κάποιο χρόνο. Υπάρχουν άλλοι τρόποι για να γίνει αυτό;

Κάτω από τον έμπειρο έλεγχο του ηλικιωμένου αλήτη, το αεροσκάφος περιέστρεφε το δρόμο του αλάνθαστα ανάμεσα στις βάσεις πολλών βουνών μέχρι να φτάσει στο Solar Peak - το ανεπίσημο όνομα που του έδωσε η ομάδα Datateknik που εργαζόταν στο εσωτερικό και εκατοντάδες μέτρα κάτω από τη γη. Το όχημα σκαρφάλωσε σε ένα επίπεδο περβάζι σε ύψος περίπου 100 μέτρων, και στη συνέχεια βυθίστηκε στα μαλακά στηρίγματά του με ένα υδραυλικό σφύριγμα. Ο ηλικιωμένος άγγιξε δύο κουμπιά για να ανοίξουν οι μπροστινές και οι πίσω πόρτες και βγήκε έξω.

Αποβιβάστηκε και ο Μπράντμαν. Ο σύντροφός του έδειξε μια μικρή σχισμή στο βράχο. "Νομίζω ότι σας χρειάζομαι γι' αυτό", είπε φιλικά. Δίπλα στη σχισμή, ήταν σχεδόν σαν ένα γιγάντιο μαχαίρι να είχε χαράξει ένα μαθηματικά τέλειο τετράγωνο τριών μέτρων στο πρόσωπο του βουνού.

"Ναι." Η φωνή του Μπράντμαν έσταζε σαρκασμό. "Θα σου ανοίξω την πόρτα". Για ένα ή δύο δευτερόλεπτα στάθηκε και κοίταξε το έρημο τοπίο. Τίποτα δεν κουνιόταν. Πράγματι, δεν υπήρχε τίποτα εκεί για να κινηθεί.

Ο αλήτης σήκωσε το μανίκι του και έκανε μια υπερβολική επίδειξη κοιτάζοντας το ρολόι του. Υπήρχε κάτι σ' αυτή την απλή πράξη που χτύπησε προειδοποιητικά καμπανάκια στον Μπράντμαν, αλλά δεν μπορούσε να το προσδιορίσει με το δάχτυλό του.

"Κύριε Μπράντμαν, παρακαλώ...." Φαινόταν ότι ο ηλικιωμένος άνδρας ανησυχούσε όλο και περισσότερο για την έγκαιρη αποκατάσταση του προβλήματος.

"Μπορείτε να με βοηθήσετε να βρω το σφάλμα;"

ρώτησε ο Μπράντμαν. "Θα ήθελα λίγη βοήθεια μόλις μπούμε μέσα. Θα είναι πιο γρήγορο αν δουλεύουμε και οι δύο πάνω σε αυτό".

Ο γέρος κούνησε το κεφάλι του. "Δυστυχώς όχι. Αν μπορούσα, δεν θα χρειαζόταν να σας φέρω εδώ, έτσι δεν είναι; Θα το έκανα μόνος μου, αλλά δυστυχώς δεν έχω αρκετή γνώση της διαδικασίας σας. Εσύ είσαι ο ειδικός και μου είπαν ότι είσαι ο μόνος που μπορεί ενδεχομένως να το φέρει εις πέρας".

Ο Μπράντμαν του έριξε μια κυνική ματιά προτού σπρώξει το τσιπ της εταιρικής του ταυτότητας στην υποδοχή. Αμέσως ένα μικρό οριζόντιο τμήμα βράχου, περίπου στο μέγεθος του i-tablet του Μπράντμαν, απλώθηκε από το βράχο και αποκάλυψε μια αδιαφανή οθόνη σάρωσης. Ο Μπράντμαν πίεσε στη συνέχεια την παλάμη του δεξιού του χεριού πάνω της, ενεργοποιώντας τα φωνητικά κυκλώματα του υπολογιστή.

"Ώρα πρόσβασης: 4,11 και 15 δευτερόλεπτα, 30 Ιουλίου, έτος 2345". Ο υπολογιστής είχε προγραμματιστεί με μια απαλή γυναικεία φωνή ουδέτερης προφοράς. "Προσωπικό: Μπράντμαν, Λόιντ Τίμοθι Μάικλ. . Κατάσταση: Διευθυντής Ενέργειας Datateknik. Χειροκίνητο αποτύπωμα επαληθεύτηκε. Πρόσβαση επιτρέπεται."

Με ένα απαλό ηλεκτρονικό βουητό, το τετράγωνο των τριών μέτρων γλίστρησε ομαλά στην άκρη, αποκαλύπτοντας έναν κατάλευκο διάδρομο που φωτιζόταν από κρυφά φώτα οροφής.

Μόλις μπήκαν μέσα, η πόρτα έκλεισε με σφυρίγματα και ο μόνος ήχος ήταν το κούφιο χτύπημα των βημάτων τους στο μεταλλικό δάπεδο, καθώς ο Μπράντμαν οδηγούσε προς την πόρτα ενός ασανσέρ. "Κάτω στο 87ο επίπεδο", είπε, δείχνοντας στον ηλικιωμένο να περάσει.

Ο Μπράντμαν ήλπιζε ότι θα υπήρχε αρκετός

χρόνος για να τρέξει ο υπολογιστής ελέγχου το πλήρες πρόγραμμα αυτοδιάγνωσής του, όταν η ερώτηση του ηλικιωμένου διέκοψε τις σκέψεις του. "Μου είπαν ότι η διαδικασία μετατροπής της ενέργειάς σας είναι μια θεαματική ιδέα. Πώς την ανακαλύψατε;"

Ο Μπράντμαν λάτρευε να μιλάει για το αγαπημένο του θέμα -ιδιαίτερα για τον ρόλο του στην επινόηση του σημερινού πειραματικού συστήματος αντιδραστήρων- αλλά μπορούσε να μιλάει γι' αυτό μόνο στους κατάλληλους κύκλους. Ένας από τους λόγους για τους οποίους το έργο ήταν κρυμμένο βαθιά στο υπέδαφος και στην καρδιά ενός βουνού στην αυστραλιανή ύπαιθρο, ήταν ότι βρισκόταν ακόμη σε πολύ απόρρητο στάδιο. Μόνο μια χούφτα πολύ υψηλόβαθμων κυβερνητικών αξιωματούχων γνώριζαν την ύπαρξή του. Και ο Μπράντμαν ήξερε ότι όταν γινόταν γνωστό στη δημοσιότητα θα υπήρχε έντονη διαμαρτυρία από τις βιομηχανίες ηλιακής ενέργειας και υδρογόνου. Αλλά, φυσικά, αν η αποστολή του να αποτρέψει την επερχόμενη τραγωδία αποτύγχανε, όλος ο κόσμος θα το μάθαινε μέσα σε λίγες ώρες, πράγμα που θα σήμαινε το τέλος για το επαναστατικό σύστημα μετατροπής του ηλιακού ανέμου της Datateknik. *Και αυτός ο δυσάρεστος άνθρωπος τον βοηθούσε, οπότε τι κακό θα μπορούσε να κάνει να παρακάμψει λίγο τις άκρες;*

Έριξε μια ματιά στον δείκτη δαπέδου. Λίγα δευτερόλεπτα ακόμα για το 87ο.

"Λοιπόν, αυτό που κάνουμε είναι να μετατρέπουμε τον ηλιακό άνεμο σε μια μορφή σχεδόν απεριόριστης ενέργειας", άρχισε.

"Νόμιζα ότι είχαμε ήδη αυτόν τον πόρο, κ. Μπράντμαν".

"Ορίστε;"

"Εδώ και 300 χρόνια χρησιμοποιούμε ηλιακές

κυψέλες για να μετατρέψουμε το ηλιακό φως απευθείας σε ηλεκτρική ενέργεια. Τι το ιδιαίτερο έχει η δική σας διαδικασία;"

"Το φως του ήλιου, ναι. Αυτό τροφοδοτεί πολλά σπίτια και επιχειρήσεις εδώ και αιώνες μέσω μεμονωμένων ημιαγωγών, και οι περισσότεροι δορυφόροι που βρίσκονται σήμερα σε τροχιά γύρω από τη Γη αντλούν ενέργεια από το ηλιακό φως. Η ακατέργαστη ενέργεια που παίρνει η Γη από τον ήλιο είναι κυρίως φως και διάφορες μορφές ηλεκτρομαγνητικής ακτινοβολίας που χρησιμοποιούνται για την παραγωγή θερμότητας ή ηλεκτρισμού. Όμως ο συγκεκριμένος τύπος ηλιακής κυψέλης που απαιτείται για την αξιοποίησή της είναι ακόμη πολύ αναποτελεσματικός και ακριβός για να χρησιμοποιηθεί εμπορικά.

"Ο ηλιακός άνεμος, ωστόσο, είναι ένα εντελώς διαφορετικό θέμα".

Σχεδόν ανεπαίσθητα ο ανελκυστήρας τερμάτισε την κάθοδό του στο επίπεδο 87, πολλές χιλιάδες μέτρα κάτω από τη γη. Η πόρτα άνοιξε με έναν αναστεναγμό και ο Μπράντμαν βγήκε έξω, υποδεικνύοντας να στρίψουν δεξιά.

"Ένα ρεύμα φορτισμένων σωματιδίων προέρχεται από το στέμμα του ήλιου και εκτοξεύεται από την ανώτερη ατμόσφαιρα", συνέχισε. "Αλλά αυτός ο άνεμος είναι εξαιρετικά ασταθής. Η κατεύθυνση και η ταχύτητα ποικίλλουν σημαντικά, και αρκετά συχνά οι άνεμοι υψηλής ταχύτητας χτυπούν αυτούς που ταξιδεύουν πιο αργά. Αυτές οι διακυμάνσεις της ταχύτητας του ανέμου ταλανίζουν το μαγνητικό πεδίο της Γης και μπορούν να δημιουργήσουν καταιγίδες στη μαγνητόσφαιρά μας".

"Μαγνητόσφαιρα;"

"Η μαγνητόσφαιρα λειτουργεί ως φράγμα, εκτρέποντας τα σωματίδια γύρω από τη Γη. Ωστόσο, μερικές φορές είναι σε θέση να διαπεράσουν την άκρη αυτής της περιοχής και μπορούν να προκαλέσουν ραδιοφωνικές παρεμβολές. Περιστασιακά αυτές οι καταιγίδες είναι τόσο έντονες που βγάζουν εκτός λειτουργίας τα ηλεκτρικά μας δίκτυα".

"Αυτό προκάλεσε την παγκόσμια διακοπή ρεύματος το 2310;"

"Απολύτως, και αυτό που χτύπησε την Αυστραλία το 2335, μαζί με πολλά άλλα με την πάροδο των χρόνων. Αλλά αν ο ηλιακός άνεμος αξιοποιηθεί σωστά μπορεί να χρησιμοποιηθεί σε εμπορική βάση για να τροφοδοτήσει ολόκληρο τον κόσμο.

"Το έργο μας αποσκοπεί στη διοχέτευση και την τιθάσευση του ηλιακού ανέμου. Έχουμε μια σειρά από πιάτα διοχέτευσης στην κορυφή αυτού του βουνού για να συλλέγουμε αυτή την ενέργεια και να τη διοχετεύουμε σε μια σειρά από υπόγειους αντιδραστήρες...."

"Όπου τη μετατρέπετε στη φθηνότερη μορφή ενέργειας που είχε ποτέ η ανθρωπότητα", κατέληξε ο αλήτης. "Αλλά τι γίνεται με το κόστος για το περιβάλλον; Τι κακό κάνει στη Γη;"

"Απολύτως καμία. Εκτός του ότι είναι η φθηνότερη, είναι επίσης η ασφαλέστερη, καθαρότερη και πιο πράσινη μορφή ενέργειας. Απεριόριστη φτηνή ενέργεια για όσο καιρό τη θέλουμε".

"Είσαι απολύτως σίγουρος γι' αυτό; Είχαν τις ίδιες μεγάλες ελπίδες για την πυρηνική ενέργεια στα μέσα του $20^{ου}$ αιώνα. Δεν είχε προβλεφθεί με αυτοπεποίθηση ότι η πυρηνική ενέργεια θα εγκαινίαζε μια χρυσή εποχή για την ανθρωπότητα - το κόστος της ενέργειας θα ήταν πολύ φτηνό για να ασχοληθεί κανείς καν με την παρακολούθηση;"

Προφανώς είχε διαβάσει τα αρχεία της ιστορίας του, σκέφτηκε ο Μπράντμαν.

"Αλλά τι συνέβη στην πραγματικότητα;" Ένα δυσάρεστο μειδίαμα σταθεροποιήθηκε στο πρόσωπο του αλήτη, με τα μάτια του να κοιτούν ακούνητα τα μάτια του Μπράντμαν. "Υπήρξαν πολλά ατυχήματα που αφορούσαν την πυρηνική τήξη, έτσι δεν είναι; Εσείς είχατε ήδη το πρώτο σας μεγάλο ατύχημα και δεν έχετε καν λειτουργήσει ακόμα".

"Ναι, το ξέρω. Αλλά χάρη στη βοήθειά σας -όπως κι αν το κάνετε- μπορούμε να διορθώσουμε αυτό το σφάλμα και να διασφαλίσουμε ότι δεν θα ξανασυμβεί", δήλωσε ο Μπράντμαν. "Α, εδώ είμαστε." Είχαν φτάσει σε μια πόρτα στο τέλος του διαδρόμου, η οποία γλίστρησε απαλά στην άκρη, αποκαλύπτοντας τον συνήθως αυστηρά φυλασσόμενο χώρο ελέγχου των αντιδραστήρων. Το προσωπικό της πρωινής βάρδιας ήταν όλοι απόκοσμα ακίνητοι στις θέσεις τους, και ο Μπράντμαν βρέθηκε και πάλι να αναρωτιέται πώς η δυσλειτουργία, όποια κι αν ήταν αυτή, δεν είχε εντοπιστεί.

Απομάκρυνε έναν παγωμένο επιστήμονα από τη θέση του στην οθόνη τηλεμετρίας και κάθισε, πατώντας το πλήκτρο για να επιστρέψει ο υπολογιστής στην οθόνη εκκίνησης. Χρησιμοποιώντας έναν συνδυασμό του πληκτρολογίου αφής και των εικονιδίων στην οθόνη, ξεφύλλισε την ακολουθία εκκίνησης για το διαγνωστικό σύστημα του κύριου αντιδραστήρα, σημειώνοντας με ένα αίσθημα βύθισης ότι η πλήρης εκτέλεση θα έπαιρνε περίπου 40 λεπτά.

Στο βάθος, ο ηλικιωμένος άνδρας έβλεπε το ρολόι του και είχε αρχίσει να εκνευρίζεται. Μια φευγαλέα σκέψη πέρασε από το μυαλό του Μπράντμαν ότι πίσω στο θάλαμο τηλεμεταφοράς ο αλήτης τον είχε ρωτήσει την ώρα. Και αυτό ήταν που τον είχε τρώει όταν στέκονταν στο περβάζι της εισόδου νωρίτερα. *Γιατί να με ρωτήσει την ώρα όταν έχει ρολόι ο ίδιος;* Η σκέψη διαλύθηκε καθώς έστρεψε την προσοχή του στον υπολογιστή.

Το διαγνωστικό ανέσυρε μερικά μικρά σφάλματα συστημάτων που επιδιορθώθηκαν αυτόματα, αλλά τα λεπτά που έδινε ειδικά αυτή η αινιγματική φιγούρα εκτός της κανονικής ροής του χρόνου, περνούσαν... μέχρι που..:

"Εδώ είναι", φώναξε ο Μπράντμαν, δείχνοντας την οθόνη του υπολογιστή και διακόπτοντας τη διαγνωστική σάρωση. "Μια ραγισμένη ράβδος ελέγχου."

Τότε το πρόσωπό του έπεσε. "Δεν έχουμε αντικαταστάτες στην περιοχή. Ποτέ δεν είχαμε πρόβλημα με τις ράβδους στο παρελθόν. Θα πρέπει να επιστρέψω στο Ντάργουιν για να πάρω ένα καινούργιο".

Έριξε και πάλι μια ματιά στο ρολόι και ο αλήτης κούνησε το κεφάλι του. "Όχι, κύριε Μπράντμαν, ζητάτε πολλά τώρα. Δεν έχετε χρόνο να το αντικαταστήσετε".

"Τότε γιατί στο διάολο με έφερες εδώ;" φώναξε ο Μπράντμαν. "Νόμιζα ότι ήρθα για να διορθώσω το πρόβλημα, να αποτρέψω την έκρηξη". Βυθίστηκε πίσω στο κάθισμα, ηττημένος. "Αν δεν μπορώ να αντικαταστήσω τη ράβδο, δεν μπορώ να σταματήσω την καταστροφή".

"Αλλά μπορείς."

"Δεν μπορώ. Δεν καταλαβαίνεις; Αυτή ακριβώς η ράβδος είναι που προκάλεσε την αλυσιδωτή αντίδραση. Έχει ραγίσει και δεν μπορώ να την επιδιορθώσω. Πρέπει να την αντικαταστήσω".

"Όχι απαραίτητα." Ο αλήτης έβαλε το χέρι του στα φαινομενικά ατελείωτα βάθη του παλτού του για να ανασύρει τον γλυκό μηλίτη. "Δεν υπάρχει άλλος τρόπος να σταματήσουμε τους αντιδραστήρες να φτάσουν σε κρίσιμη υπερφόρτωση;" ρώτησε, παίρνοντας μια γενναιόδωρη γουλιά, καταπίνοντας βαθιά και απολαμβάνοντας το υγρό.

"Όχι, φυσικά όχι". Ξαφνικά συνειδητοποίησε. "Εκτός... από το σύστημα προειδοποίησης".

Ο αλήτης έκρυψε και πάλι το μπουκάλι στις πτυχές του παλτού του. Όπως και πριν, αφού βγήκε από τον θάλαμο τηλεμεταφοράς, έτριψε τα χέρια του χαρούμενα και ένας συγκαταβατικός τόνος μπήκε στη φωνή του. "Φυσικά, κύριε Μπράντμαν. Είμαι πραγματικά περήφανος που είμαι ο μέντοράς σας. Αυτό που πρέπει να κάνετε είναι να διασφαλίσετε ότι το σύστημα προειδοποίησης λειτουργεί σωστά, να κάνετε τους χειριστές να καταλάβουν ότι κάτι δεν πάει καλά. Αν το γνωρίζουν αυτό, μπορούν να αποτρέψουν τις εκρήξεις, έτσι δεν είναι;"

Τα μάτια του Μπράντμαν έλαμψαν. "Ναι, πράγματι, και δεν θα πρέπει να υπάρχει πρόβλημα ούτε με αυτό. Αν το κύκλωμα είναι ελαττωματικό, υπάρχουν πολλά άλλα εδώ που μπορώ να βάλω. Τα διατηρούμε αυτά στο εργοτάξιο". Αποσύνδεσε έναν πίνακα στη μητρική πλακέτα επεξεργασίας και αφαίρεσε τον κεντρικό προειδοποιητικό πυρήνα, εξετάζοντάς τον προσεκτικά.

"Κανένα ίχνος φθοράς ή χαλαρών καλωδίων του κυκλώματος", είπε.

"Θα πρέπει να παρουσιάσει βλάβη κάποια στιγμή μέσα στην επόμενη ώρα", είπε ο αλήτης. "Βάλε γρήγορα το καινούργιο, πριν φτιαχτεί η τηλεμεταφορά και μας βγάλουν από αυτή τη χρονική φούσκα πίσω στο δικό σου παρόν".

"Σωστά. Τα καινούργια είναι εδώ". Ο Μπράντμαν άρχισε να βιάζεται προς μια αποθήκη, αλλά βρήκε και πάλι το χέρι του σε μια λαβή σαν μέγγενη.

"Μια στιγμή, κύριε Μπράντμαν. Είναι ο υπολογιστής τώρα εντελώς τυφλός για τη δυσλειτουργία του αντιδραστήρα;"

"Είναι, ναι." Καθώς μιλούσε, ο Μπράντμαν έπιασε για πρώτη φορά τη σατανική λάμψη στα μάτια της νυφίτσας και είδε, πολύ αργά, το άλλο χέρι του γέρου να υψώνεται ψηλά πάνω από το κεφάλι του, πριν σπάσει το άδειο πλέον μπουκάλι μηλίτη με ανησυχητική δύναμη στον εκτεθειμένο κρόταφό του. Καθώς το ποτήρι θρυμματίστηκε γύρω από το αυτί του και έπεσε σε θραύσματα, ο Μπράντμαν είδε αστέρια πριν σωριαστεί αναίσθητος στο πάτωμα.

Στεκόμενος από πάνω του, ο γέρος κοίταξε το κομματάκι του μπουκαλιού που κρατούσε ακόμα στο χέρι του. "Οι παλιομοδίτικοι τρόποι είναι πάντα οι καλύτεροι", είπε. "Εξίσου αποτελεσματικοί με αυτές τις νεόφερτες αναμνηστικές σύριγγες".

———

Ο Μπράντμαν ανατρίχιασε καθώς ο γιατρός έβαζε αλοιφή στη μελανιά. "Απλά δεν το καταλαβαίνω, Γουόλτερ".

"Μην ανησυχείς γι' αυτό, Λόιντ. Τουλάχιστον εσύ είσαι καλά, αν και έχεις μια άσχημη μελανιά στο κεφάλι σου. Πρέπει να τραντάχτηκες πολύ δυνατά στον τοίχο όταν τελικά υλοποιήθηκες".

Από τότε που ανέκτησε τις αισθήσεις του πριν από μερικά λεπτά ο Μπράντμαν προσπαθούσε να ξεκαθαρίσει τι είχε συμβεί. "Πόσο καιρό ήμασταν παγιδευμένοι στο limbo;" ρώτησε, λίγο αβέβαιος.

"Σχεδόν τρεις ώρες", απάντησε ο Ρέντμπρικ.

Αρκετός χρόνος για να ταξιδέψει στον Μακντόνελ και να αποσυνδέσει αυτό το προειδοποιητικό κύκλωμα, σκέφτηκε ο Μπράντμαν. Ξαφνικά ο διεστραμμένος εγκέφαλός του άρχισε να βλέπει τα πράγματα με πιο ξεκάθαρο τρόπο. "Ο γέρος. Τι συνέβη στον γέρο;"

Ένα αμήχανο βλέμμα τσαλάκωσε το μέτωπο του Ρέντμπρικ και έπαιξε στις γωνίες του στόματός του. "Ποιος γέρος;"

Τώρα ήταν η σειρά του Μπράντμαν να προβληματιστεί. "Ο γέρος στην τηλεμεταφορά."

Ο Ρέμπρικ κούνησε το κεφάλι του. "Δεν υπήρχε κανένας γέρος, Λόιντ. Μόνο εσύ και δύο έφηβοι".

Τα λόγια άφησαν άναυδο τον Μπράντμαν και το κεφάλι του αρνήθηκε να σταματήσει να γυρίζει. Εντάξει, ο εγκέφαλός του ήταν ακόμα τρελός, αλλά όχι τόσο τρελός. Δεν υπάρχει γέρος; Δεν έβγαζε κανένα νόημα. "Μα ήταν εκεί μέσα μαζί μας", διαμαρτυρήθηκε.

Ο Ρέντμπρικ έβαλε ένα χέρι στον ώμο του. "Μην ανησυχείς, Λόιντ. Είναι το χτύπημα στον κρόταφο που το έκανε".

"Αλλά και αυτοί οι έφηβοι τον είδαν. Ήρθαν στο Alice Springs μαζί μας".

Ο Ρέντμπρικ σήκωσε τους ώμους του. "Έχουμε ήδη μιλήσει μαζί τους. Δεν ανέφεραν κανέναν γέρο - είπαν ότι ήσουν μόνο εσύ στην τηλεμεταφορά μαζί τους. Και Λόιντ, δεν πήγες στο Άλις Σπρινγκς. Υλοποιήθηκες στον σταθμό πέντε στην προκυμαία του Ντάργουιν".

Το μυαλό του Μπράντμαν συνέχισε τις ιλιγγιώδεις περιστροφές του. "Αλλά ο γέρος... τι μπορεί να του συνέβη;" *Αν ήταν πραγματικά εκεί.* Αυτό από μια εσωτερική φωνή που δύσκολα ακουγόταν πειστική.

"Μιλήσαμε και με τον χειριστή της τηλεμεταφοράς". Τα λόγια του Γουόλτερ Ρέντμπρικ ήταν όσο πιο ευγενικά και καταπραϋντικά μπορούσε να τα κάνει. "Μας είπε ότι ήσασταν μόνο τρεις σ' αυτό το ταξίδι".

"Μα και ο γέρος ήταν εκεί στον τηλεμεταφορέα", επέμεινε ο Μπράντμαν. *"Ήταν. Με πήγε στο Μακντόνελ και...."* Ξέσπασε σε κρύο ιδρώτα, καθώς μια τρομερή σκέψη πέρασε από το μυαλό του. "Ω, Θεέ μου, όχι", αγκομαχούσε, κοιτάζοντας τον Ρέντμπρικ με αγωνία. Παραμερίζοντας το χέρι του γιατρού έσπρωξε τον εαυτό του στους αγκώνες του. "Μου είπες στην τηλεδιάσκεψη ότι οι ενδείξεις της τηλεμετρίας εντόπισαν τον ακριβή χρόνο της δυσλειτουργίας του αντιδραστήρα...;

Ο Ρέντμπρικ έγνεψε. "Σωστά, Λόιντ. Φαίνεται ότι η κύρια ράβδος ελέγχου έσπασε γύρω στις τέσσερις παρά τέταρτο, αλλά δεν θα υπήρχε αρκετή συσσώρευση στους άλλους αντιδραστήρες για να ενεργοποιηθεί το σύστημα προειδοποίησης μέχρι πολύ αργότερα. Δυστυχώς, το κύκλωμα που ελέγχει το σύστημα προειδοποίησης παρουσίασε επίσης δυσλειτουργία".

Ο Μπράντμαν αισθάνθηκε λιποθυμία και αδιαθεσία. "Τι ώρα βγήκε εκτός λειτουργίας το κύκλωμα ασφαλείας;" Η φωνή του ήταν απόμακρη και αβοήθητη. Ήξερε ήδη την απάντηση.

"Περίπου στις τέσσερις και δέκα, νομίζω".

Έπρεπε να είναι πιο ακριβές από αυτό. Μπορούσε ακόμα να ακούσει τον έφηβο να λέει ότι το ρολόι του είχε σταματήσει στις τέσσερις και έντεκα, και τη δική του δυσπιστία όταν συνειδητοποίησε ότι τα ρολόγια όλων είχαν σταματήσει στην ίδια λάθος ώρα. Ήταν επίσης η ώρα που ο υπολογιστής κατέγραψε την πρόσβασή του στον ιστότοπο Μακντόνελ.

"Έχετε το ακριβές λεπτό και τα δευτερόλεπτα;"

Ο Ρέντμπρικ έδειξε πάλι αμήχανος. Ανέβασε ένα αρχείο στο i-tablet του. "Ναι, εδώ είμαστε. Τέσσερα, έντεκα και δεκαπέντε δευτερόλεπτα".

ΤΟ ΠΑΙΔΊ ΤΗΣ ΣΤΆΧΤΗΣ

Κάθε εβδομάδα που περνούσε, η τελετουργία γινόταν όλο και πιο οδυνηρή και φοβόταν την προοπτική να διασχίσει την πεδιάδα μέχρι τους πανύψηλους πέτρινους πυλώνες του πανίσχυρου κυκλικού εγκλείσματος.

Και όταν ο Άγιος Άνθρωπος και ο Αστρο-Παρατηρητής άπλωσαν τα χέρια τους προς τον ουρανό για να δοξάσουν τον Παντογνώστη-Παγκόσμιο για τον ερχομό άλλων επτά αυγών, ένιωσε ότι όλα τα μάτια ήταν στραμμένα πάνω του, γνωρίζοντας την αμαρτία του.

Ωστόσο, πώς θα μπορούσαν να γνωρίζουν; Το μυστικό βρισκόταν θαμμένο βαθιά στην καρδιά του, και το μοιραζόταν μόνο με τον Λαόνι. Αλλά αναρωτιόταν συνεχώς πόσος καιρός θα περνούσε μέχρι το σώμα της να αρχίσει να διογκώνεται καθώς το παιδί μέσα της μεγάλωνε, εκθέτοντας την ενοχή τους στο χωριό.

Δεν ήταν αποτέλεσμα σκόπιμης προκλητικότητας, απλώς μια στιγμή απερισκεψίας, αλλά ήξερε ότι οι Γέροντες δεν θα το έβλεπαν έτσι. Ο Λαόνι το ήξερε επίσης - το άγριο βλέμμα τρόμου στο πρόσωπο της συντρόφου του όταν ομολόγησε θα τον στοίχειωνε για πάντα.

Τότε ήταν που άρχισε ο εφιάλτης του.

———

Ο ήλιος ήταν δυνατός όλη την ημέρα, και τις τελευταίες δύο ώρες οι σκέψεις του Τζόντιλ στράφηκαν με ανυπομονησία σε μια ή δύο κανάτες με τη δυνατή μπύρα που ο Λαόνι ήταν τόσο καλός στην παρασκευή της. Όταν τα ζώα είχαν τακτοποιηθεί για σήμερα, ξεκίνησε τον σύντομο περίπατο για το σπίτι του μέσα από την επικλινή λωρίδα του δάσους που χώριζε τα τρία στρέμματά του από το χωριό.

Καθώς περνούσε τον τελευταίο πλάτανο, η ύπαιθρος άνοιξε μπροστά του και απομακρύνθηκε προς το μακρινό ραντεβού της με τον βραδινό ουρανό. Κοίταξε κάτω τις δεκάδες καλύβες που ήταν διάσπαρτες κατά μήκος της όχθης του ποταμού- το νήμα του νερού διέσχιζε τους πρόποδες της κοιλάδας όσο το μάτι έβλεπε.

Ο Λαόνι του είχε υποσχεθεί το τρυφερό λευκό κρέας ενός παχύ νεαρού μοσχαριού για το δείπνο του, και η συστροφή του γκριζόμαυρου καπνού που ξεπρόβαλε μέσα από την οροφή της καλύβας του, του είπε ότι το φαγητό ήδη ψήνονταν πάνω από μια φωτιά με κάρβουνα. Πολλές άλλες καλύβες έβγαζαν επίσης καπνό - δεν θα ήταν ο μόνος που θα γευόταν καλό μαγειρεμένο κρέας εκείνο το βράδυ.

Διαισθάνθηκε ότι κάτι δεν πήγαινε καλά μόλις έβαλε στην άκρη τις κρεμασμένες χάντρες και μπήκε στο δροσερό, σκοτεινό εσωτερικό του σπιτιού του.

"Λαόνι, γιατί έχεις καλύψει τα παράθυρα; Υπάρχει ακόμα φως της ημέρας έξω".

Αντί να απαντήσει, συνέχισε να κάθεται οκλαδόν δίπλα στη φωτιά με την πλάτη προς το μέρος του, σπρώχνοντας απαλά το κρέας που ψήνονταν στη σούβλα. Κανονικά θα έτρεχε προς το μέρος του, με τα γυμνά της πόδια να χτυπάνε στο χωμάτινο πάτωμα, και θα έπεφτε στην αγκαλιά του.

"Λαόνι;" φώναξε ξανά, κοιτάζοντας την πλάτη του ανοιχτού καφέ χιτώνα της που έφτανε μέχρι το γόνατο και παρατηρώντας ότι οι ώμοι της έτρεμαν ελαφρώς. Ένα τρέμουλο διέτρεχε επίσης τα κομψά κορακόμαυρα μαλλιά της, σαν να κουνάει γρήγορα το κεφάλι της. Στη συνέχεια, μπόρεσε να δει ότι ολόκληρο το σώμα της ήταν γεμάτο λυγμούς.

Καθώς εκείνος βιαζόταν να την πλησιάσει, εκείνη ξαφνικά σηκώθηκε και γύρισε προς το μέρος του. Κόκκινοι δακτύλιοι περιβάλανε τα σκούρα καστανά μάτια και η αναπνοή της έβγαινε με τραχιά, άνισα λαχάνιασμα, καθώς εκείνος την έσφιγγε στο στήθος του, χαϊδεύοντας καταπραϋντικά τα μαλλιά της.

"Έλα", ψιθύρισε. "Τι είναι; Τι συμβαίνει;"

Απελευθερώθηκε από τη λαβή του και έτρεξε προς τη χάντρα, κοιτάζοντας έξω στο φως της ημέρας που έσβηνε. Έπειτα γύρισε πίσω σε εκείνον και τον οδήγησε μέσα από την αψίδα στον πιο άνετο χώρο διαβίωσης της καλύβας. Κι εκεί, επίσης, επικρατούσε ημίφως- είχε απλώσει μια κουβέρτα πάνω από το παράθυρο και εκεί μέσα.

Στεκόταν σιωπηλός, περιμένοντας να του πει τι την απασχολούσε.

"Ω, Τζόντιλ", κατάφερε τελικά να ψελλίσει ανάμεσα σε λυγμούς. "Τι θα απογίνουμε;"

"Τι συμβαίνει;" επανέλαβε, χαμογελώντας στα μάτια της για να την καθησυχάσει ότι ό,τι κι αν ήταν, θα το αντιμετώπιζαν μαζί.

Τον κοίταξε με ένα στοιχειωμένο, γεμάτο φόβο πρόσωπο και κούνησε αργά το κεφάλι της. Ήταν σχεδόν σαν οι λέξεις να πάλευαν να βγουν, αλλά προσπαθούσε απεγνωσμένα να τις καταπιέσει.

"Ήθελα να σου πω..." άρχισε, και μετά σταμάτησε, γυρνώντας και κοιτάζοντας άναυδα τον τοίχο.

Μια αιωνιότητα φάνηκε να περνάει προτού ο Τζόντιλ δεχτεί απρόθυμα ότι θα έπρεπε να την προτρέψει. Έβαλε το χέρι του κάτω από το τρεμάμενο πηγούνι της και την έσπρωξε απαλά προς το μέρος του ξανά.

"Τι να μου πεις, αγάπη μου;"

"Απλά ποτέ δεν φαινόταν να είναι η κατάλληλη στιγμή. Ήμουν πάντα τόσο φοβισμένη. Είμαι φοβισμένη, Τζόντιλ, τόσο φοβισμένη."

Η καρδιά του στεναχωρήθηκε που την είδε τόσο αναστατωμένη. Ενώ τα δάχτυλά του χάιδευαν απαλά τα μακριά σκούρα μαλλιά της, το συνοφρύωμά του βάθυνε καθώς προσπαθούσε να φανταστεί τι θα μπορούσε να την προβληματίζει τόσο πολύ.

"Πες μου, Λαόνι", είπε απαλά. "Σε παρακαλώ, πες μου τι είναι. Δεν μπορώ να σε βοηθήσω αν δεν ξέρω".

Πήρε μια βαθιά ανάσα, κρατώντας την στους πνεύμονές της για περισσότερο χρόνο απ' ό,τι ήταν άνετο, προκαλώντας ένα κόκκινο χρώμα στα μάγουλά της. Όταν τελικά κατάφερε να μιλήσει, οι λέξεις βγήκαν με τρελή βιασύνη.

"Τζοντίλ, σε παρακαλώ μη μου θυμώνεις, σε αγαπώ τόσο πολύ. Ποτέ δεν θα έκανα κάτι που θα σε πλήγωνε ή θα σε έβαζε σε κίνδυνο. Το ξέρεις αυτό, έτσι δεν είναι; Θα φύγω ή θα αυτοκτονήσω, και τότε κανείς δεν θα το μάθει ποτέ. Τι θα κάνω; Τι...;"

"Ει, ηρέμησε Έλα, τώρα, κόψε ταχύτητα και πες μου τι είναι". Υπήρχε κάτι στην ασυνήθιστη μαυρίλα της διάθεσής της και στην αχαρακτήριστη υστερία που εξέπεμπε μια ζοφερή, προφητική αύρα. Ο Τζοντίλ άρχισε να τραβάει το πρόσωπό της προς το στήθος του, αλλά εκείνη ξέφυγε, κάνοντας μερικά βήματα προς τα πίσω.

Και πάλι μια βαθιά ανάσα- και τελικά βγήκε: "Τζόντιλ, θα κάνω παιδί, θα κάνουμε παιδί".

Κάτι τον ενοχλούσε στο πίσω μέρος του μυαλού

του, αλλά οι σκέψεις του γέμισαν αμέσως με αυτό που φανταζόταν ότι ήταν η συνήθης ευφορία ενός επίδοξου πατέρα και άρχισε να γελάει.

"Ένα μωρό!" φώναξε. "Μα αυτό είναι υπέροχο. Γιατί όλα αυτά τα δάκρυα; Γιατί η ανησυχία; Δεν πίστευες ότι θα ήμουν ευχαριστημένος Είμαι τόσο χαρούμενος, είναι υπέροχα νέα".

Έσφιξε το στόμα του με το χέρι της. "Σσσσς. . Ησυχία!" Η φωνή της ήταν χαμηλή, απαιτητική, επίμονη.

Αλλά και πάλι ο Τζοντίλ γέλασε καθώς έδιωξε απαλά τα δάχτυλά της από το πρόσωπό του. "Δεν καταλαβαίνω τι σε ανησυχεί". Το μυαλό του στροβιλίστηκε σε μια πληθώρα χαρούμενων, θαυμαστών σκέψεων. Θα γινόταν πατέρας.

Τα απαλά, ευαίσθητα χαρακτηριστικά της είχαν λερωθεί από μικροσκοπικά ρυάκια δακρύων και κούνησε το κεφάλι της αγωνιωδώς με το πρόσωπό της να είναι ένα μείγμα φόβου και απογοήτευσης.

"Τζόντιλ, σκέψου. Είμαι λίγο πάνω από ένα τέταρτο του έτους έγκυος. Το μωρό θα γεννηθεί στο απαγορευμένο Δεύτερο Τρίμηνο του Νέου Έτους. Θα αποκτήσουμε ένα παιδί της Στάχτης".

Αυτή η απλή φράση τον χτύπησε με τη δύναμη ενός ξύλινου ρόπαλου. Μερικά δευτερόλεπτα μουδιάσματος τον καθήλωσαν στο σημείο, δίνοντάς της την ευκαιρία να τυλίξει τα χέρια της γύρω από τους ώμους του και να προσκολληθεί σφιχτά πάνω του.

Την έσπρωξε μακριά σαν να ήταν ξαφνικά καυτή σαν φωτιά. "Ω, Θεέ μου. Το δεύτερο τρίμηνο. Ένα παιδί της Στάχτης . Είσαι σίγουρη;" Η στιγμιαία ευτυχία του στην προοπτική να γίνει πατέρας εξατμίστηκε σε ένα τρομακτικό κλάσμα του δευτερολέπτου.

Η Λαόνι απομακρύνθηκε μερικά βήματα από

αυτόν, δείχνοντας μικρή και ευάλωτη, με το κεφάλι της να γέρνει.

"Είμαι σίγουρη", είπε. "Είμαι σίγουρη εδώ και εβδομάδες. Θα ντροπιάσουμε το χωριό". Η φωνή της όλο και ανέβαινε, αγγίζοντας τα όρια της υστερίας. "Θα είναι..."

"Εντάξει, εντάξει." Ο Τζοντίλ την τράβηξε ξανά προς το μέρος του, πριν τον χτυπήσει ξαφνικά η σημασία αυτού που μόλις είχε πει. Την γύρισε στο πλάι, κοιτάζοντας έντονα το στομάχι της, ψάχνοντας για σημάδια του παιδιού. Δεν υπήρχε τίποτα χειροπιαστό, εκτός από κάποια πρόσφατη ραφή στο πλάι του χιτώνα της, που υποδήλωνε ότι μπορεί να το είχε αφήσει λίγο έξω.

"Αφού το ήξερες εδώ και εβδομάδες, γιατί δεν μου το είπες; Δώσε μου χρόνο να σκεφτώ κάτι.;" απαίτησε.

"Μην ανησυχείς", είπε, χαμογελώντας μέσα από τα δάκρυα της, δείχνοντας να ανακτά λίγη περισσότερη ψυχραιμία τώρα που το μυστικό της βγήκε στη φόρα. "Αν είμαι προσεκτική, δεν φαίνεται ακόμα".

Ο Τζόντιλ κοίταζε το ταβάνι, το μυαλό του έτρεχε με τον εαυτό του, οι σκέψεις του έπεφταν η μία πάνω στην άλλη.

"Γιατί δεν μου το είπες νωρίτερα;" ρώτησε ξανά. "Πρέπει να μείνεις μέσα και θα πω ότι είσαι άρρωστη".

Ξαφνικά την άρπαξε από τους ώμους και την ταρακούνησε δυνατά. "Δεν καταλαβαίνεις τι σημαίνει αυτό; Θα μας εκτελέσουν. Αυτό που κάναμε είναι βλασφημία, μια αμαρτία ενάντια στον Παντογνώστη-Πολυδύναμο-Ένα. Αμαρτήσαμε ενάντια στον Θεό". Τώρα ήταν η σειρά του να τείνει προς την υστερία.

Έκλεισε τα μάτια του, θυμούμενος όταν το χωριό είχε ξυπνήσει από τους Καταστροφέα του Κακού που βροντοφώναξαν μέσα από τη νύχτα καβάλα σε άλογα για να κατέβουν στο σπίτι των φίλων τους, του Μπράντη και της Λέιλα, και να τους παρασύρουν στο κλειστό σημείο. Την επόμενη μέρα ένας αναμενόμενος βόμβος είχε διαπεράσει τον αέρα κατά τη διάρκεια της διαδρομής τους προς την εβδομαδιαία ευχαριστία. Ο Μπράντης και η Λέιλα είχαν βγει και είχαν σπρώξει μπροστά στη μαζική συγκέντρωση. Ο Αστρο-Παρατηρητής είχε σχεδόν καταναλωθεί από οργή κατά τη διάρκεια του κολασμένου κηρύγματός του σχετικά με την παραβίαση του χρυσού κανόνα του πολιτισμού τους- τη σύλληψη ενός παιδιού που, αν του επιτρεπόταν να γεννηθεί, θα έμπαινε στον κόσμο κατά τη διάρκεια του απαγορευμένου Δεύτερου Τριμήνου- *ένα Παιδί της Στάχτης.*

Ο Τζοντίλ ανατρίχιασε καθώς θυμήθηκε *πώς* η φωνή του είχε υψωθεί εναντίον των φίλων του- πώς ήταν γεμάτη μίσος και δικαιοσύνη όταν συμμετείχε στις φωνές που ζητούσαν να τους λιθοβολήσουν μέχρι θανάτου σύμφωνα με τους αρχαίους νόμους. Ο Άγιος Άνθρωπος διέταξε έναν βαθμό ηρεμίας καθώς ξεκίνησε την τελετή λιθοβολισμού υπενθυμίζοντας στους συγκεντρωμένους την αμαρτία που είχαν διαπράξει ο Μπράντις και η Λέιλα.

Τα χέρια του Άγιου Ανθρώπου ήταν υψωμένα προς τον ουρανό και η φωνή του ήταν δυνατή καθώς ξεκινούσε την αρχαία τελετή με τα λόγια που καλούνταν μόνο για το τελετουργικό του καθαρισμού: "Όλα ξεκίνησαν πολύ, πολύ παλιά, τις ημέρες πριν πεθάνει ο κόσμος- τις ημέρες πριν ο Παντοδύναμος-Παγκόσμιος-Ενας ξαναχτίσει τον κόσμο με τη δική Του μαγεία. Πριν η Μεγάλη Πυρκαγιά που φούντωσαν οι Άνεμοι της Καταστροφής καταστρέψουν τη γη μας. Το βασίλειό μας δεν ήταν όπως το βλέπετε σήμερα. Η ανθρωπότητα πέθανε από το ίδιο της το χέρι, από τη δική της εφευρετικότητα. Ο κόσμος ήταν γεμάτος από μηχανικά τέρατα, από μεγάλα μεταλλικά πουλιά ικανά να μεταφέρουν τον Άνθρωπο στις κούφιες κοιλιές τους από τη μια χώρα στην άλλη.

"Το κακό και η κακία έλεγχαν τις ζωές των ανθρώπων παντού. Υπήρχαν πολλοί ψεύτικοι αστρονόμοι, ο καθένας από τους οποίους ισχυριζόταν ότι μπορούσε να διαβάζει μηνύματα από τους ουρανούς- όπως κάνει σήμερα ο δικός μας - ο μόνος αληθινός - αστρονόμος. Ο δικός μας αληθινός Αστροπαρατηρητής πετυχαίνει επειδή αντλεί τη δύναμή του από τον Παντογνώστη-Παγκόσμιο Παντοδύναμο-Ένα. Εκείνοι οι τσαρλατάνοι της αρχαιότητας δεν το έκαναν- η δύναμή τους ήταν ψεύτικη και κακή, σε πείσμα των Ιερών Διαταγμάτων της εποχής.

"Αφού η κακία της Γης καταστράφηκε στη φωτιά και ο σημερινός μας πολιτισμός αναδύθηκε τελικά από τις στάχτες, ο Παντογνώστης-Παγκόσμιος-Παγκόσμιος-Ένας όρισε ότι τέτοια σφαγή δεν θα επιστρέψει ποτέ στη Γη. Ευλόγησε την οικογένεια των Αστρο-Παρατηρητών με την κληρονομική δύναμη να διαβάζει πραγματικά τα σημάδια των ουρανών, έτσι ώστε η ανθρωπότητα να προειδοποιείται σε όλη την αιωνιότητα για αυτό που επρόκειτο να έρθει. Αυτή η φοβερή και τρομερή δύναμη πέρασε από τις γενιές στον σημερινό μας Star-Gazer, ο οποίος συνεχίζει την παράδοση που ξεκίνησαν οι πρόγονοί Του.

"Η δύναμή του, καθοδηγούμενη από τον Παντογνώστη-Παγκόσμιο, έδειξε την πτώση του πρώην αδελφού μας Μπράντη και της πρώην αδελφής μας Λέιλα. Συλλαμβάνοντας ένα παιδί του οποίου η γέννηση θα έπεφτε μέσα στο απαγορευμένο Δεύτερο Τρίμηνο -το θανατηφόρο τρίμηνο κατά το οποίο η στάχτη έπεσε στη Γη από τη

Μεγάλη Φωτιά, που φούντωσαν οι Άνεμοι της Καταστροφής- αμάρτησαν εναντίον όλων μας!"

Η φωνή του υψώθηκε σε μια κραυγή συσπείρωσης. "Θέλετε ένα Παιδί της Στάχτης ι ανάμεσά σας;"

Σαν μια φωνή, η μαζική συγκέντρωση είχε απαντήσει βροντερά: "Όχι!"

"Θέλετε ένα παιδί μολυσμένο από το Σημάδι της Στάχτης;"

"Όχι!"

"Η ημέρα της τέφρας - η ώρα που έπεσε η τέφρα - είναι μια εποχή κακού και κακίας στην ιστορία μας, που έφεραν στα εδάφη μας οι αμαρτίες των προγόνων μας από τον Παλαιό Κόσμο. Θέλουμε να μας θυμίζουν εκείνες τις σκοτεινές μέρες;"

Επέστρεψε η τελετουργική απάντηση: "Όχι υπενθυμίσεις, όχι το παιδί της Στάχτης".

Και πάλι ο Τζόντιλ ανατρίχιασε, αυτή τη φορά στη μνήμη του πώς ήταν εκείνος που έριξε μια από τις πρώτες πέτρες στα αβοήθητα δεμένα σώματα των φίλων του και πώς ήταν ανάμεσα σε εκείνους που έβαλαν πυρσούς στην καλύβα τους και την ισοπέδωσαν.

———

Καθώς οι μέρες περνούσαν και γίνονταν εβδομάδες, πίστευε ότι άκουγε άλλους να ψιθυρίζουν και να ρίχνουν κρυφές ματιές προς το μέρος του, αναμφίβολα αναρωτώμενοι γιατί η Λαόνι είχε αρχίσει να κρύβεται. Από τότε που η Λαόνι του είπε ότι περίμεναν ένα Παιδί της Στάχτης είχε αναλογιστεί ότι αν δεν μπορούσαν να το κρύψουν επιτυχώς για τα επόμενα δύο τρίμηνα θα αντιμετώπιζαν την ίδια μοίρα με τον Μπράντις και τη Λέϊλα.

Και όταν γεννηθεί το μωρό, τι θα γίνει μετά; Θα έπρεπε να κρύψουν και τους απογόνους του. Ίσως ακόμη και να το σκοτώσουν. Εξάλλου, δεν είχε ειπωθεί ότι τα παιδιά της Στάχτης ήταν μολυσμένα με το σημάδι της στάχτης - μια ανεπιθύμητη υπενθύμιση της απόλυτης ανοησίας της ανθρωπότητας, εκείνης της εποχής, χιλιετίες πριν, όταν οι πρόγονοί τους είχαν προκαλέσει τη θανατηφόρα στάχτη να κατέβει στη Γη, καταστρέφοντας κάθε πολιτισμό σε ολόκληρο τον πλανήτη; Αυτή η ιστορία είχε περάσει από αμέτρητες γενιές.

Πόσο ακόμα θα μπορούσαν να κρύψουν με επιτυχία τις ενοχές τους, αναρωτήθηκε... πόσο ακόμα;

———

Το σκοτάδι τελείωνε γρήγορα την αγρυπνία του πάνω από την ύπαιθρο, όταν ο Τζόντιλ εντάχθηκε στο πλήθος των ανδρών, των γυναικών, των παιδιών και των μωρών στην αγκαλιά, που πήγαιναν στην εβδομαδιαία αυγή για τις ευχαριστίες. Είδε με τρόμο ότι ο Μάστρον, ένας άλλος χρυσομάλλης, κατευθυνόταν προς το μέρος του. Δεν υπήρχε διαφυγή- ήταν πολύ κοντά στο henge για να παρεκκλίνει από την πορεία του. Μέσα σε λίγα δευτερόλεπτα ο Μάστρον ήταν δίπλα του και τον ακολουθούσε βήμα προς βήμα. Τότε ήρθε η αναμενόμενη ερώτηση: "Η Λάονι δεν ήταν πάλι μαζί σου σήμερα το πρωί, Τζόντιλ;

"Σου φαίνεται έτσι;" ανταπάντησε, κρατώντας το κεφάλι του χαμηλά για να αποφύγει τα διερευνητικά μπλε μάτια.

Ο Μάστρον γέλασε εύκολα και χαρούμενα με το αγανακτισμένο ξέσπασμα, σηκώνοντας τα χέρια του σε ένδειξη προσποιητής παράδοσης.

"Εντάξει, εντάξει, ανησυχούμε μόνο επειδή έχουμε καιρό να την δούμε".

Ο Τζόντιλ κοίταξε γύρω του προσεκτικά για να δει αν κάποιος άλλος άκουγε, αλλά όλοι ήταν πολύ απορροφημένοι στις δικές τους συζητήσεις για να τους προσέξουν.

"Συγγνώμη." Υιοθέτησε αυτό που ήλπιζε ότι ήταν ένας ελαφρύτερος τόνος. "Απλά δεν είναι ακόμα καλά. Είναι λίγο άρρωστη και έχει τον πόνο της φωτιάς γύρω από την καρδιά της". Αυτό το τελευταίο μέρος ήταν αλήθεια, τουλάχιστον. Η πρωινή αδιαθεσία θα την κρατούσε κλεισμένη στην καλύβα τους, ακόμα κι αν το αγέννητο παιδί τους δεν έριχνε τη σκιά της ντροπής.

"Κατάλαβα", σκέφτηκε ο Μάστρον. Αλλά ο Τζόντιλ αναρωτήθηκε αν πραγματικά το καταλάβαινε. "Πες της από μένα να γίνει καλά σύντομα." Και μ' αυτό, ο Μάστρον έτρεξε για να συναντήσει μια ομάδα πέντε φίλων που γελούσαν μεταξύ τους καθώς περνούσαν μέσα από τους εξωτερικούς πυλώνες του henge προς το αγιασμένο έδαφος πέρα από αυτό.

Ως συνήθως, η πρόχειρα κατασκευασμένη ξύλινη σκηνή στην άλλη πλευρά της αρένας ήταν στολισμένη με προσφορές φρούτων, λαχανικών και παστών κρεάτων. Σήμερα ήταν η σειρά εκείνων που είχαν ζήσει μεταξύ 40 και 50 καλοκαιριών να φέρουν δώρα. Την επόμενη εβδομάδα η τιμή θα έπεφτε στους χωρικούς που δεν είχαν ζήσει ακόμη 21 καλοκαίρια, και ο Τζόντιλ είχε ήδη βάλει στην άκρη ένα παστό βοδινό για να το πάρει.

Κοίταξε γύρω του το πλήθος των ανθρώπων που απλωνόταν σε όλη την αρένα, όλοι φορούσαν τον ίδιο τύπο ανοιχτού καφέ άμορφου χιτώνα, άλλοι ξυπόλητοι, άλλοι με σανδάλια δεμένα στο γόνατο. Και σαν να μην έφτανε αυτή η μονότονη ενδυμασία, τα μαλλιά σχεδόν όλων ήταν κορακόμαυρα, που έπεφταν σε πυκνά, καταρρακτώδη κύματα στους ώμους τους, τόσο των ανδρών όσο και των γυναικών. Διάσπαρτα μέσα στη θορυβώδη, τρικυμισμένη θάλασσα, ωστόσο, υπήρχε περιστασιακά μια νησίδα με ξανθά μαλλιά, όπως του Μάστρον και του δικού του, του Τζοντίλ.

Ο ήλιος βρισκόταν πάνω από τον ορίζοντα εδώ και αρκετές στιγμές. Οι ακτίνες του έπεφταν φωτεινά μέσα στο henge ανάμεσα στους τεράστιους πέτρινους πυλώνες, σέρνονταν προς το αρχαίο τετρακλωνικό κηροπήγιο. Ακριβώς τη στιγμή που το φως το χτύπησε, οι σκηνικές κουρτίνες παραμέρισαν, οι περίτεχνα κλωστές χάντρες τους χτυπούσαν η μία την άλλη, αποκαλύπτοντας τον Αστρο-Παρατηρητή και τον Άγιο Άνθρωπο σε όλο τους το χρυσοποίκιλτο μεγαλείο. Το φως του ήλιου, που συνεχώς δυνάμωνε στο εσωτερικό του henge, τόνιζε τις λάμψεις κόκκινου, χρυσού, πράσινου, κίτρινου και μπλε που έκαναν ζιγκ-ζαγκ στα λευκά, μέχρι τον αστράγαλο, ράσα τους. Ο Star-Gazer παρέμεινε ακίνητος, ενώ ο Άγιος Άνθρωπος έκανε τέσσερα βήματα προς τα εμπρός και άνοιξε τα χέρια του- τα πρώτα δάχτυλα κάθε χεριού έδειχναν προς τον ουρανό- τα υπόλοιπα δάχτυλα ήταν σφιγμένα σε γροθιά.

Έριξε το κεφάλι του προς τα πίσω, και από τα χείλη του βγήκε ένας βρυχηθμός που έσπασε τα αυτιά: "Σε ευχαριστούμε για την αυγή άλλων επτά ημερών".

Ο Τζόντιλ συμμετείχε στην ανταπόκριση του εκκλησιάσματος, με τη φωνή του τραχιά και θορυβώδη στη ρυθμική ψαλμωδία: "Μέρα του ήλιου, Μέρα του ήλιου σε ευχαριστούμε για την Μέρα του ήλιου ".

Το μυαλό του έτρεξε πίσω στη Λαόνι στην καλύβα τους, αλλά οι λέξεις εξακολουθούσαν να έρχονται. Όπως και οι δεκάδες άλλοι χωρικοί στο έγκλειστο σημείο, δεν χρειαζόταν να σκεφτεί τον ρόλο του στην εβδομαδιαία τελετή ευχαριστιών. Έχοντας λάβει μέρος κάθε εβδομάδα από τότε που θυμόταν, οι αντιδράσεις του ήταν εντελώς αυτόματες.

"Κυριακή, Κυριακή, σε ευχαριστούμε για την Μέρα του Ήλιου. Αυτή τη φορά κάθε συλλαβή συνοδευόταν από ένα χτύπημα χεριών σε αντίστοιχο ρυθμό.

"Η μέρα της Φωτιάς, η μέρα της φωτιάς , η ώρα που ο κόσμος κάηκε.

"Στάχτη,, Στάχτη, η ώρα που έπεσε η στάχτη".

Η ένταση της τελετουργικής ψαλμωδίας αυξήθηκε, όπως και ο ρυθμός, και γρήγορα έφτασε σε ένα εκκωφαντικό κρεσέντο.

"Κυριακή, Κυριακή, την ώρα που είδαμε τον Ήλιο.

"Φεγγαρομέρα, Φεγγαρομέρα, , την ώρα που το φεγγάρι έλαμπε. "

Το πλήθος, το οποίο αριθμούσε σχεδόν όλους τους 300 χωρικούς, έφτασε σε παροξυσμό- κάθε κεφάλι χτυπούσε τον αέρα άγρια από άκρη σε άκρη καθώς οι λέξεις έβγαιναν από τα γεμάτα σάλια χείλη τους – Μέρα της Φωτιάς, Μέρα της Στάχτης, Μέρα του Ήλιου, Μέρα του φεγγαριού, που αντιπροσώπευαν τα τέσσερα τρίμηνα του έτους τους, συμπεριλαμβανομένου του απαγορευμένου Δεύτερου Τρίμηνου της Μέρας της Στάχτης.

Έχοντας φτάσει στο ζενίθ της, η ψαλμωδία έσβησε απότομα, αφήνοντας το χειροκρότημα να σβήσει αργά. Ο Άγιος κατέβασε τα χέρια του, με τα διαπεραστικά μαύρα μάτια του να σαρώνουν τους χωρικούς. Στη συνέχεια, κούνησε το χέρι του στο φαγητό δίπλα του.

"Κάτοικοι του Θίεκον, ο Παντογνώστης-Παγκόσμιος-Παγκόσμιος-Ένας σας ευχαριστεί μέσω εμού, του Εκλεκτού Του, για αυτά τα δώρα- τους καρπούς των κόπων σας."

Οι χωρικοί απάντησαν ενωμένοι: "Σε αντάλλαγμα, μας δίνει ζωή".

Και πάλι τα χέρια του Άγιου Ανθρώπου έφτασαν στον ουρανό. "ας ευχαριστεί για τον καρπό."

"Σε αντάλλαγμα μας δίνει Φως", βροντοφώναξε η χορωδία των φωνών.

"Σας ευχαριστεί για τα λαχανικά".

"Σε αντάλλαγμα μας δίνει ήλιο και βροχή για να ευλογήσει τη γη".

"ας ευχαριστεί για το κρέας".

"Σε αντάλλαγμα μας δίνει Ανάπαυση."

"Σας ευχαριστεί για τη λατρεία σας".

"Σε αντάλλαγμα μας δίνει τη Σωτηρία."

"Κάτοικοι του Θίεκον , η αφοσίωση και η πίστη σας σ' Αυτόν, τον Παντογνώστη-Πολυδύναμο-Ενα, ανταμείβονται. Στέλνει τον Αστρο-Παρατηρητή για να σας καθοδηγήσει".

"Σύμφωνα με την ιερή και αρχαία παράδοση των Θίεκον στέλνει τον Αστρο-Παρατηρητή για να μας καθοδηγήσει".

"Διατάζει να εκτελείτε τις εντολές του Αστρο-Παρατηρητή".

"Θα εκτελέσουμε τις εντολές του Αστρο-Παρατηρητή".

Ο Αστρο-Παρατηρητής βγήκε μπροστά για να πάρει τη θέση του Αγίου Ανθρώπου στο κέντρο της σκηνής. Η φωνή του δεν είχε καμία από τις πλούσιες, στιβαρές ιδιότητες εκείνης που μόλις είχαν ακούσει οι συγκεντρωμένοι, ήταν περισσότερο ένα λεπτό, κλαψιάρικο κακάρισμα. Από τη θέση του Τζόντιλ στο πίσω μέρος του μανδύα έπρεπε να ζοριστεί για να ακούσει τα λόγια. Αλλά έπρεπε να τις ακούσει. Δεν είχε την πολυτέλεια να χάσει αυτό που του επιφύλασσε η μέρα.

"Για τους γεννημένους το Πρώτο Τρίμηνο", φώναξε ο Αστρο-Παρατηρητής , "η σημερινή μέρα σας δίνει την ευκαιρία να κλείσετε τυχόν εκκρεμείς συμφωνίες ανταλλαγής, αλλά δεν θα σας βγει εύκολα - θα χρειαστεί να δώσετε πολλά σε αντάλλαγμα για όσα κερδίσετε.

"Οι εργάτες της γης να προσέχουν. Η πτώση σας σήμερα θα είναι δική σας ευθύνη".

Ο Τζόντιλ έκανε ένα ξαφνιασμένο άλμα. Αυτός ήταν, ένας εργάτης της γης. Ο Αστρο-Παρατηρητής είχε μιλήσει, οπότε έπρεπε να είναι ιδιαίτερα προσεκτικός για να βεβαιωθεί ότι τα πράγματα δεν θα πήγαιναν στραβά σήμερα.

Κοίταξε επίμονα τον Αστρο-Παρατηρητή. Πόσα ακριβώς ήξερε; Πόσο μακριά έφταναν οι δυνάμεις του; Ο Τζοντίλ φάνηκε ότι το ευγενές, αγκιστρομυτερό κεφάλι με τα σιδερένια γκρίζα μαλλιά του πιασμένα πίσω σε αλογοουρά, κοιτούσε σχεδόν υπνωτισμένα προς το μέρος του. Απότομα ο Τζόντιλ έστρεψε το πρόσωπό του μακριά, εξακολουθώντας να νιώθει αυτά τα κατάμαυρα μάτια να διαπερνούν το πίσω μέρος του κρανίου του.

Εκείνη τη νύχτα, η ρηχή αναπνοή της Λαονί στο τραχύ μαξιλάρι δίπλα στο αυτί του Τζοντίλ του είπε ότι κοιμόταν. Μακάρι να μπορούσε να κοιμηθεί τόσο εύκολα, αλλά οι σκέψεις του συνέχισαν να στρέφονται ανελέητα στην ολοένα και πιο επικίνδυνη κατάσταση στην οποία βρίσκονταν. Αναρωτιόταν αν οι Γέροντες του χωριού θα μπορούσαν να τους βοηθήσουν... είχε ακούσει ιστορίες για φυτικά φάρμακα που μπορούσαν να αφαιρέσουν ένα αγέννητο μωρό από τη μήτρα της μητέρας του για να το ρίξουν οι Γέροντες στις φλόγες μιας ιερής φωτιάς, ώστε να μην έχει δική του ζωή. *Ίσως αύριο να μιλήσω σε έναν γέροντα του χωριού, να δω τι μπορεί να γίνει.*

Σταδιακά οι σκέψεις του έγιναν πιο ασαφείς, καθώς ο ύπνος άρχισε να τον κατακλύζει, βυθίζοντάς τον σε ένα όνειρο με χωρικούς να ουρλιάζουν ότι γνώριζαν το τρομερό μυστικό που προσπαθούσε να κρύψει.

Στην αρχή ο αθεόφοβος ήχος ήταν απλώς ένα μέρος του εφιάλτη του. Στη συνέχεια συνειδητοποίησε ότι το γαύγισμα των κυνηγόσκυλων και των αλόγων δεν προερχόταν από το μυαλό του, αλλά πέρα από τους τοίχους της καλύβας του. Σηκώθηκε, πέταξε το ψάθινο στρώμα από το κρεβάτι και έτρεξε στο παράθυρο, παραμέρισε το κάλυμμα και κοίταξε έξω στη φεγγαρόλουστη νύχτα.

Είχε πανσέληνο, που έδειχνε ξεκάθαρα ότι οι Καταστροφέας του Κακού βρίσκονταν στο εξωτερικό, περνώντας μέσα από τις καλύβες.

"Λαόνι", ούρλιαξε, ορμώντας πίσω στο κρεβάτι και κουνώντας βίαια τη γυναίκα του. "Έρχονται για μας... οι Καταστροφέας του Κακού έρχονται για μας. Τρέξε, γρήγορα, πριν είναι πολύ αργά".

Αμέσως ξύπνησε, με τον ωμό, άγριο φόβο να διαστρεβλώνει τα έντονα χαρακτηριστικά της. Ντυμένες όπως ήταν, μόνο με τα νυχτικά τους, έφυγαν μέσα από τον κύριο καθιστικό χώρο της καλύβας και βγήκαν στο φως του φεγγαριού, που τώρα είχε πάρει ένα φλογερό πορτοκαλί χρώμα από τους φλεγόμενους πυρσούς που κρατούσαν ψηλά οι Καταστροφέας του Κακού, οι οποίοι κάθονταν δυνατοί και περήφανοι, καβάλα στα άλογά τους, γύρω από την καλύβα.

Ο Τζοντίλ έψαχνε μανιωδώς να βρει τρόπο να τους περάσει, αλλά δεν μπορούσε να βρει κανέναν- οι γραμμές τους ήταν τόσο σφιχτά κλειστές.

"Όχι", ούρλιαξε. "Αφήστε μας ήσυχους".

Κεφάλαια άρχισαν να εμφανίζονται μέσα από καμάρες και παράθυρα. Κεφάλια με βλοσυρά πρόσωπα και λαμπερά μάτια. Η είδηση ότι οι Καταστροφέας του Κακού είχαν βγει έξω πρέπει να είχε εξαπλωθεί σαν πυρκαγιά στο χωριό.

Γύρω του, ο Τζοντίλ άκουσε ψιθυριστές φωνές που γίνονταν όλο και πιο δυνατές και άρχισαν να ψέλνουν μέχρι που έφτασαν σε ένα κρεσέντο, επαναλαμβάνοντας υπνωτιστικά την ίδια φράση ξανά και ξανά: "Καταστρέψτε το κακό, εξαλείψτε το. Αναζητήστε και σκοτώστε αυτή τη νύχτα".

Η Λαόνι ούρλιαξε υστερικά, καλύπτοντας τα αυτιά της, λες και αν απέκλειε τον μαγικό ήχο θα έσβηνε τη δύναμή του και την απειλή αυτού που ήξερε ότι σίγουρα θα ερχόταν.

Το φως του φεγγαριού έλαμψε από τα αιχμηρά δόρατα που τους σημάδευαν από τα γαντοφορεμένα χέρια των μασκοφόρων καβαλάρηδων, των οποίων οι κάπες στροβιλίζονταν γύρω από τα πλευρά των αλόγων. Ένας ψηλός επιβήτορας που ροχάλιζε μετακινήθηκε προς τη μία πλευρά, αφήνοντας χώρο για να περάσει από το κενό μια πολύχρωμη φιγούρα- μια φιγούρα με μια κορδέλα που κρατούσε τα σιδερένια γκρίζα μαλλιά του σε αλογοουρά. Τα μάτια του κοίταξαν τον Τζόντιλ, και μετά γύρισε για να κοιτάξει άγρια τον Λαόνι.

"Ναι", είπε ο Αστρο-Παρατηρητής ατάραχος, με την τραχιά φωνή του να προσπαθεί να ακουστεί πάνω από τις άγριες ψαλμωδίες. "Αυτός είναι ο Τζόντιλ και η Λαόνι Αλμάνα. Οι δυνάμεις της πρόβλεψης που έχουν παραχωρηθεί στην οικογένειά μου εδώ και γενιές μέσω της σοφίας του Παντογνώστη-Πολύ-Δυνατού-Ενός δείχνουν πράγματι την αλήθεια, ότι αυτό το ζευγάρι πρόκειται να γεννήσει ένα παιδί στο απαγορευμένο Δεύτερο Τρίμηνο - ένα *Παιδί της Στάχτης*".

Το βίαιο, έξαλλο πλήθος ζητούσε όλο και πιο δυνατά αίμα, αν και ήξεραν ότι οι ορέξεις τους δεν θα ικανοποιούνταν μέχρι αύριο, όταν ο Άγιος Άνθρωπος και ο Αστρο-Παρατηρητής θα επικαλούνταν το τελετουργικό λιθοβολισμού, όπως όριζαν οι αρχαίοι νόμοι του Θίεκον.

Τέσσερις καταστροφείς του Κακού πετάχτηκαν από τα άλογά τους και κράτησαν τον Τζόντιλ και τον Λαόνι με ισχυρά, αμετακίνητα χέρια. Ο Τζόντιλ προσπάθησε μανιωδώς να τους αποτινάξει, αλλά μάταια. Η Λαόνι έκλαιγε τώρα ήσυχα με λυγμούς, ο υστερισμός της είχε καεί, σχεδόν σαν να είχε συμβιβαστεί με τη μοίρα τους.

Αλλά όχι τόσο Τζόντιλ. "Μας πρόδωσες", ούρλιαξε παράφορα στο συγκεντρωμένο πλήθος, σπαρταρώντας σε μια μάταιη προσπάθεια να απελευθερωθεί. "Η κατάρα του Παιδιού της Στάχτης έχει προ πολλού εξαγνιστεί. Ανόητοι, δεν καταλαβαίνετε τι κάνετε; Ένα Παιδί της Στάχτης δεν θα σας καταστρέψει. Ένα Παιδί της Στάχτης θα σας σώσει - θα σώσει τον Κόσμο".

Τα παραληρήματά του ήταν γέννημα της απελπισίας και ήξερε ότι δεν είχαν νόημα, ήταν απλώς μια ζοφερή προσπάθεια να ξεφύγει από το αναπόφευκτο.

Το στόμα του Αστρο-Παρατηρητή στράβωσε σε μια κοροϊδευτική επίφαση χαμόγελου και χτύπησε τον Τζόντιλ άγρια στο πρόσωπο με το επίπεδο του γαντοφορεμένου χεριού του.

"Μιλάς για προδοσία." Τα λόγια ήταν τόσο εχθρικά, τόσο μοχθηρά και άγρια, που στίγματα σάλιου πετάχτηκαν από το χωρίς χιούμορ χαμόγελό του. "Οι ίδιες σου οι πράξεις σε προδίδουν, και με τη σειρά τους, προδίδουν όλους τους κατοίκους του Θίεκον . Ποτέ ξανά η ανθρωπότητα δεν θα μολύνει και δεν θα κηλιδώσει αυτά τα σκήπτρα".

Ξαφνικά έστρεψε το βλέμμα του μακριά, δείχνοντας την πεδιάδα προς τις μακρινές πανύψηλες κολώνες, που μόλις διακρίνονταν στο λαμπερό φως του φεγγαριού.

"Πηγαίνετε τους στο κυκλικό εγκλεισμό , στο κελί της θυσίας", διέταξε τους ιππείς. Στη συνέχεια στράφηκε προς τους χωρικούς που συνωστίζονταν γύρω από τη μικρή καλύβα.

"Έλα", πρόσταξε πάνω από τη φασαρία. "Πρέπει να βρούμε χίλιες πέτρες για την αυριανή τελετή".

Ο ΕΙΛΙΚΡΙΝΉΣ ΝΤΟΝ

Ο Ντον Σέπαρντ ίδρωνε.

Το πρόβλημά του ήταν διαφορετικό από οτιδήποτε άλλο είχε αντιμετωπίσει στο παρελθόν.

Ποτέ δεν πίστευε ότι θα αισθανόταν έτσι όταν έφτανε η ώρα της κρίσης.

Βγάζοντας τα χέρια του από τις τσέπες του, στάθηκε ακίνητος στο πεζοδρόμιο έξω από την τράπεζα για λίγα λεπτά, με το μυαλό του να δουλεύει μανιωδώς. Τι στο καλό έπρεπε να κάνει;

Η αδρεναλίνη διοχετευόταν ανελέητα στην κυκλοφορία του αίματος, κάνοντάς τον να παρατηρήσει πως η καρδιά του χτυπούσε ανεξέλεγκτα.

Δεν θα έπρεπε να είναι πρόβλημα, σκέφτηκε. Άλλωστε, το έκαναν και άλλοι άνθρωποι - αρκούσε να διαβάσει κανείς τις αναφορές εγκλημάτων στην εφημερίδα για να το διαπιστώσει - οπότε γιατί να μην το κάνει κι αυτός;

Ας το παραδεχτούμε, παρόλο που είχε χάσει τη δουλειά του, έπρεπε να ταΐσει και να ντύσει τη Μπρέντα και τα τέσσερα παιδιά με κάποιο τρόπο. Τέσσερα παιδιά - και το καθένα κόστιζε μια περιουσία για να το φροντίσει. Φαινόταν ότι ξεπερνούσαν τα ρούχα τους όλο και πιο γρήγορα.

Χάντρες ιδρώτα έλαμπαν στο μέτωπό του, που έλαμπαν στον χλωμό ήλιο του Ιανουαρίου. Μια γυναίκα, μια εντελώς άγνωστη, πέρασε βιαστικά, ρίχνοντας μια ματιά στο πρόσωπό του καθώς περνούσε.

Ανέβασε τον γιακά του παλτού του, όχι για περισσότερη ζεστασιά, αλλά για να καλύψει όσο το δυνατόν περισσότερο το εκτεθειμένο πρόσωπό του. Ήλπιζε ότι η γυναίκα δεν θα τον θυμόταν.

Κοίταξε κρυφά πάνω-κάτω στην γεμάτη Λεωφόρο, το πλήθος των ανώνυμων ανθρώπων που έτρεχαν πέρα δώθε, μέσα-έξω από τα μαγαζιά και απέναντι από το δρόμο. Ζούσαν τη ζωή τους.

Ακριβώς όπως ήταν, μέχρι που χτύπησε η τρομερή λέξη «Π». Πλεονασμός. Και μετά από δέκα χρόνια ως πιστός εργαζόμενος. Χμμ. Πιστός. Υπήρχε μια λέξη που δεν σήμαινε πολλά στις μέρες μας. Τουλάχιστον, όχι από την πλευρά του αφεντικού, είχε σκεφτεί όταν έβγαινε από το εργοστάσιο εκείνη την τελευταία μέρα.

Αναρωτήθηκε αν κάποιος από αυτούς τους ανθρώπους τον κοιτούσε. Το κεφάλι του πετάχτηκε από αριστερά προς τα δεξιά, σαρώνοντας τη θάλασσα των προσώπων, ψάχνοντας για κάποιο που θα μπορούσε να αναγνωρίσει. Εντόπισε κι αυτός ένα. Στην άλλη πλευρά του δρόμου, ο Steve Birch μόλις έμπαινε στο ίδιο γραφείο του Jobcentre Plus από το οποίο είχε βγει πέντε λεπτά νωρίτερα.

Ο Ντον γύρισε γρήγορα την πλάτη του και προσευχήθηκε να μην τον είχε δει ο Στιβ. Ένιωθε ντροπή. Αλλά γιατί θα έπρεπε να υποφέρει από ενοχές, όταν δεν είχε καν κάνει τίποτα ακόμα; Οποιαδήποτε άλλη στιγμή θα είχε φωνάξει τον Στιβ απέναντι από το δρόμο. Ο Στιβ ήταν συνάδελφός του στο εργοστάσιο για επτά από τα δέκα χρόνια που εργαζόταν εκεί, και απολύθηκαν την ίδια μέρα πέντε εβδομάδες νωρίτερα.

Και τώρα ήταν εδώ, προσπαθώντας να μείνει κρυμμένος από αυτόν, κρυμμένος στις μεγάλες σκιές σαν φοβισμένος ρυθμός υπονόμων. Οι παλάμες του Ντον ήταν κρύες και υγρές καθώς έσφιγγε και ξέσφιγγε συνεχώς τις γροθιές του.

Θα πρέπει να το κάνει ή όχι; Άξιζε το ρίσκο;

Δεν τόλμησε να πει στην Μπρέντα το σχέδιό του. Ήταν τόσο ειλικρινής, που θα της έλειπε αν ήξερε ότι σκεφτόταν να κάνει κάτι τέτοιο. Ήξερε ότι θα τον σκότωνε ή τουλάχιστον θα έφευγε, και αυτό ήταν κάτι άλλο που τον κυνηγούσε στο μυαλό του. Στα 14 χρόνια γάμου τους δεν είχαν κρατήσει ποτέ μυστικά ο ένας από τον άλλον. Έτσι δεν είχε άλλη επιλογή από το να της πει κι εκείνος ψέματα- να της πει ότι τα επιπλέον χρήματα ήταν μια αύξηση του επιδόματος - να τα στάζει στα οικογενειακά ταμεία λίγο λίγο.

Οι σκέψεις του διακόπηκαν όταν κάποιος άλλος που αναγνώρισε ήρθε προς το μέρος του. Δεν ήταν φίλος, αλλά ένας γνωστός, ένας άνδρας που είχε δει αρκετές φορές στα χέρια των Κατασκευαστών Προτύπων. Οι φήμες έλεγαν ότι ο άνδρας ήταν ντετέκτιβ και χρησιμοποιούσε την παμπ ως τόπο συνάντησης με τον πληροφοριοδότη του.

Τώρα ο άνδρας έβγαινε από την τράπεζα, βάζοντας το πορτοφόλι του στην πίσω τσέπη του. Ήταν πολύ αργά για τον Ντον να απομακρυνθεί, τον είχε εντοπίσει.

"Καλημέρα, Ντον, πώς πάνε τα κόλπα;"

"Ω, εντάξει, υποθέτω. Τα πράγματα θα μπορούσαν να είναι καλύτερα, ξέρεις πώς είναι. Ακόμα δεν έχω βρει τίποτα", μουρμούρισε ο Ντον, μετακινούμενος αμήχανα από το ένα πόδι στο άλλο.

"Λοιπόν, δεν πειράζει, κάτι θα βρεθεί".

Ο Ντον έγνεψε. "Ναι, τολμώ να πω ότι έχεις δίκιο. Τέλος πάντων, πρέπει να συνεχίσω, έχω πράγματα να κάνω, ανθρώπους να δω, ξέρεις. Τα λέμε."

Ο άντρας εξαφανίστηκε μέσα στο πλήθος και ο Ντον αναστέναξε ανακουφισμένος, βλέποντας μια νεαρή γυναίκα να μπαίνει στην τράπεζα.

Το μυαλό του ήταν έτοιμο. Ή τώρα ή ποτέ. Και χρειαζόταν απεγνωσμένα τα χρήματα. Έπρεπε να γίνει τώρα.

Προχώρησε αποφασιστικά προς την πόρτα του παντοπωλείου δίπλα στην τράπεζα και μπήκε μέσα.

"Ω, γεια σου, Ντον", είπε ο φιλικός άνδρας με το λευκό παλτό πίσω από τον πάγκο. "Ήρθες να μετρήσεις την αποθήκη;"

"Ναι", είπε ο Ντον . "Αποφάσισα να την ζωγραφίσω για σένα, τελικά. Αλλά πρέπει να επιμείνω στα μετρητά, όμως. Και ό,τι κι αν κάνεις, μην το πεις σε κανέναν. Παίρνω επιδόματα, ξέρεις. Υποτίθεται ότι δεν πρέπει να κάνω καμιά δουλειά, εκτός αν τους το πω".

ΔΕΎΤΕΡΟΣ ΓΎΡΟΣ

Η αγάπη είναι πάντα καλύτερη τη δεύτερη φορά. Ή έτσι λένε - όποιοι κι αν είναι αυτοί.

Η Τζούλι ε έπρεπε να συμφωνήσει.

Ω, ναι. Κοιτάζοντας αυτά τα γεμάτα ψυχή καστανά μάτια που την κοιτούσαν, έπρεπε να συμφωνήσει. Η ζωή ήταν σίγουρα καλύτερη από τότε που ο Τζο εμφανίστηκε στη σκηνή.

Ο Τζο μετακίνησε ελαφρώς το κεφάλι του για να βολευτεί περισσότερο. Καθώς έκλεινε τα μάτια του, η Τζούλι γύρισε στο πλευρό της και τράβηξε τα σκεπάσματα του κρεβατιού λίγο πιο πάνω. Η κεντρική θέρμανση είχε σβήσει μια ώρα πριν πέσουν για ύπνο και το δωμάτιο ένιωθε τις συνέπειες της χειμωνιάτικης νύχτας έξω.

Αλλά δεν την πείραζε. Όχι όσο είχε τον Τζο για να αγκαλιάσει. Πάντα την κρατούσε ζεστή. "Σ' αγαπώ", ψιθύρισε απαλά, σφίγγοντας το χέρι της γύρω του. "Είσαι ό,τι καλύτερο μου έχει συμβεί ποτέ. Αλλά το ξέρεις αυτό, έτσι δεν είναι;"

Η σχέση της με τον Ρόμπερτ είχε τελειώσει για τα καλά πριν καν αντικρίσει τον Τζο - στην πραγματικότητα, εκ των υστέρων δεν είχε ιδέα γιατί έμεινε μαζί του για τόσο καιρό. Ανακάλυψε τη σχέση του ενώ αυτή βρισκόταν ακόμη στα πρώτα στάδια και της είχε υποσχεθεί να τη διακόψει αμέσως.

"Σ' αγαπώ", της έλεγε πάντα. "Αλλά το ξέρεις αυτό, έτσι δεν είναι;" Ποτέ δεν μπορούσε να ξεστομίσει απλώς αυτές τις τρεις μικρές λέξεις χωρίς να προσθέσει στο τέλος τις άλλες έξι. Και τώρα, ήταν εδώ και έλεγε ακριβώς το ίδιο πράγμα στον Τζο. Αλλά ποτέ δεν μπορούσε να είναι απολύτως σίγουρη ότι ο Τζο ένιωθε το ίδιο. Σίγουρα ήταν έρωτας με την πρώτη ματιά γι' αυτήν, και ήλπιζε απλώς ότι ο Τζο το ανταπέδιδε πραγματικά.

Το ταξίδι του Ρόμπερτ στην ευθεία και τη στενή δεν είχε διαρκέσει πολύ. Το θέμα είναι ότι ποτέ δεν φαινόταν να μπαίνει στον κόπο να κρύψει τα ίχνη του. Η μυρωδιά του αρώματος που παρέμενε στο κολάρο του, όταν του έπεσε το πουκάμισο στο πάτωμα για να το μαζέψει και να το πλύνει η Τζούλι- η κηλίδα από κραγιόν στο μάγουλό του- τα λουλούδια και ένα ακριβό γεύμα στο λογαριασμό της πιστωτικής του κάρτας, το οποίο ούτε είχε παραλάβει ούτε είχε φάει, όλα τον πρόδιδαν.

"Εγώ αγαπώ εσένα, όχι εκείνη", είχε ψιθυρίσει απαλά στο αυτί της. "Αλλά το ξέρεις αυτό, έτσι δεν είναι; Δεν σημαίνει τίποτα για μένα".

"Τότε γιατί το κάνεις;" του φώναξε. "Γιατί να κοιμηθείς μαζί της, ενώ εγώ είμαι εδώ στο σπίτι και σε περιμένω;"

Τα μάτια της Τζούλι διέγραφαν τώρα το σχήμα του σώματος του Τζο που κοιμόταν κάτω από τα σκεπάσματα, καθώς σκεφτόταν τον ανεμοδαρμένο περίπατο στην κορυφή του βράχου που είχαν κάνει εκείνο το απόγευμα. Μπορούσε σχεδόν ακόμα να νιώσει τον καυστικό άνεμο να τρυπάει το παλτό της και να ακούσει τα ορεινά κύματα να σκάνε στην ακτογραμμή 200 πόδια πιο κάτω. Όποιος κι αν ήταν ο καιρός, ό,τι κι αν της έφερνε ο κόσμος, ήταν καλύτερα που ήταν με τον Τζο.

Στον Ρόμπερτ δεν είχε αρέσει καθόλου όταν γνώρισε τον Τζο. Ω, ήταν εντάξει γι' αυτόν να έχει σχέσεις, αλλά φαινόταν ότι δεν του άρεσε να πρέπει να ανταγωνίζεται για την αγάπη της. Όχι, ο Ρόμπερτ είχε δείξει το πραγματικό του πρόσωπο όταν εμφανίστηκε ο Τζο, και ήταν θέμα ημερών να τον πετάξει έξω. Δεν άντεχε τις σιωπηλές του διαθέσεις και τα επεισόδια οργής του όταν την κατηγορούσε ότι αγαπούσε τον Τζο αντί γι' αυτόν.

Ο Ρόμπερτ ήταν στην παμπ και ξεκούραζε τα πόδια του, όταν εκείνη αγκάλιασε για πρώτη φορά τον Τζο. Ο Ρόμπερτ τρελάθηκε όταν γύρισε σπίτι νωρίς για μια φορά και τους έπιασε.

"Τι κάνει αυτός εδώ;" Τα ακατάληπτα λόγια του έβγαιναν από μέσα του ως συνέπειες του ενός γαλονιού μπύρας που είχε πιει.

"Ρόμπερτ, έχεις δίκιο", είπε ήσυχα αλλά σταθερά. "Αγαπώ τον Τζο, όχι εσένα. Θέλω να φύγεις, σε παρακαλώ".

"Τι κοιτάς;" φώναξε ο Ρόμπερτ στον Τζο.

Ο Τζο παρέμεινε σιωπηλός, ξαπλωμένος στο κρεβάτι, κοιτάζοντάς τον ατάραχος, με μια σχεδόν διασκεδαστική έκφραση στο πρόσωπό του, σαν να μην μπορούσε απλώς να καταλάβει τι ήταν όλη αυτή η φασαρία. Ήταν με τη Τζούλι τώρα και αυτό ήταν το μόνο που τον ενδιέφερε. Ο Ρόμπερτ θα μπορούσε να φύγει αμέσως χωρίς φασαρία. Όμως ο Τζο δεν έμεινε σιωπηλός όταν ο Ρόμπερτ επέστρεψε το επόμενο βράδυ - την ώρα που εκείνος και η Τζούλι ήταν έτοιμοι να πάνε για ύπνο - παρακαλώντας την να αλλάξει γνώμη.

"Δεν τον χρειάζεσαι, άφησέ τον να φύγει", την παρακάλεσε ο Ρόμπερτ.

Αυτό ήταν όλο.

Ο Τζο είχε βαρεθεί.

Σηκώθηκε από το κρεβάτι.

Ο Ρόμπερτ ήταν απολύτως τρομοκρατημένος. Οι

διαμαρτυρίες του Τζο ήταν αρκετά δυνατές για να ξυπνήσουν τους νεκρούς. Ακόμα και η Τζούλι είχε φοβηθεί λίγο. Αυτή ήταν μια νέα πλευρά του Τζο που δεν είχε ξαναδεί. Αλλά βαθιά μέσα της ήταν κατά βάθος περισσότερο από λίγο ευχαριστημένη που την υπερασπιζόταν με αυτόν τον τρόπο. Ειδικά όταν ο Ρόμπερτ έφυγε με την ουρά στα σκέλια, πετώντας το κλειδί της εξώπορτας στο πάτωμα φεύγοντας.

"Ελπίζω να είστε πολύ ευτυχισμένοι μαζί", γρύλισε σαρκαστικά και χτύπησε την πόρτα τόσο δυνατά που όλο το σπίτι έμοιαζε να τρέμει.

Η Τζούλι έκλαιγε με δάκρυα ανακούφισης καθώς αγκάλιαζε τον Τζο. Είχε επιτέλους τελειώσει με τον Ρόμπερτ; Θα μπορούσαν πραγματικά να είναι ευτυχισμένοι; Μόνο οι δυο τους; Ο Τζο και αυτή; Το είχε σκεφτεί τότε, και το σκεφτόταν και τώρα, κοιτάζοντας τη μορφή του που κοιμόταν.

Είχε περάσει ένας ολόκληρος μήνας από τότε που ο Ρόμπερτ έφυγε από τη ζωή της. Ναι, ποτέ δεν ήταν πιο ευτυχισμένη από ό,τι τώρα.

Κοίταξε τον Τζο για πέντε ολόκληρα λεπτά. Μετά έτριψε το χέρι της στο σώμα του μέχρι να ξυπνήσει. Την κοίταξε με εκείνα τα υγρά μάτια, και ένα χτύπημα ακούστηκε κάτω από τα σκεπάσματα, καθώς η ουρά χτύπησε δυνατά πάνω τους. Μια πατούσα αναδύθηκε, την οποία ακούμπησε απαλά πάνω στο χέρι της.

Η Τζούλι χαχάνισε, γυρνώντας το κόκερ σπάνιελ στην πλάτη του, γαργαλάει την κοιλιά του.

"Σ' αγαπώ", ψιθύρισε στο μακρύ χνουδωτό αυτί. "Αλλά το ξέρεις αυτό, έτσι δεν είναι;"

Η ουρά του Τζο χτύπησε ακόμα πιο δυνατά. Ω ναι, το ήξερε, φυσικά.

ΓΡΑΜΜΉ ΑΠΌ ΤΟ ΠΑΡΕΛΘΌΝ

Το Τορμπέι Εξπρές ανέπτυξε ταχύτητα καθώς έβγαινε από τη στροφή και κατευθυνόταν προς τη σήραγγα.

Όταν γλίστρησε μέσα και δεν υπήρχε τίποτα να δει για λίγο, ο νεαρός Μάικλ Κάρσον γύρισε στον παππού του με τα μάτια του να λάμπουν.

"Αυτό είναι υπέροχο, παππού. Απολύτως υπέροχο", ενθουσιάστηκε. "Ευχαριστώ πολύ".

Ο Μπομπ χαμογέλασε στον εγγονό του. "Χαίρομαι που το απολαμβάνεις". Τα δικά του μάτια άρχισαν τότε να παίρνουν την ίδια λάμψη που έκαιγε και στα μάτια του εγγονού του. Έμοιαζαν τόσο πολύ μεταξύ τους.

"Ξέρεις, όταν ήμουν στην ηλικία σου, υπήρχαν συνέχεια τέτοια τρένα. Καπνός που έβγαινε από την καμινάδα- εκείνοι οι μεγάλοι τροχοί με τις μακριές ράβδους ζεύξης για να έχουν καλύτερη πρόσφυση στην τροχιά- βρωμιά και βρωμιά που έβγαιναν".

"Δεν ήξερα ότι ήσουν τόσο μεγάλος", χαμογέλασε ο Μάικλ.

Ο Μπομπ χτύπησε παιχνιδιάρικα το μάγουλο του εγγονού του. "Μην είσαι τόσο αγενής", είπε με προσποιητή αυστηρότητα. "Είμαι μόλις 74 ετών".

Το χαμόγελο στις γωνίες του στόματος του

Μπομπ έδειξε στον Μάικλ ότι, παρά την επισήμανση, ο παππούς του δεν ήταν πραγματικά θυμωμένος μαζί του.

"Πάντα μου άρεσαν τα ατμοκίνητα τρένα", είπε ο Μπομπ, αναβιώνοντας τρυφερές αναμνήσεις από υπέροχες καλοκαιρινές ημέρες, όταν είχε ξεκινήσει με τη μητέρα και τον πατέρα του για σιδηροδρομικά ταξίδια στη Νότια Ακτή.

"Τι συνέβη σε όλους αυτούς, μπαμπά;"

"Αντικαταστάθηκαν από τα ντίζελ και την ηλεκτροκίνηση. Κρίμα. Απλά δεν έχουν τον χαρακτήρα των ομορφιών όπως αυτή."

Η πράσινη και καφέ μηχανή ξεπρόβαλε από το σκοτάδι της σήραγγας, σέρνοντας πίσω της τα πέντε βαγόνια Pullman.

"Γιατί έχουμε ντίζελ, αφού δεν είναι τόσο ωραία όσο αυτό το είδος;" ρώτησε ο Μάικλ, με ένα ελαφρύ συνοφρύωμα που φάνηκε κάτω από το κοντό του φρύδι.

Ο ήλιος έλαμπε έντονα μέσα από το παράθυρο, φωτίζοντας την καλαμποκόχρωμη ψάθα του Μάικλ, και ο Μπομπ πέρασε τα δάχτυλά του από τα λιγοστά απομεινάρια των δικών του λευκών μαλλιών καθώς αναρωτιόταν πώς θα ικανοποιούσε καλύτερα τη φυσική περιέργεια του αγοριού.

"Για πολλά χρόνια ήμασταν αρκετά ευχαριστημένοι με αυτές τις παλιές ατμομηχανές που σέρνονταν, αλλά μετά ο κόσμος άρχισε να αλλάζει. Σταδιακά οι άνθρωποι ήθελαν να πηγαίνουν από τη μια πόλη στην άλλη πολύ πιο γρήγορα και άρχισαν να αναζητούν τρόπους για να κάνουν τα τρένα να πηγαίνουν πιο γρήγορα. Οι άνθρωποι που πάντα αγαπούσαν τις ατμομηχανές δεν ήθελαν ντίζελ, αλλά το 1955 οι υπεύθυνοι των σιδηροδρόμων άρχισαν να εκσυγχρονίζουν το σύστημα. Και από εκεί και πέρα συνεχίστηκε".

Τα αυλάκια στο μέτωπο του αγοριού βάθυναν και

ο Μπομπ μπορούσε να αισθανθεί ότι ο εγγονός του προβληματιζόταν για κάτι.

"Παππού..." είπε τελικά, καθώς το τρένο περνούσε από μια σειρά από σημεία. "Αφού τα ντίζελ πάνε πιο γρήγορα, γιατί δεν άρεσαν στον κόσμο;"

Ο Μπομπ ήταν πολύ έξυπνος και ήξερε πολλά, , αλλά συχνά δυσκολευόταν να απαντήσει στις ατελείωτες και εύστοχες ερωτήσεις του Μάικλ. Ήξερε ότι είχε την τάση να μιλάει υποτιμητικά στο παιδί, να το πατρονάρει, και όμως γνώριζε ότι κατά κάποιο τρόπο ο Μάικλ ήξερε ότι αυτό συνέβαινε. Υπήρχε ένα οξύ και γρήγορο μυαλό στο κεφάλι του Μάικλ με μια φαινομενικά ατελείωτη δίψα για γνώση. Ο Μπομπ προσπάθησε να φανταστεί τον εαυτό του σε εκείνη την ηλικία - 66 χρόνια πριν - και αναρωτήθηκε αν ήταν ο ίδιος το ίδιο. Είχε περάσει πολύς καιρός. Και πολλά είχαν συμβεί. Τόσο στον Μπομπ όσο και στον κόσμο. Τα παιδιά σήμερα ήταν τόσο μεγάλα, σκέφτηκε. Τα παιδικά τους χρόνια χάθηκαν σε μια στιγμή.

"Λοιπόν, είναι σαν εκείνο το iPad που σου πήραμε για τα Χριστούγεννα πριν από μερικά χρόνια", είπε. "Θυμάσαι πόσο ήθελες ένα καλύτερο μετά από έξι μήνες".

"Αυτό είναι διαφορετικό, μπαμπά. Έβγαλαν ένα καινούργιο που μπορεί να κάνει περισσότερα πράγματα".

"Ακριβώς. Το ίδιο συμβαίνει και με τα τρένα. Τα ντίζελ είναι ταχύτερα και καθαρότερα από αυτές τις παλιές καλές ατμομηχανές. Και έχουν καλύτερη σχέση ποιότητας-τιμής, επίσης. Οι ατμομηχανές χρειάζονται κάθε μέρα πλύσιμο των λεβήτων τους, σκούπισμα των σωλήνων τους, άδειασμα των καπνοδόχων και των σταχτοδοχείων και εξέταση και καθαρισμό όλων των κινούμενων μερών. Οι ντιζελοκινητήρες απλά συνεχίζουν να λειτουργούν. Καθώς οι ανάγκες του κόσμου αλλάζουν, τα πάντα στον κόσμο πρέπει να αλλάξουν για να τις ικανοποιήσουν. Όπως και το iPad σας, τα ατμοκίνητα τρένα έγιναν πολύ παλιομοδίτικα με την πάροδο του χρόνου.

"Εκείνες τις παλιές μέρες οι άνθρωποι δεν είχαν συνηθίσει να αλλάζει ο κόσμος τόσο γρήγορα. Οι ατμομηχανές ήταν οι ίδιες για περισσότερα από εκατό χρόνια. Αλλά τότε οι άνθρωποι ήθελαν να πηγαίνουν πιο γρήγορα, ήθελαν η ύπαιθρος να είναι πιο καθαρή, αλλά εξακολουθούσαν να θέλουν τον ίδιο τύπο τρένου. Οι επιστήμονες τους είπαν ότι δεν μπορούσαν να κρατήσουν τα πράγματα ίδια - τα πράγματα έπρεπε να αλλάξουν, να αναπτυχθούν, να εξελιχθούν. Αν ήθελαν να προοδεύσουν, έπρεπε να δώσουν χώρο σε νέα πράγματα. Έτσι, τα ατμοκίνητα τρένα άρχισαν να εξαφανίζονται και τη θέση τους πήραν τα ντίζελ. Τα ατμοκίνητα τρένα κυκλοφορούν πλέον μόνο σε ιδιωτικές, τουριστικές γραμμές".

Το Τορμπέι Εξπρες περνούσε μέσα από έναν σταθμό, ενώ ο Μάικλ συλλογιζόταν την απάντηση του παππού του και ο Μπομπ έβλεπε την προσοχή του αγοριού να περιπλανιέται. Έριξαν και οι δύο μια ματιά στη διάβαση με την ουρά των αυτοκινήτων να απλώνεται και στις δύο πλευρές της γραμμής.

Τις σκέψεις τους διέκοψε μια φωνή από κάτω: "Ελάτε εσείς οι δύο, το δείπνο είναι έτοιμο".

Ο Μπομπ χάιδεψε τα μαλλιά του εγγονού του καθώς έφτασε στον μετασχηματιστή και σταμάτησε το τρένο. "Ένα πράγμα όμως δεν αλλάζει", είπε.

"Τι είναι αυτό, παππού; "

"Τα οκτάχρονα αγόρια εξακολουθούν να αγαπούν τα ηλεκτρικά τρένα. Χρόνια πολλά, Μάικλ."

ΡΗ - ΤΟ ΤΡΟΛ ΤΟΥ ΝΤ'ΙΝΓΚΛΕΪ

Πρόλογος - από την Gemma Sharp **(συγγραφέας μυθιστορημάτων φαντασίας** D. M. Cain**):**

Η προϊστορία αυτού του ποιήματος ανοησίας είναι ίσως εξίσου ενδιαφέρουσα με το ίδιο το τελικό έργο.

Ο φίλος μου Stewart Bint συνήθιζε να γράφει μια στήλη σε ένα τοπικό περιοδικό, το The Flyer. Διάβασα τη στήλη του στις 14 Μαρτίου 2014 με ιδιαίτερο ενδιαφέρον. Αυτό έγραψε:

> *Βαθιά στη γη του Ντίνγλεϊ y,*
> *Στην άκρη του ρέματος όπου παίζουν τα νεαρά ψάρια,*
> *Εκεί βρίσκεται το σπίτι του κακού τρολ, Ρη.*
> *Το σπίτι του Ρη είναι χτισμένο από ξύλα και πέτρες,*
> *Κλωνάρια και κόκαλα από κουταβάκια σκύλων.*

Μέχρι εκεί θα μπορούσα να φτάσω. Δεκαπέντε χρόνια πριν! Και ακόμα δεν έχω απολύτως καμία ιδέα για το τι θα γράψω στη συνέχεια.

Ευτυχώς, αυτή ήταν η μοναδική φορά στη

συγγραφική μου καριέρα που υπέφερα από την κατάρα του συγγραφικού μπλοκαρίσματος. Το περίεργο είναι ότι, όσον αφορά την αρχική στροφή, το συγγραφικό μου μπλοκάρισμα εξακολουθεί να είναι ανυπέρβλητο.

Είχα τη μεγάλη φιλοδοξία να συναγωνιστώ τον Έντουαρντ Ληρ και τον Λιούις Κάρολ ως δάσκαλος του ποιήματος ανοησίας. Οπότε προσπάθησα. Εξάλλου, οι άνθρωποι συνήθιζαν να μου λένε ότι τα γραπτά μου ήταν ανοησίες, οπότε γιατί να μην τα κάνω κανονικές ανοησίες, σκέφτηκα.

Είπα αυτές τις πρώτες πέντε γραμμές σε πολύ σύντομο χρονικό διάστημα. Χμμ, αρκετά ελπιδοφόρα, σκέφτηκα. Μετά κάθισα και το κοίταξα. Μετά κάθισα και το κοίταξα λίγο περισσότερο. Μετά το έβαλα στην άκρη. Μετά το έβγαλα και το κοίταξα λίγο ακόμα. Θα έρχονταν οι επόμενες λέξεις; Θα ερχόντουσαν, γαμώτο.

Ίσως χρειάζομαι άφθονο ξύλο γύρω μου για να αγγίξω σε αυτό το σημείο, αλλά οι σωστές λέξεις φαίνεται να ρέουν πάντα για τα μυθιστορήματά μου, για την ποδοσφαιρική μου δημοσιογραφία, για τις δημόσιες σχέσεις μου... ακόμη και για τη στήλη μου στον Flyer! Μερικές φορές δεν ξέρω καν πού θα με οδηγήσει η συγγραφή μου, ιδίως στα μυθιστορήματά μου, όπου οι χαρακτήρες μου, και όχι εγώ, καθοδηγούν τα δάχτυλά μου καθώς πετούν πάνω στο πληκτρολόγιο. Αλλά είτε εγώ είτε οι χαρακτήρες μου είναι στη θέση του οδηγού, οι λέξεις ξεχύνονται σαν νερό από τη βρύση.

Αυτή τη στιγμή πλησιάζω προς το τέλος του τελικού σχεδίου και των διορθώσεων του επόμενου μυθιστορήματός μου "In Shadows Waiting" (Περιμένοντας στις σκιές) , το οποίο αναμένεται να εκδοθεί στις αρχές Ιουνίου. Και εκεί που οι λέξεις δεν ήταν αρκετά σωστές πριν, δεν φαίνεται να έχω πρόβλημα να βρω πιο κατάλληλες τώρα.

Αλλά με αυτό το ανόητο ποίημα - αποκλείεται. Απλά δεν θα έρθουν. Υπάρχει μια δωρεάν προσφορά για το κατέβασμα του μυθιστορήματός μου Άξονας του Χρόνου για όποιον μπορεί να το τελειώσει για μένα.

Ως δασκάλα δημοτικού σχολείου ρώτησα τον Στιούαρτ αν μπορούσα να το χρησιμοποιήσω για μια εργασία της τάξης. Συμφώνησε πρόθυμα και αποφάσισε ότι θα χρησιμοποιούσε τη δουλειά των παιδιών για να ολοκληρώσει το ποίημά του. Δύο τάξεις, η δική μου και η τάξη του συναδέλφου μου, Γκρεγκ Μπάρτον-Χάρβεϊ Χάρβεϊ, εργάστηκαν ακούραστα για την παραγωγή των δικών τους ξεχωριστών ποιημάτων.

Ο Στιούαρτ t ήταν ενθουσιασμένος με τα αποτελέσματα και ενσωμάτωσε την εργασία περισσότερων από 40 παιδιών στην τελική έκδοση. "Το επίπεδο των ποιημάτων και των ιστοριών των παιδιών ήταν απολύτως εκπληκτικό. Χρησιμοποίησα ολόκληρους στίχους από αυτά, μαζί με μεμονωμένους στίχους και μεμονωμένες φράσεις", είπε.

Ιδού λοιπόν, η τελική ιστορία, γραμμένη από τα παιδιά του Δημοτικού Σχολείου της Κοινότητας Χουνκότ, στο Λισεστερσάιρ, , με λίγη βοήθεια από τον Stewart Bint, ο οποίος την περιγράφει ως εξής:

Ένα ποίημα που γράφτηκε για να διαβαστεί δυνατά....με συναίσθημα!!!

Ρη - Το τρολ του Ντίνγκελϊ

Βαθιά στη γη του Ντίνγκλεϊ γ

Στην άκρη του ρέματος όπου παίζουν τα
    νεαρά ψάρια,
Εκεί βρίσκεται το σπίτι του κακού τρολ, Ρη.
Το σπίτι του Ρη είναι χτισμένο από ξύλα και
    πέτρες,
Κλωνάρια και κόκαλα από κουταβάκια
    σκύλων.

Μοιάζει με δαίμονα, τόσο αηδιαστικά πράσινο
Αλλά ακόμα πιο φρικτό, σκοτεινό και κακό.
Η Ρη το λατρεύει όταν φυσάει ο άνεμος με
    μύξες,
Η μύτη του έσταζε και έπεφτε, ήταν γλοιώδης
    και υγρή
Βρέχει κάρκανα στα χέρια και τα φοβερά
    δάχτυλα των ποδιών.
Το κακάρισμά του είναι σαν μαχαιριά στο αυτί.
Φοράει κουρέλια που δεν έχουν αλλάξει ποτέ.

Περιπλανιέται στο δάσος όλη την ημέρα,
Αφήνοντας πίσω του ένα φρικιαστικό πονγκ
Τα τερατώδη πόδια του που βρωμάνε σαν
    άχυρο
Μπορείς να τον μυριστείς να έρχεται από ένα
    μίλι μακριά.

Τρώει παιδιά για βραδινό, μεσημεριανό και
    σνακ.
Λατρεύω να ακούω κόκαλα να τρίζουν και να
    σπάνε.
Κάτω από το σπίτι του, υπάρχει ένα
    μπουντρούμι τόσο βαθύ,
Κατεβαίνει, κατεβαίνει, κατεβαίνει,
Ακριβώς όπως ένα λάστιχο.
Κρατάει τα παιδιά αλυσοδεμένα εκεί μέσα.

Όταν ο ήλιος βγαίνει στην αρχή της ημέρας,

Ο Ρη παραμονεύει στις σκιές,
    παρακολουθώντας τους να παίζουν.
Κάποιος θα πιαστεί σήμερα.
Πρόσεχε πού πατάς, δεν σε έχει πιάσει ακόμα.
Αλλά όταν το κάνει, μπαίνετε στο
    μπουντρούμι.

Μετά όταν πεινάει,
Με ισχυρά σαγόνια και τρομερή αναπνοή
Σκοτώνει τα θύματά του - ακαριαίος θάνατος:
Δηλητηριώδη δόντια που συνθλίβουν τη ζωή
    από το θήραμά του.

"Ώρα για μεσημεριανό!", βροντοφώναξε το
    μυξιάρικο τρολ.
"Ωχ, όχι!" φώναξε το παιδί. "Είμαι
    καταδικασμένη."
Τη μοίρα τους την ξέρουν- τι ακριβώς θα κάνει
Είναι να χαμογελάς φρικτά ενώ σε μασάει.

Είδαμε το σπίτι του, και όταν το
    προσπεράσαμε,
Τι ήταν αυτή η μυρωδιά; Ήταν ανθρώπινη
    πίτα!
Τρέξαμε τόσο γρήγορα έξω από το Ντίνγκλεϊ.
Ποτέ δεν επέστρεψα εκεί για να παίξω.

Αλλά αφού φύγαμε, άγνωστο σε εμάς,
Ο Ρη άλλαξε τους τρόπους του και έσπασε τα
    μάγια.
Βλέπετε - ένα τρολ, δεν ήταν πάντα.
Καταραμένη από έναν μάγο σε τόσο νεαρή
    ηλικία,
Το αποκρουστικό τρολ πρόσωπό του
    θεωρήθηκε αμαρτία.

Ένα τρολ, ναι, θα παραμείνει πάντα,

Αλλά η καρδιά του δεν ήταν μαύρη,
Και αυτό είναι το θέμα.
Η αγάπη ήταν αυτή που έσωσε τον Ρη από τη
    φρικτή μοίρα του.

Μια φωτεινή ηλιόλουστη μέρα, ενώ
    κυνηγούσα μούρα
Γλίστρησε στη λάσπη και έπεσε σε ένα ρυάκι.
Γαργαλιζόμενος και ασθμαίνοντας, άρχισε να
    ουρλιάζει.
Έβγαλε ένα μεγάλο βρυχηθμό, καταριζωμένος
    αυτές τις ολισθηρές πέτρες.
Το ρεύμα ήταν δυνατό
Και τον τράβηξε μαζί του.

Άνοιξε τα μάτια του και ήταν σίγουρος ότι θα
    πέθαινε,
Γιατί εκεί, μπροστά μας, ξεπρόβαλε ένας
    καταρράκτης.
Έπεσε κάτω, γουργουρίζοντας και
    πλατσουρίζοντας.
Στη συνέχεια, στον πάτο έπεσε, βρίζοντας και
    χτυπώντας.
Γιατί το νερό ήταν ρηχό,
Ήξερε ότι θα ζούσε.

Αναρρίχηση από το ρέμα,
Η καρδιά του είχε φτερουγίσει.
Και έτρεξε μέσα στο δάσος
Σαν σε όνειρο.

Οι σκέψεις του ήταν μια δίνη
Καθώς έφευγε συνέχεια.
Όταν το σκοτάδι κατέβηκε σε εκείνη την
    παράξενη χώρα
Ο Ρη άρχισε να πανικοβάλλεται - και
    παρακάλεσε κάποιον να τον βοηθήσει.

Στη συνέχεια εμφανίστηκε ένα εξοχικό σπίτι.
Ένα τέλειο μέρος για να περάσεις τη νύχτα.

Ένα κορίτσι-τρολ άνοιξε ξαφνικά την πόρτα
Ο ιδρώτας της Ρη άρχισε να πλημμυρίζει το
    πάτωμα.
Αυτή η κοπέλα ήταν καλή και τον κάλεσε
    μέσα,
Στο πρόσωπο της Ρη υπήρχε ένα πολύ πλατύ
    χαμόγελο.
Γιατί ήξερε ότι το μέλλον του ήταν έτοιμο να
    ξεκινήσει.

Τη ρώτησε πώς τη λένε - εκείνη είπε ότι τη
    λένε Λιζ,
Και τον υποδέχτηκε με ένα μεγάλο φιλί.
Βγήκαν ραντεβού και έφαγαν μουχλιασμένο
    ψάρι.
Δεν άργησαν να ερωτευτούν,
Και ο καθένας απελευθέρωσε ένα χρυσό
    περιστέρι.

Οι καρδιές τους περιπλέκονται,
Η αγάπη κυριαρχούσε,
Και αυτό είναι όλο από μένα σε μια ιστορία
    του Ρη.
Βαθιά στη γη του Ντίνγκλεϊ,
Δίπλα στο ρέμα όπου παίζουν τα νεαρά τρολ.

Η ΜΆΓΙΣΣΑ ΤΩΝ ΟΝΕΊΡΩΝ

Πρόλογος:

Ελπίδα και πραγματικότητα. Είναι οι δύο όψεις του ίδιου νομίσματος;

Ή ακόμη και από την ίδια πλευρά, απλώς από διαφορετική οπτική γωνία; Για πολλούς ανθρώπους, κάθε νέο έτος ξεκινά με τέτοια ελπίδα και αισιοδοξία. Αλλά καθώς ο Πατέρας Χρόνος κόβει το δρόμο του μέσα στους μήνες, όλοι πηδάμε πίσω στον παλιό κύκλο της πραγματικότητας.

Έχω γράψει μόνο δύο ποιήματα στη ζωή μου: το Ρη- Το Τρολ του Ντίγκλεϊ , και αυτό εδώ που έχει θέμα την ψυχική υγεία, εξετάζοντας την ελπίδα και την πραγματικότητα και το πώς αυτοί οι δύο πόλοι μπορεί στην πραγματικότητα να είναι ένα και το αυτό. Απλώς χρειάζεται μια διαφορετική οπτική γωνία, όπως ελπίζω να εξηγεί η τελευταία γραμμή.

Η μάγισσα των ονείρων

Ποιο είναι το νόημα; Μπορεί κάποιος να μου
πει, ξέρει κανείς;

Ο χρόνος είναι αντίστροφος, απλά
    ακολουθήστε τη ροή.
Με τον ήλιο και το φεγγάρι ψηλά στον ουρανό,
Ο θεριστής δεν μπορεί να προσγειωθεί, οπότε
    πρέπει να πετάξει.
Όταν επιτίθενται στους αδύναμους, οι ισχυροί
    νομίζουν ότι είναι γενναίοι
Ενώ ο Παρατηρητής περιμένει, πάνω σε έναν
    τάφο.
Η ώρα πλησιάζει, ο Κύριος του Νέφους θα
    σηκωθεί
"Αλλά ποιος θα αντιταχθεί στη Μάγισσα των
    Ονείρων", αναστενάζει.

Όταν οι εφιάλτες γίνονται αληθινοί και τα
    όνειρα εγκαταλείπονται
Χτυπάς την πόρτα, ελπίζοντας να ξυπνήσεις.

Όταν το μυαλό πιέζεται τόσο πολύ που τα
    εμπόδια τεντώνονται,
Το εξωπραγματικό γίνεται πραγματικό, και
    τότε πέφτει το σκοτάδι.
Το μυαλό είναι τόσο εύθραυστο και σπάει
    εύκολα.
Τι χρειάζεται λοιπόν για να ξεφύγουμε από το
    χείλος του γκρεμού;

Καθώς οι άνεμοι πνέουν, οι χώρες ουρλιάζουν
    το τραγούδι τους,
Τα κουφά αυτιά ακούνε ότι όλα είναι λάθος.
Τα αστέρια φλέγονται, η φωτιά τους είναι τόσο
    έντονη,
Το φεγγάρι είναι τόσο κρύο, που το μυαλό σου
    δεν βγάζει νόημα.
Αν οι άνθρωποι μπορούσαν να δουν τη ζημιά
    που προκαλούν,

Οι νεκροί θα τραγουδούσαν, αυτό είναι
    αλήθεια.

Γιατί όταν πεθάνεις, θα δουν ότι είναι πολύ
    αργά.
Η άκρη ήταν πολύ κοντά, αλλά αυτή ήταν η
    μοίρα σου.
Πίεσαν πολύ δυνατά, και πέσατε πάνω.
Μόνο μια τελευταία προσευχή ξεπηδά από τα
    χείλη σας.
Αλλά η Μάγισσα των Ονείρων είναι εδώ, με τα
    χέρια στους γοφούς της.

ΖΩΝΤΑΝΉ ΑΠΌΔΕΙΞΗ

"Έλα τώρα, μην είσαι ανόητος", είπε ο κ. Τζ. Χ. Όστλι χτυπώντας τον χάρακα πέντε φορές με γρήγορη διαδοχή στο γραφείο. Φαίνεται ότι η τάξη δοκίμαζε την υπομονή του, βλέποντας μέχρι πού θα μπορούσαν να χλευάσουν το νέο τους δάσκαλο.

Τα λόγια του ακούγονταν με δυσκολία πάνω από τα γέλια και τη γενική φασαρία.

Ο κ. Όστλι αναστέναξε. Ήξερε ότι η πρώτη του μέρα στην Ακαδημία Σπούκσαϊντ θα ήταν τουλάχιστον λίγο δύσκολη. Αλλά ειλικρινά, για τι τον είχαν πάρει; Είχε σκοπό να δείξει σε αυτά τα μικρά φρικιά ότι δεν ήταν τόσο πράσινος αφού έμοιαζε με λάχανο.

Και πάλι η γωνία του χάρακα χτύπησε επανειλημμένα το γραφείο, αυτή τη φορά με τέτοια σφοδρότητα που άφησε μικροσκοπικές τρύπες στο μαλακό ξύλο. "Κάντε ησυχία. Δεν θα σας το ξαναπώ. Αν σε πέντε δευτερόλεπτα δεν ακούσω ούτε καρφίτσα να πέφτει σε αυτή την τάξη, θα είστε όλοι σας τιμωρία".

Τα γέλια έσβησαν αμέσως και τα 30 ζευγάρια μάτια της τάξης 1Μ κοίταξαν κακόβουλα τον νέο τους δάσκαλο.

Το ένα ζευγάρι ανοιγόκλεινε τα μάτια του πολύ

πονηρά για τα γούστα του κ. Όστλι , και δεν τον εξέπληξε καθόλου όταν του τέθηκε η ερώτηση.

"Μα κύριε, ποιος μπορεί να πει ότι δεν υπάρχουν; Δεν μπορείτε να αποδείξετε ότι δεν υπάρχουν;"

"Τα στοιχεία είναι εκεί, αγόρι μου. Έχουν γίνει κυριολεκτικά χιλιάδες κυνήγια υπερφυσικών φαινομένων με τον πιο εξελιγμένο εξοπλισμό στον κόσμο. Τα περισσότερα αποτελέσματα δείχνουν μια απόλυτα λογική και εύλογη εξήγηση..."

"Τα περισσότερα από αυτά, κύριε. Οι περισσότεροι, αλλά όχι όλοι".

"Αλλά αγόρι μου, αυτό δεν αποδεικνύει ότι υπάρχει μια παράλογη ή απρόβλεπτη εξήγηση, έτσι δεν είναι;"

"Αποδεικνύει ότι συνέβη κάτι που δεν μπορεί να εξηγηθεί". Αυτό προκάλεσε περισσότερα χειροκροτήματα από το πίσω μέρος της τάξης.

"Σιωπή", βροντοφώναξε ο κ. Όστλι. Κοίταξε επίμονα τον ανακριτή του. "Πώς σε λένε, αγόρι μου;"

"Στήβεν Πέκτρε , κύριε."

"Λοιπόν, Στήβεν Πέκτρε , άσε με να σου πω αυτό, μία και μοναδική φορά. Ό,τι δεν μπορεί να φανεί και ό,τι δεν μπορεί να νιώσει κανείς, δεν υπάρχει, κατά τη γνώμη μου. Το υπερφυσικό είναι κάτι που μπορεί να βρεθεί μόνο στις σελίδες των κόμικς και στις οθόνες των κινηματογραφικών ταινιών".

Το χέρι του Πέκτρε ήταν και πάλι στον αέρα, το προοίμιο ενός άλλου σημείου που ήθελε να επισημάνει.

"Μα κύριε... κύριε... έχω πράγματι δει ένα. Έτσι ξέρω χωρίς αμφιβολία ότι υπάρχουν".

Το περιφρονητικό βλέμμα του κ. Όστλι ήταν αρκετό για να κάνει οποιονδήποτε μικρότερο νεαρό να μαζευτεί σε μια μπάλα, αλλά ο Πέκτρε δεν ήταν ικανός να πτοηθεί. "Έκανα μια σύντομη διαδρομή για το σπίτι, κύριε, μέσα από το προαύλιο της εκκλησίας και είδα μια φιγούρα να κινείται στο μονοπάτι".

Ο δάσκαλος είχε την επιθυμία του. Η τάξη ήταν σίγουρα αρκετά ήσυχη τώρα ώστε όλοι να ακούσουν μια καρφίτσα να πέφτει. Περίμεναν με προσοχή την ιστορία του Πέκτρε.

"Μήπως η φιγούρα βγήκε από έναν τάφο;" Η ερώτηση του κ. Όστλι έσταζε σαρκασμό.

"Ω, όχι, κύριε. Αλλά πήγε σε έναν τάφο και έβαλε μερικά λουλούδια πάνω του".

"Και εξαφανίστηκε μέσα σε αυτό, χωρίς αμφιβολία;"

"Όχι, κύριε. Σας παρακαλώ, αφήστε με να τα πω όπως ήταν. Σχεδόν πάγωσα από φόβο όταν το είδα. Ερχόταν στο μονοπάτι από την κεντρική πύλη. Είχα μπει στο προαύλιο της εκκλησίας από την πλαϊνή πύλη, ενώθηκα με το μονοπάτι στο μεγάλο πουρνάρι και κατέβαινα προς τον κεντρικό δρόμο. Η φιγούρα ήταν ακόμα αρκετά μακριά όταν την πρωτοείδα, αλλά δεν υπήρχε καμία αμφιβολία για το τι ήταν. Πήδηξα πίσω από μια ταφόπλακα και έπεσα κάτω, χωρίς καν να τολμήσω να κοιτάξω έξω για να δω αν είχε φύγει.

"Πέρασε ένα καλό λεπτό πριν περάσει από την κρυψώνα μου. Ακόμα δεν μπορούσα να κουνηθώ. Απλά έμεινα σκυμμένος εκεί και παρακολουθούσα την πλάτη του καθώς προχωρούσε στο μονοπάτι".

"Περιγράψτε μας αυτή τη φιγούρα".

"Μάλιστα, κύριε. Δεν είδα καθαρά το πρόσωπό του, μόνο από απόσταση, καταλαβαίνετε. Αλλά από πίσω φαινόταν αρκετά νεαρό. Είχε μακριά ξανθά μαλλιά και φορούσε τζιν παντελόνι και μπλουζάκι.

"Τζιν και μπλουζάκι!" Ο εκνευρισμός στη φωνή του κ. Όστλι ήταν ολοφάνερος για όλους.

"Δεν χρειάζεται να είναι όλοι από τα παλιά, κύριε", επέμεινε ο νεαρός Πέκτρε.

"Κοίτα εδώ, αρκετά με αυτό. Το μόνο που

προσπαθείς να κάνεις είναι να με κοροϊδέψεις και δεν θα πετύχει".

"Μα, κύριε...."

"Δεν ξέρω γιατί το άφησα να συνεχιστεί τόσην ώρα. Σταματάει εδώ και τώρα. Είμαστε οι κυβερνήτες αυτής της πράσινης και όμορφης χώρας. Όταν έρθει η ώρα μας, η όποια δύναμη ζωής μέσα μας μετακινείται αλλού, σε έναν άλλο κόσμο. Σε καμία περίπτωση κανένα κομμάτι μας δεν μένει εδώ για να στοιχειώνει αυτούς που μένουν πίσω. Επιτρέψτε μου να σας πω μια τελευταία φορά, 1Μ, οι άνθρωποι δεν είναι παρά ένα αποκύημα της φαντασίας..."

"Μα, κύριε, έχετε ακούσει όλες τις ιστορίες για ανθρώπους που έχουν εμφανιστεί εδώ γύρω. Ειδικά στο προαύλιο της εκκλησίας. Δεν είμαι μόνο εγώ. Πολλοί από εμάς το έχουμε ακούσει."

"Μια ακόμη φορά, 1Μ. Οι άνθρωποι είναι απλώς λαϊκός μύθος, θρύλος, βγαλμένος κατευθείαν από ιστορίες τρόμου". Ο κ. Όστλι κούνησε το λευκό, διάφανο κεφάλι του. "Οι άνθρωποι υπάρχουν πραγματικά... χα... τι ανοησίες, τι ανοησίες".

Ν'ΕΟΙ ΣΤΗΝ Τ'ΕΧΝΗ

Ο φύλακας της γκαλερί άκουσε έκπληκτος τα σχόλια του νεαρού ζευγαριού.

"Κοιτάξτε αυτό το υπέροχο χρώμα. Δεν είναι υπέροχος ο τρόπος που το κίτρινο μπλέκεται με δυνατές πινελιές στο πράσινο. Όλος ο πίνακας απλά αναπνέει ζωή", έλεγε η κοπέλα στη σύντροφό της.

Ήταν το τρίτο ζευγάρι που επισκεπτόταν την έκθεση τέχνης την τελευταία μισή ώρα και το οποίο φαινόταν να βρίσκει τον πίνακα συναρπαστικό. Το προηγούμενο ζευγάρι είχε αποφασίσει ότι ήταν "καταπληκτικός", ενώ το προηγούμενο ζευγάρι είχε ενθουσιαστεί με τις τεχνικές και καλλιτεχνικές του αρετές.

Η τελευταία κοπέλα φάνηκε να είναι περισσότερο ενθουσιασμένη με το έργο απ' ό,τι το αγόρι, περιγράφοντας την όχι και τόσο ντελικάτη, στροβιλώδη πινελιά ως την επιτομή των εσωτερικών συναισθημάτων και της λανθάνουσας πνευματικότητας του καλλιτέχνη.

Ο φρουρός ασφαλείας συλλογίστηκε στον εαυτό του πόσοι άνθρωποι είχαν κάνει θετικά σχόλια για τον πίνακα καθ' όλη τη διάρκεια της ημέρας. Υπήρχαν 75 πίνακες στην έκθεση, και ο ίδιος προσωπικά δεν θα έδινε ούτε 1 λίρα για την παρτίδα.

Θεωρούσε ότι δεν ήταν παρά μια ανοργάνωτη βουτιά χρωμάτων, με άγριες γραμμές που δεν οδηγούσαν πουθενά. Ο ίδιος δεν ενδιαφερόταν για τη σύγχρονη τέχνη.

Όταν η έκθεση στήνονταν την προηγούμενη ημέρα, είχε περπατήσει μπροστά από τους πίνακες, σχεδόν αγκομαχώντας μπροστά στις τιμές που κυμαίνονταν μεταξύ 15.000 και 150.000 λιρών. Κοίταξε ξανά το νεαρό ζευγάρι που φαινόταν τόσο γοητευμένο με αυτόν τον τελευταίο πίνακα.

"25.000 λίρες", έλεγε η κοπέλα. "Αυτό φαίνεται πολύ λογικό για μια τόσο συγκινητική και συναισθηματική ισορροπία γενναιότητας και ευαισθησίας που απεικονίζει αυτό το έργο".

Το αγόρι κοίταξε προσεκτικά την κάτω δεξιά γωνία. "Η υπογραφή είναι σχεδόν ακατανόητη", μουρμούρισε.

Η σύντροφός του συμβουλεύτηκε το πρόγραμμά της. "Λέγεται "Αναταραχή στον ουρανό" και σύμφωνα με αυτό, ο καλλιτέχνης είναι ο Ρότζερ Μπάριμορ".

"Μπάριμορ; " Ο νεαρός έδειξε έκπληκτος. "Είναι πολύ διαφορετικό από τα άλλα έργα του. Υπάρχει περισσότερο βάθος και διαύγεια στο όραμα σε αυτό από οτιδήποτε άλλο έχω δει".

Η κοπέλα εξέτασε γρήγορα το πρόγραμμα. "Είναι ο μοναδικός Μπάριμορ εδώ σήμερα και είναι μακράν ο καλύτερος πίνακας της έκθεσης. Πάμε να δούμε αν τον έχει αγοράσει κανείς".

Προχώρησαν κατά μήκος της γκαλερί προς το γραφείο πωλήσεων. Ο φρουρός ασφαλείας αναστέναξε με ανακούφιση. Ήταν σχεδόν ώρα κλεισίματος. Τώρα δεν θα υπήρχαν άλλοι επισκέπτες στην έκθεση- μπορούσε να χαλαρώσει.

Πήγε προς τον πίνακα και κοίταξε την υπογραφή. Ήξερε ότι τα δυσανάγνωστα γράμματα δεν έγραφαν Ρότζερ Μπάριμορ. Το όνομα του καλλιτέχνη ήταν

Άντζελα Μπλακσο. Ξεκρέμασε τον πίνακα, τον κατέβασε, στηρίζοντάς τον στον τοίχο.

Στη συνέχεια πήρε μια άλλη φωτογραφία που ήταν κρυμμένη πίσω από το γραφείο του και την έβαλε στο άδειο άγκιστρο. Γι' αυτόν ήταν απλώς άλλο ένα ανούσιο κουβάρι γραμμών και χρωμάτων. Το όνομα πάνω της ήταν ευδιάκριτο: Ρότζερ Μπάριμορ.

Ο φύλακας ασφαλείας Ντέηβιντ Μπλακσο τύλιξε προσεκτικά αρκετές στρώσεις εφημερίδας γύρω από την εικόνα που ήταν εκτεθειμένη όλη την ημέρα. Έπρεπε να είναι προσεκτικός για να τον μεταφέρει στο σπίτι. Η εννιάχρονη κόρη του, η Άντζελα, επέμενε ότι ήθελε το έργο της πίσω άθικτο.

Ο ΧΆΡΒΕΪ ΝΤΈΙΒΙΝΤ ΨΆΧΝΕΙ ΓΙΑ ΈΝΑΝ ΦΊΛΟ

Ο Χάρβεϊ το φάντασμα ήταν λυπημένος. Ήθελε έναν φίλο για να παίξει μαζί του, αλλά κάθε φορά που πήγαινε να βρει έναν, όλοι έτρεχαν μακριά.

Δεν ήθελε να τα τρομάξει, αλλά φυσικά τα περισσότερα αγόρια και κορίτσια φοβούνται τα φαντάσματα. Ο Χάρβεϊ προσπάθησε να τους πει ότι δεν θα τους έκανε κακό, αλλά φοβήθηκαν τόσο πολύ που κρύφτηκαν όλοι από αυτόν. Το να είσαι φάντασμα δεν είναι καθόλου διασκεδαστικό, σκέφτηκε.

Αναρωτιόταν πού θα μπορούσε να βρει έναν φίλο, όταν άκουσε έναν άνδρα να σφυρίζει στη γωνία. Στην αρχή ήσυχα, αλλά κάθε δευτερόλεπτο γινόταν και πιο δυνατά. Τότε ο Χάρβεϊ είδε τον άντρα. Ήταν ο ταχυδρόμος Μάικ, που έριχνε γράμματα στα γραμματοκιβώτια όλων. Όλων, εκτός από το γραμματοκιβώτιο του Χάρβεϊ. Κανείς δεν έγραφε ποτέ στον Χάρβεϊ.

"Ο Μάικ είναι φίλος όλων", σκέφτηκε ο Χάρβεϊ. "Είμαι σίγουρος ότι θα είναι φίλος μου".

Ο ταχυδρόμος Μάικ ήταν ένας κοντός κοντόχοντρος άντρας με στρογγυλό χαρούμενο πρόσωπο. Φορούσε ένα καπέλο στο κεφάλι του και κουβαλούσε πάντα ένα μεγάλο σάκο γεμάτο γράμματα και κάρτες γενεθλίων.

"Ταχυδρόμε....ταχυδρόμε Μάϊκ", φώναξε ο Χάρβεϊ . "Περίμενέ με, θέλω να γίνεις φίλος μου".

Ο ταχυδρόμος γύρισε, είδε τον Χάρβεϊ το φάντασμα και τρόμαξε πολύ. Με μια κραυγή που ακουγόταν σε όλη την πόλη πέταξε το σάκο με τα γράμματα στον αέρα και έτρεξε πιο γρήγορα από κάθε παιδί που έκανε ποτέ στο σχολικό του αγώνα.

"Θεέ μου", αναστέναξε ο Χάρβεϊ. "Πρέπει να έχει ήδη κάποιους φίλους". Ο Χάρβεϊ άρχισε να κλαίει και ένα τεράστιο γυαλιστερό δάκρυ κύλησε στο πρόσωπό του. Ήταν τόσο μόνος.

Τότε είδε τον Ααρών, το μικρό αγόρι που έμενε στη διπλανή πόρτα. Ο Ααρών χοροπηδούσε στο μονοπάτι του κήπου αναπηδώντας μια μεγάλη κίτρινη μπάλα. Ο Χάρβεϊ λάτρευε να παίζει μπάλα.

"Μικρό αγόρι της διπλανής πόρτας", φώναξε όσο πιο δυνατά μπορούσε. "Μπορώ να παίξω μπάλα μαζί σου, σε παρακαλώ;"

Ο Ααρών σταμάτησε να χοροπηδάει και η μπάλα του σταμάτησε να αναπηδά. Κοίταξε τον Χάρβεϊ, αλλά όπως όλα τα άλλα μικρά αγόρια και κορίτσια φοβόταν τα φαντάσματα και έτρεξε πίσω στο σπίτι του. Ο Χάρβεϊ άκουσε την πόρτα να κλείνει με έναν δυνατό κρότο.

"Θεέ μου", αναστέναξε και πάλι ο Χάρβεϊ. "Αναρωτιέμαι γιατί κανείς δεν θέλει να παίξει μαζί μου".

Ο Χάρβεϊ δεν ήξερε τι να κάνει, έτσι κάθισε κάτω από ένα δέντρο και έκλαιγε και έκλαιγε και έκλαιγε. Πιθανότατα θα έκλαιγε όλη την ημέρα, αν ένα μικρό πουλί δεν είχε πετάξει σε ένα κλαδί ακριβώς πάνω από το κεφάλι του. Ήταν ένας κοκκινολαίμης. Το αγαπημένο του πουλί. Του άρεσε να τα βλέπει να χοροπηδούν στον κήπο και του άρεσε να τα ακούει να τραγουδούν. Έτσι, ένιωσε λίγο πιο χαρούμενος όταν κοίταξε ψηλά και το είδε να κάθεται εκεί.

Σκουπίζοντας τα δάκρυα, προσπάθησε να χαμογελάσει. Αλλά ήλπιζε ότι ο κοκκινολαίμης δεν θα τον έβλεπε, γιατί τα πουλιά ήταν ακριβώς όπως τα αγόρια και τα κορίτσια - ούτε αυτά ήθελαν ποτέ να γίνουν φίλοι του.

Ο καημένος ο Χάρβεϊ προσπαθούσε να σκεφτεί όλους τους λόγους για τους οποίους κανείς δεν θα γινόταν φίλος του. Δεν μπορούσε να το καταλάβει. Πάντα προσπαθούσε να είναι καλός και ευγενικός, γιατί ήξερε ότι σε κανέναν δεν άρεσαν τα κακά και άσχημα αγόρια και κορίτσια. Ήξερε ότι αν ήσουν άτακτος και κακός με τους ανθρώπους δεν άξιζες να έχεις φίλους. Μερικές φορές τον μάλωναν η Μαμά Φάντασμα και ο Μπαμπάς Φάντασμα - την τελευταία φορά ήταν όταν πήρε μερικές από τις τάρτες μαρμελάδας της Μαμάς Φάντασμα που μόλις είχε φτιάξει, και την προηγούμενη φορά ήταν όταν είχε ποδοπατήσει τα λουλούδια του Μπαμπά Φάντασμα στον κήπο ενώ κυνηγούσε την μπάλα του. Αλλά ένιωθε ότι όλοι έκαναν κάτι που ήταν λίγο σκανταλιάρικο μερικές φορές, όσο καλοί κι αν ήταν κανονικά. Δεν πίστευε ότι αυτό θα έπρεπε να τον εμποδίσει να έχει έναν φίλο.

Ο Χάρβεϊ μυξόκλαψε καθώς σκούπιζε άλλο ένα δάκρυ. Ορίστε! Τώρα είχε φύγει και ο κοκκινολαίμης, πέταξε μακριά σε ένα άλλο δέντρο.

Ήταν σχεδόν ώρα για τσάι και ο Χάρβεϊ θα έπρεπε να πάει σύντομα στο σπίτι του. Εύχεται να μπορούσε να βρει ένα μικρό συμπαίκτη για να δείξει στη μαμά Φάντασμα. Κάθισε κάτω από το δέντρο για περίπου πέντε λεπτά ακόμα και μόλις σκεφτόταν ότι θα έπρεπε να φύγει, όταν είδε κάποιον άλλο να έρχεται στο δρόμο.

"Γεια σου", φώναξε. "Θα γίνεις φίλος μου;"

Αναγνώρισε αυτό το νέο αγοράκι που ζούσε στο διπλανό δρόμο.

Ξαφνιάστηκε, αλλά ήταν τόσο χαρούμενος, όταν το αγόρι τον πλησίασε και του είπε: "Ναι, θα γίνω φίλος σου. Είμαι ο Ρέιμοντ το φάντασμα και κανείς δεν θέλει ποτέ να είναι μαζί μου. Πάντα φεύγουν όταν με βλέπουν".

"Και εγώ είμαι ο Χάρβεϊ το φάντασμα. Νομίζω ότι τώρα ξέρω γιατί κανείς δεν θέλει να παίξει μαζί μας. Οι μεγάλοι έχουν άλλους μεγάλους να μιλήσουν. Τα αγόρια και τα κορίτσια παίζουν με άλλα αγόρια και κορίτσια. Ακόμα και τα πουλιά στα δέντρα φαίνεται να τραγουδούν μόνο σε άλλα πουλιά. Αλλά εμείς μπορούμε να παίξουμε μαζί γιατί είμαστε και οι δύο φαντάσματα. "

Ο Χάρβεϊ ήταν χαρούμενος.

Είχε έναν φίλο τώρα.

Ο ΝΤΑΉΣ ΤΟΥ ΤΟΥΊΤΕΡ

Πρόλογος:

ΤοO Νταής του Τουίτερ είναι αφιερωμένο σε όσους έχουν πέσει θύματα εκφοβισμού, παρακολούθησης, παρενόχλησης ή κακοποίησης με οποιονδήποτε τρόπο στο Twitter ή, στην πραγματικότητα, σε οποιαδήποτε πλατφόρμα κοινωνικής δικτύωσης.

Αυτή η ιστορία φαντασίας 7.300 λέξεων που δημοσιεύτηκε αρχικά στο Awethology Dark, μια ανθολογία που εκδόθηκε από τον εκδοτικό οίκο Plaisted Publishing House Ltd., Νέα Ζηλανδία, εξερευνά ανελέητα τις καταστροφικές συνέπειες που έχει η συνεχής παρενόχληση στο Twitter για ένα νεαρό κορίτσι, την Ανι Γκαλγουέϊ, και πώς το κάρμα παίρνει μια τρομακτική και φρικτή εκδίκηση στον έφηβο που ευθύνεται.

Η έμπνευση προήλθε από προσωπικές εμπειρίες στο Twitter. Εξοργίστηκα τόσο πολύ με τη συμπεριφορά των stalkers και των νταήδων που παρενοχλούσαν άλλους χρήστες, που έγινα ενεργός ακτιβιστής κατά των διαδικτυακών νταήδων.

Ο Νταής του Τουίτερ

Ήταν οι δύο πιο τρομακτικοί ήχοι που είχα ακούσει ποτέ.

Αυτό το απαίσιο κροτάλισμα καθώς οι χειροπέδες κλείδωναν τους καρπούς μου, ασφαλίζοντάς τους ασυμβίβαστα πίσω από την πλάτη μου. Και ο δυσοίωνος κρότος όταν η χοντρή ατσάλινη πόρτα έκλεισε, φυλακίζοντάς με σε αυτό το μικροσκοπικό τετράγωνο κελί... οι τοίχοι απέχουν μεταξύ τους λιγότερο από δύο μέτρα.

Εδώ είμαι λοιπόν, με τα γυμνά μου πόδια να παγώνουν στο τραχύ πέτρινο πάτωμα - ναι, μου πήραν τα παπούτσια και τις κάλτσες μου μόλις έφτασα σε αυτό το ξεχασμένο από τον Θεό μέρος.

Κοιτάζω το ρολόι στο ταβάνι. Το ξέρω, περίεργο, έτσι δεν είναι; Ένα ρολόι στο ταβάνι. Είναι το μόνο πράγμα σε αυτό το αμυδρά φωτισμένο κελί. Εκτός από μένα, φυσικά. Το ρολόι μου λέει ότι βρίσκομαι εδώ πάνω από μία ώρα.

Σκέφτηκα ότι μπορεί να είχε ελευθερώσει τα χέρια μου όταν με κλείδωσε μέσα- δεν πάω πουθενά και δεν κάνω τίποτα, έτσι δεν είναι, φυλακισμένος μέσα σε αυτούς τους πέτρινους τοίχους; Αλλά όχι, απλώς με έσπρωξε μέσα από την ατσάλινη πόρτα, αφήνοντας τα χέρια μου δεμένα με χειροπέδες πίσω μου.

Τραβάω και πάλι την κοντή αλυσίδα που τους κρατάει εκεί, αλλά χωρίς αποτέλεσμα. Τις πρώτες στιγμές μετά από εκείνον τον φρικτό ήχο του χτυπήματος της πόρτας και το ηχηρό κλικ της κλειδαριάς που γλιστράει στη θέση της, προσπάθησα να την γδύσω. Ξέρετε τον ελιγμό, κατεβάζετε τα χέρια σας κάτω από τον πισινό σας και περνάτε πάνω από την αλυσίδα ώστε τα χέρια σας να είναι μπροστά σας. Εξακολουθούν να είναι σφιχτά δεμένα με χειροπέδες, φυσικά, αλλά τουλάχιστον δεν είσαι εντελώς αβοήθητος, όπως όταν είναι ασφαλισμένα πίσω από την πλάτη σου.

Αλλά δεν υπάρχει καμία πιθανότητα με αυτές τις μανσέτες. Η αλυσίδα είναι πολύ κοντή. Δεν θα περάσει ούτε κατά διάνοια κάτω από τον πισινό μου.

Το επόμενο πράγμα που έκανα ήταν να καταγράψω το περιβάλλον μου. Σωστά, αυτό έγινε σε πέντε δευτερόλεπτα. Λιγότερο από δύο μέτρα πέτρινος τοίχος προς κάθε κατεύθυνση.

Δεν μπορούσα να κάνω πολλά. Προσπάθησα να καθίσω με την πλάτη μου πιεσμένη στον τοίχο, όσο μου επέτρεπαν τα περιορισμένα χέρια μου, αλλά μέσα σε λίγα λεπτά δεν ήταν μόνο τα πόδια μου που πάγωναν. Αυτό το παγωμένο πάτωμα μου πήρε σχεδόν όλη την αίσθηση από τον πισινό μου, με τον τοίχο να κάνει το ίδιο κόλπο στην πλάτη μου. Ο μόνος τρόπος για να νιώσω άνεση (και χρησιμοποιώ τη λέξη "άνεση" εδώ χαλαρά) ήταν να συνεχίσω να περπατάω γύρω από το κελί. Η κίνηση έσπρωχνε τις σκέψεις μου σε δράση. Και ήταν πολύ εκνευριστικές σκέψεις.

Σίγουρα θα ερχόντουσαν σύντομα για μένα. Κι αν δεν το έκαναν; Δεν είχα ιδέα πόσο καιρό σκόπευαν να με κρατήσουν εδώ -όπου κι αν ήταν το "εδώ"- και τι είχε πει εκείνη η αρχιφύλακας όταν μου πήρε τα παπούτσια και τις κάλτσες μου; Ω ναι: "Δεν θα χρειαστείς υποδήματα εκεί που θα πας;" Τι στο διάολο υποτίθεται ότι σήμαινε αυτό;

"Έι, πόσο καιρό θα είμαι εδώ μέσα;" Φώναξα. Τα λόγια μου πέθαναν αμέσως, καταπνιγμένα ολόκληρα από την παράξενη αποσβεστική επίδραση της παχιάς πέτρας που με περιέβαλλε. Και όταν λέω χοντρή, εννοώ χοντρή. Στα λίγα δευτερόλεπτα αφότου φτάσαμε στο κελί και η πόρτα σπρώχτηκε ανοιχτή, ακολουθώντας εκείνη τη βόλτα στο πέρασμα στην καρδιά του βράχου, μπόρεσα να δω ότι οι τοίχοι ήταν συμπαγείς εννέα ίντσες.

Χωρίς τα αθλητικά μου παπούτσια δεν μπορούσα ούτε καν να κλωτσήσω την πόρτα για να προσπαθήσω να τραβήξω την προσοχή τους. Αλλά κατά κάποιο τρόπο αμφέβαλλα ότι ακόμη και αν την κλωτσούσα, δεν θα είχε κανένα αποτέλεσμα. Υποθέτω ότι ο ήχος θα ακουγόταν μόνο μέσα στο κελί, καθώς το ατσάλι ήταν εξίσου χοντρό με την πέτρα. Είμαι σίγουρος ότι κανείς έξω δεν θα άκουγε τίποτα. Και η ίδια η πόρτα... ήταν ακριβώς αυτό, απλά μια πόρτα. Σε όλα τα αστυνομικά δράματα που έχω δει στην τηλεόραση, οι πόρτες των κελιών της αστυνομίας έχουν καταπακτή επιθεώρησης. Αυτή δεν είχε τίποτα. Ήταν απλά ένα κομμάτι ατσάλι. Χωρίς χερούλι από μέσα. Ούτε κλειδαρότρυπα στο εσωτερικό. Έτσι, ακόμα κι αν κατάφερνα να ελευθερώσω τα χέρια μου, να βρω από κάπου έναν συνδετήρα ή ένα άλλο κομμάτι σύρμα και ήμουν ειδικός στο να ανοίγω κλειδαριές (που δεν είμαι, παρεμπιπτόντως), πάλι θα ήμουν σε μεγαλύτερη δύσκολη θέση από ένα κιλό ντομάτες.

Εντάξει, προσπαθώ να δείξω ότι είμαι , αλλά αρχίζω να συνειδητοποιώ πόσο απίστευτα ευάλωτη και αβοήθητη είμαι. Κλειδωμένος σε ένα μικρό, σκοτεινό κελί. Δεν έχω ιδέα πού. Δεν έχω ιδέα πόσο καιρό θα είμαι εδώ. Ξυπόλητη. Τα χέρια δεμένα με χειροπέδες πίσω από την πλάτη μου. Κρύο. Όχι, δεν υπάρχει κάτι πιο ευάλωτο και τρομακτικό από αυτό.

Έτσι, όπως είπα, βρίσκομαι εδώ, μπαίνοντας στη δεύτερη ώρα της φυλάκισής μου. Και για ποιο λόγο; Επειδή με αποκαλούν νταή στο Twitter. Εντάξει, ας πάμε πίσω στο χρονοδιάγραμμα πριν κλειδωθώ σε αυτό το κελί. Πιο πίσω, όταν φορούσα ακόμα τα παπούτσια και τις κάλτσες μου. Ακόμα πιο πίσω, λίγο πριν μου περάσουν χειροπέδες.

Τα μπιφτέκια ήταν πολύ καλά σε αυτό το φαστφουντάδικο, ειδικά με τυρί. Όλοι μας είχαμε βγάλει κρυφά αυτά τα απαίσια αγγουράκια και τα είχαμε πετάξει στο πάτωμα κάτω από το τραπέζι. Και, φυσικά, κανένας από την παρέα δεν θα έβλεπε νεκρούς με αυτές τις ποντικίστικες προσπάθειες για ψάρι ή κοτόπουλο.

Όσο για τα μπιφτέκια λαχανικών, λοιπόν! Θυμήθηκα τη φορά που η Σάσα πυροβόλησε το πόδι της, ακριβώς τη στιγμή που περνούσε εκείνη η ψηλομύτα Χάριετ Μπλουμφιλντ από το 11ο έτος με ένα από αυτά τα χάρτινα μπιφτέκια, όπως τα αποκαλώ. Έπρεπε να το δείτε. Ήταν υστερικό. Η ορμή της Μπλούμφιλντ μετέφερε το πάνω μέρος του σώματός της προς τα εμπρός, ενώ το πόδι της έμεινε πίσω. Δεν χρειάζεται να είσαι ιδιοφυΐα της φυσικής για να καταλάβεις ότι μια τόσο γρήγορα εκτελούμενη αλλαγή στο κέντρο βάρους δεν θα αφήσει το θύμα σε όρθια θέση για πολύ. Στην περίπτωση της Μπλούμφιλντ ήταν λιγότερο από δύο δευτερόλεπτα. Αλλά δεν έπεφτε απλά κάτω, ω όχι, πολύ καλύτερα από αυτό. Αυτά τα υπέροχα φιλόξενα μπλε μάτια της άνοιξαν από τρόμο και πέταξε τα χέρια της σε μια μάταιη προσπάθεια να ξαναβρεί την ισορροπία της. Αυτό είχε μια μάλλον ατυχή επίδραση στον δίσκο που κουβαλούσε, και κατά συνέπεια στο μπιφτέκι λαχανικών, τα πατατάκια και το μιλκσέικ φράουλα που, μέχρι εκείνη τη στιγμή, βρίσκονταν στον εν λόγω δίσκο. Καθώς στερούνταν ξαφνικά κάθε ανθρώπινης επαφής, έκαναν το δικό τους παραβολικό τόξο, παραμένοντας στον αέρα για αρκετή ώρα ώστε το κεφάλι της Μπλούμφιλντ να βρεθεί ακριβώς εκεί που η βαρύτητα υπαγόρευε ότι θα σταματούσαν.

Τα χέρια της δεν έκαναν τίποτα για να αποτρέψουν το όμορφο πρόσωπο από το να πέσει με αρρωστημένο τρόπο στα πλακάκια του δαπέδου - και μετά όλα έπεσαν πάνω στα καλαμποκόξανθα μαλλιά της, το μπέργκερ, τα πατατάκια, το μιλκσέικ και όλα αυτά. Η γωνία του δίσκου έκανε όσο χρειαζόταν για να χτυπήσει το καπάκι από το ποτήρι από πολυστυρένιο και το παχύρρευστο ρόφημα φράουλας ξεχύθηκε για να υποδεχτεί ένα δυνατό χειροκρότημα και αβοήθητα γέλια από την παρέα μας, καθώς μούσκεψε το πίσω μέρος του κεφαλιού της.

Μόλις συζητούσαμε για εκείνο το μικρό συμβάν πριν από μερικούς μήνες, και εγώ έπινα ένα μιλκσέικ μπανάνας με το καλαμάκι μου, όταν η πόρτα άνοιξε και μπήκαν μέσα. Τρεις από αυτούς. Δύο άνδρες και μια γυναίκα. Με αστυνομική στολή. Λοιπόν, όχι ακριβώς αστυνομική στολή, αλλά αρκετά κοντά. Κατευθύνθηκαν κατευθείαν προς το τραπέζι μας, και ο μεγαλύτερος και πιο εύσωμος από τους δύο άνδρες - ορκίζομαι ότι ήταν τουλάχιστον 1,80 μέτρα ύψος και ζύγιζε 25 λίβρες - με κοίταξε από πάνω προς τα κάτω. Τότε συνειδητοποίησα ότι δεν ήταν ακριβώς αστυνομική στολή. Τα σακάκια έμοιαζαν αρκετά αυθεντικά, αν και δεν είχα ιδέα τι σήμαινε το σήμα ΑΤΤ στο αριστερό στήθος. Τώρα ξέρω. Κάθε "αστυνομικός" είχε ένα τηλεσκοπικό γκλομπ κρυμμένο σε μια θήκη στη ζώνη του, μαζί με ένα ζευγάρι χειροπέδες.

Τα παντελόνια που στήριζαν οι ζώνες ήταν αυτά που πρόδωσαν το παιχνίδι. Φορούσαν όλοι τζιν παντελόνια, τα οποία, απ' όσο γνωρίζω, δεν αποτελούσαν συνήθη αστυνομικά είδη. Ούτε και τα αθλητικά παπούτσια Kobe Aston Martin, ακόμη και αν ήταν τα φθηνότερα με 338 λίρες το ζευγάρι, που αυτά σίγουρα δεν ήταν - αυτά ήταν τα Hyperdunks με 770 λίρες. Χριστέ μου, αν αυτά ήταν αληθινά αστυνομικά, δεν είναι να απορεί κανείς που το σώμα πρέπει να κάνει περικοπές. Πώς αλλιώς θα μπορούσαν να χρηματοδοτήσουν παπούτσια όπως αυτά;

Κοίταξα το πρόσωπό του. "Καλησπέρα, Όσιφερ". Σκέφτηκα ότι ίσως το γενναίο χιούμορ θα έκανε αυτό το γρανιτένιο πρόσωπο να σπάσει και να χαμογελάσει. "Δεν είμαι μεθυσμένος - απλώς μερικές φορές μπερδεύω τα "γ" και τα "φ" μου. Όχι τόσο άσχημα, όμως, όσο ο φίλος μου που τον έλεγαν Υνοτ. Για την ακρίβεια, λέγεται Τόνι, αλλά είναι δυσλεκτικός". Όχι, ο γρανίτης δεν έσπασε.

Αλλά μίλησε: "Είσαι η Τάιλερ Κόνγουεϊ;" Η φωνή ήταν τόσο σκληρή όσο και το πρόσωπο του ιδιοκτήτη της, και οι λέξεις βροντοφώναζαν σε όλο το δωμάτιο. Στο φαστφουντάδικο επικράτησε σιγή, καθώς όλοι γύρισαν να κοιτάξουν.

Κατάπια νευρικά. Αλλά αυτό έπρεπε να είναι ένα αστείο, έτσι δεν είναι; Εννοώ, δεν ήταν αληθινοί αστυνομικοί. "Εσείς τους βάλατε να το κάνουν αυτό;" ρώτησα, γυρνώντας προς τους φίλους μου. Αλλά μπορούσα να καταλάβω από τα πρόσωπά τους ότι δεν το είχαν κάνει. Έπρεπε να ήταν ένα αστείο όμως.

"Είσαι. Ο...Τάιλερ Κόνγουεϊ;" Ο Γρανίτης ρώτησε ξανά, με κάθε λέξη σαφώς καθορισμένη, με πολύ μεγάλη παύση ανάμεσα σε κάθε λέξη.

Ναι, είναι σίγουρα ένα αστείο. "Ναι. Εγώ είμαι. Το έκανα με το ένα χέρι, Όσιφερ. Είναι ένας δίκαιος μπάτσος". Άπλωσα τα χέρια μου έξι ίντσες μακριά, στο καθιερωμένο από τον χρόνο αστείο. "Χτύπα μου τα βραχιόλια".

Όλα είχαν τελειώσει πριν καλά-καλά συνειδητοποιήσω ότι είχαν αρχίσει. Ο Γρανίτης άρπαξε το αριστερό μου χέρι, με τράβηξε στα πόδια μου και με γύρισε. Ο άλλος "αστυνομικός" χτύπησε το κεφάλι μου στο διπλανό τραπέζι, ενώ η γυναίκα συνάδελφός τους έστριψε το δεξί μου χέρι πίσω από την πλάτη μου. Και ακούστηκε εκείνος ο ήχος που ανέφερα προηγουμένως- ο θόρυβος του καστάνια, καθώς το ατσάλι έκλεινε πάνω στον καρπό μου. Ο γρανίτης ανάγκασε το άλλο μου χέρι πίσω από την πλάτη μου να έχει την ίδια μοίρα, και μέσα σε λίγα δευτερόλεπτα με τράβηξαν όρθιο από τα μαλλιά, τραβώντας μάταια ενάντια στις χειροπέδες που εξασφάλιζαν ότι ήμουν ένας αβοήθητος κρατούμενος.

Όλοι οι φίλοι μου μέχρι εκείνη τη στιγμή χασκογελούσαν ήσυχα, πιθανότατα σκεπτόμενοι, όπως κι εγώ, ότι όλο αυτό ήταν ένα είδος αστείου. Αλλά μετά από αυτό το μικρό επεισόδιο με το κεφάλι μου να σπάει οδυνηρά στο τραπέζι, σιώπησαν απειλητικά.

"Τάϊλερ Κόνγουεϊ " Αυτή τη φορά ήταν η "αστυνομικός". "Σε συλλαμβάνω ως ύποπτο για εκφοβισμό, παρενόχληση και τρολάρισμα στο Twitter. Από αυτή τη στιγμή και μετά, δεν έχεις κανένα απολύτως δικαίωμα, ούτε στον πραγματικό κόσμο ούτε στον κυβερνοχώρο. Με καταλαβαίνεις;"

Λοιπόν, σίγουρα δεν καταλάβαινα. Και αν κρίνω από τα έκπληκτα, κενά βλέμματα όλων των άλλων στο φαστφουντάδικο, ούτε και αυτοί.

"Τι; Όχι, φυσικά και όχι. Τι είναι όλα αυτά; Τι συμβαίνει;"

Άκουσα ψιθύρους από ένα διπλανό τραπέζι: "Νταής του Τουίτερ; Πόσο αηδιαστικό".

Η αστυνομικός μιλούσε ξανά: "Τάιλερ Κόνγουεϊ, είναι καθήκον μου να σε μεταφέρω σε ένα μέρος όπου θα δικαστείς και θα κριθείς για τα υποτιθέμενα εγκλήματά σου εναντίον αθώων χρηστών του Twitter".

Αυτό είχε αρχίσει να γίνεται γελοίο. Περίμενα να μου διαβάσει τα δικαιώματά μου. Α, όχι, τι ήταν αυτό που μόλις είπε; - Δεν είχα δικαιώματα στον πραγματικό ή στον κυβερνοχώρο.

Τι; Ούτε καν ένα "ό,τι τουιτάρετε θα πληκτρολογηθεί σε 280 χαρακτήρες και μπορεί να τουιταριστεί εναντίον σας";

Όχι, μάλλον όχι.

Απομακρύνθηκε, στριφογυρίζοντας στη φτέρνα της, για να αντικρίσει την πόρτα. "Φέρτε τον."

Άρχισα να λέω κάτι για την κουκούλα μου που

ήταν κρεμασμένη στην πλάτη της καρέκλας μου, αλλά μετά σκέφτηκα το μάλλον παράνομο περιεχόμενο δύο από τις τσέπες. Καλύτερα να το αφήσω εδώ. Η συμμορία θα το προσέχει.

Ο Γρανίτης έπιασε τον δεξιό μου αγκώνα, ο άλλος αστυνομικός τον αριστερό μου και με οδήγησαν πίσω της. Καθώς παραπατούσα προς την έξοδο, είδα τα τρομαγμένα πρόσωπα των θαμώνων να με κοιτάζουν επίμονα. Αλλά ήταν τρομοκρατημένοι για την τύχη μου ή για αυτό που έλεγαν αυτοί οι "αστυνομικοί" ότι είχα κάνει;

Δευτερόλεπτα αργότερα βρισκόμασταν έξω στο πάρκινγκ. Ένα μεγάλο λευκό φορτηγάκι είχε αγκαλιάσει το πεζοδρόμιο λίγα μέτρα από την πόρτα, και μπορούσα να δω ένα πολύ οικείο λογότυπο στο πλάι. Αλλά το λογότυπο δεν εμφανιζόταν μόνο μία φορά - μια ολόκληρη σειρά από μπλε πουλιά σε πτήση κοσμούσαν το όχημα. Και από πάνω τους, με τεράστια μπλε γράμματα: ΑΤΓ . Μόλις που πρόλαβα να το καταλάβω αυτό πριν με σύρουν στις πίσω πόρτες. Ο Γρανίτης έβαλε ένα κλειδί στην κλειδαριά και τις τράβηξε και τις δύο ανοιχτές.

Ένα φως άναψε αυτόματα, φωτίζοντας ένα κατάλευκο εσωτερικό που στερούνταν οτιδήποτε άλλο εκτός από ένα μεταλλικό κάθισμα κατά μήκος της αριστερής πλευράς. Η αστυνομικός κατευθύνθηκε προς το μπροστινό μέρος του φορτηγού, αφήνοντάς με μόνο μου με τον Γρανίτη και τον άλλο τύπο, τον οποίο δεν είχα ακούσει να μιλάει μέχρι τώρα. Καθώς με έσπρωχναν στο μοναδικό σκαλοπάτι και με έσπρωχναν στο εσωτερικό, παρατήρησα τρεις κοντούς κρίκους αλυσίδας συνδεδεμένους σε έναν ατσάλινο δακτύλιο που ήταν τοποθετημένος στο κάθισμα και μια μακρύτερη αλυσίδα στερεωμένη σε έναν δακτύλιο βιδωμένο στο πάτωμα.

Τώρα μίλησε ο σιωπηλός. "Έλα εδώ, Κόνγουεϊ, και κάθισε". Με οδήγησε, όχι υπερβολικά απαλά, πρέπει να ειπωθεί, στο κάθισμα και με ανάγκασε να καθίσω σε αυτό, προτού βγάλει δύο λουκέτα από τη θήκη στη ζώνη του. Φτάνοντας πίσω μου, ένιωσα το αδυσώπητο ατσάλι των χειροπέδων να δαγκώνει βαθύτερα τους καρπούς μου καθώς τους έβαλε λουκέτο στην αλυσίδα.

Ήμουν πολύ ζαλισμένος για να μιλήσω, και πριν το καταλάβω, είχε σκύψει στα πόδια μου, τύλιξε την αλυσίδα του δαπέδου δύο φορές γύρω από τους αστραγάλους μου, την έδεσε ανάμεσά τους και τέλος την ασφάλισε με το εναπομείναν λουκέτο. Δεν μπορούσα να κουνήσω τα χέρια ή τα πόδια μου περισσότερο από μια ίντσα.

Το χαμόγελο στα πρόσωπά τους καθώς αποσύρονταν στο πίσω μέρος του φορτηγού με γέμισε τρόμο. Αλλά ίσως όχι τόσο πολύ όσο τα λόγια του Γρανίτη. "Ελπίζω να πήγες στην τουαλέτα σε εκείνο το μπέργκερ. Θα είστε αλυσοδεμένοι εκεί για αρκετή ώρα, και δεν υπάρχουν στάσεις για τουαλέτα σε αυτό το ταξίδι".

Βγήκαν από το φορτηγάκι και οι πόρτες έκλεισαν με θόρυβο. Αμέσως με κατέκλυσε το απόλυτο σκοτάδι. Στη συνέχεια, ο ήχος της κλειδαριάς της πόρτας έκανε κλικ στη θέση της.

Λίγα δευτερόλεπτα αργότερα άκουσα άλλη μια πόρτα να χτυπάει - πιθανώς καθώς ο Γρανίτης και ο Άνθρωπος-Με-Λίγες-Λέξεις κάθονταν στις θέσεις τους δίπλα στη γυναίκα - και μετά η μηχανή πήρε μπροστά και μας ένιωσα να απομακρυνόμαστε.

Τράβηξα τα δεσμά μου. Τα χέρια μου δεν ήταν μόνο σφιχτά δεμένα πίσω από την πλάτη μου, αλλά ήταν τώρα και καλά στερεωμένα στο κάθισμα. Ομοίως, τα πόδια μου ήταν κλειδωμένα μεταξύ τους και στερεωμένα στο πάτωμα.

Καθώς καθόμουν εκεί, εντελώς αβοήθητος,

περιμένοντας τα μάτια μου να προσαρμοστούν στο σκοτάδι, ένιωσα μια δόνηση μέσα από τα μεταλλικά πάνελ καθώς το όχημα ανέπτυσσε ταχύτητα. Η προσαρμογή στο σκοτάδι άργησε να έρθει, σκέφτηκα. Στην πραγματικότητα δεν ήρθε ποτέ. Δεν φαινόταν πουθενά ούτε μια αχτίδα φωτός. Το εσωτερικό του βαν της ΑΤΤ στο οποίο ήμουν τώρα αιχμάλωτος βρισκόταν στο απόλυτο σκοτάδι. Δεν είχα ξαναζήσει κάτι παρόμοιο. Και το να πω ότι ήταν τρομακτικό και εκνευριστικό ήταν υπερβολικά υποτιμητικό. Για πρώτη φορά στη ζωή μου δεν είχα τον έλεγχο. Και όχι μόνο αυτό, αλλά κάποιος άλλος είχε τον απόλυτο έλεγχο, την απόλυτη εξουσία πάνω μου. Δεν ήξερα ποιοι ήταν, ούτε γιατί μου το έκαναν αυτό. Σίγουρα δεν μου συμπεριφέρονταν έτσι επειδή είχα αναστατώσει μερικούς ανθρώπους στο Twitter. Καθώς καθόμουν εκεί, ανίκανος να κάνω απολύτως τίποτα άλλο εκτός από το να σκέφτομαι, δεν μπορούσα να είμαι σίγουρος αν οι σκέψεις μου γίνονταν όλο και πιο λογικές ή πιο παράλογες.

Θα μπορούσα να μείνω έξω από αυτό, σκέφτηκα, αν έπαιζα απλά τον αδαή. Εξάλλου, πώς θα μπορούσαν (όποιοι κι αν είναι "αυτοί"), να ξέρουν ότι είμαι ένας καλά εξασκημένος, κεφάλαιο και αντίστροφος τραμπούκος του Twitter; Ο προσωπικός μου λογαριασμός στο Twitter, TylerBConway747, με όνομα χρήστη @SuperTyler, ήταν απολύτως πεντακάθαρος. Μόνο με την άλλη μου ιδιότητα του MrEviL διεξήγαγα τον ανελέητο εκφοβισμό, την παρενόχληση και το τρολάρισμα. Κρυπτόμενος πίσω από την ανωνυμία, ήμουν απολύτως ασφαλής από τον εντοπισμό και ελεύθερος να προκαλώ αναστάτωση και βασανισμό σε αφθονία. Ω, πόσο μου άρεσε να σκέφτομαι τι περνούσαν αυτά τα καημένα ηλίθια κορόιδα κάθε φορά που ο @evilreigns εμφανιζόταν στις αναφορές τους.

Αλλά και πάλι, σκέφτηκα, το να μου φέρεστε έτσι

ήταν σαν να σπάτε το παροιμιώδες καρύδι με την παροιμιώδη βαριοπούλα. Εντάξει, μπορεί να αναστάτωσα μερικούς (λίγους;; Για τους "λίγους", διάβασε "πολλούς") ανθρώπους στο Twitter, αλλά ήταν αυτός λόγος να με αλυσοδέσουν σαν ζώο; Μου άξιζε πραγματικά αυτό;

Το πραγματικά ανησυχητικό ήταν, όμως, ότι δεν πίστευα ότι επρόκειτο για ένα γνήσιο αστυνομικό φορτηγάκι, ούτε ότι οι απαγωγείς μου ήταν γνήσιοι, γνήσιοι αστυνομικοί του νόμου.

Δεν είχα ιδέα πόση ώρα καθόμουν εκεί- η αναγκαστική ακινησία έκανε τους μυς μου να φωνάζουν σιωπηλά, αλλά επιτακτικά, σε μένα. "Κουνηθείτε", με παρότρυναν. "Κουνηθείτε. Έχουμε κράμπες". Ναι, εντάξει, μακάρι να μπορούσα - αλλά είχαν περάσει αρκετές ώρες από τότε που τα δεμένα με χειροπέδες χέρια μου ήταν στερεωμένα στον πάγκο και τα πόδια μου αλυσοδεμένα στο πάτωμα, και δεν μπορούσα να κάνω απολύτως τίποτα γι' αυτό.

Περίμενε, τι είναι αυτό; Το φορτηγάκι σταμάτησε. Τέντωσα τα αυτιά μου και άκουσα τις μπροστινές πόρτες να χτυπάνε, κουνώντας λίγο το όχημα. Ο επόμενος ήχος ήταν ο κρότος της κλειδαριάς της πίσω πόρτας που γλίστρησε προς τα πίσω και μετά μια πλάκα φωτός πλημμύρισε. Κλείνοντας καλά τα μάτια μου για να καταπολεμήσω την οδυνηρή φωτεινότητα, μόλις που πρόλαβα να δω τον Γρανίτη και τον Άνθρωπο-Με-Λίγες-Λέξεις να διαγράφονται έξω, και μετά τους άκουσα, αντί να τους δω, να μπαίνουν στη φυλακή μου. Ένιωσα τα χέρια τους να ανοίγουν τα λουκέτα που με κρατούσαν σταθερά στον πάγκο και στο πάτωμα. Τα πόδια μου ήταν τώρα ελεύθερα από τις αλυσίδες τους, αλλά τα χέρια μου παρέμεναν δεμένα με χειροπέδες πίσω από την πλάτη μου. Χωρίς λέξη, το όχι και τόσο δυναμικό δίδυμο με τράβηξε προς τα πάνω, με τους μυς μου να ουρλιάζουν τώρα διαμαρτυρόμενοι για το ξαφνικό κάλεσμά τους σε δράση μετά από τις ώρες της συγκρατημένης αιχμαλωσίας μου.

Με τη γιαγιά να κρατάει σφιχτά και επώδυνα το δεξί μου χέρι και τον Μ-Ο-Φ-Γ-Ο το αριστερό, με κατέβασαν με το χέρι στο πίσω σκαλοπάτι, ερχόμενος πρόσωπο με πρόσωπο με την "αστυνομικό" που φαινόταν να είναι υπεύθυνη.

Το όχημα ήταν σταθμευμένο λίγα μέτρα μακριά από ένα κτίριο που έμοιαζε κάπως γοτθικό. Το διώροφο επιβλητικό πέτρινο οικοδόμημα που ξεπρόβαλλε μπροστά μου είχε πυργίσκους που επιστέφονταν από ημικυκλικούς πύργους στα δύο άκρα της πρόσοψης, οι οποίοι συνδέονταν με μια καστρόστρωτη λωρίδα. Τεράστιες αψιδωτές διπλές πόρτες, που δεν θα έμοιαζαν παράταιρες πίσω από ένα κάστρο, πλαισιώνονταν και στις δύο πλευρές από δύο σκοτεινά παράθυρα δίχως οργή. Ακριβώς πάνω από τις πόρτες, μια λωρίδα διέτρεχε το πλάτος του κτιρίου και έδειχνε το μπλε ιπτάμενο πουλί Twitter σε κάθε άκρο, ανάμεσα σε μεγάλα περίτεχνα γράμματα που έγραφαν τον μύθο: Αστυνομικό Τμήμα Τουίτερ.

Αχά. ΑΤΤ. Κατάλαβα.

Τώρα υπάρχει άλλο ένα μυστήριο. Είχε αρχίσει να σούρουπο όταν με έσυραν στο φορτηγάκι και, παρόλο που ήμουν φυλακισμένος εκεί για αρκετές ώρες, δεν ένιωθα σαν να είχε περάσει ολόκληρη η νύχτα και μισή μέρα. Κι όμως, ήμουν εδώ, στεκόμουν στο φως της ημέρας με τον ήλιο να λάμπει ψηλά στον ουρανό. Δεν μπορούσε να είναι η Αγγλία, όμως, σίγουρα. Κρίνοντας από τη ζέστη, βρισκόμασταν στην Κοιλάδα του Θανάτου. Και το περιβάλλον μου δεν συνηγορούσε πολύ δυνατά εναντίον αυτού, επίσης. Το ορεινό τοπίο ήταν εντελώς άγονο. Το έδαφος στην άμεση γειτονιά δεν ήταν παρά μια ραγισμένη, βραχώδης ερημιά. Κανένας δρόμος! Και όμως δεν είχα νιώσει κανένα χτύπημα καθώς το όχημα είχε προφανώς πλησιάσει στον προορισμό του. Φαινόταν σαν το κτίριο να είχε πράγματι βγει από το ίδιο το βουνό στο οποίο βρισκόταν. Οι ανώμαλοι πέτρινοι όγκοι του έμοιαζαν να ταιριάζουν απόλυτα στο χρώμα και την υφή. Αν το βουνό είχε όντως γεννήσει αυτό το κτίριο, ήταν ο γονιός ενός μοναχοπαίδι. Δεν υπήρχε κανένα άλλο κτίσμα στον ορίζοντα.

"Σωστά", είπε. "Φέρτε τον μέσα. Ας τελειώνουμε με αυτό, μας χρειάζονται πάλι στο πεδίο της μάχης".

Οι "βοηθοί" μου με οδήγησαν στα σκαλιά και μέσα από αυτές τις γιγαντιαίες δρύινες πόρτες σε έναν τεράστιο θολωτό χώρο αναμονής. Λέω "χώρος αναμονής", αλλά δεν υπάρχει κανείς που να περιμένει τώρα- μόνο σειρά επί σειράς από άδεια, κόκκινα δερμάτινα καθίσματα. Πρέπει να υπάρχουν τουλάχιστον 50 από αυτά. Και στην άλλη άκρη του χώρου μια άλλη "αστυνομικός" καθόταν πίσω από μια καταπακτή υποδοχής, πάνω από την οποία μια πινακίδα διακήρυττε ότι πρόκειται για τη σουίτα κράτησης του αστυνομικού τμήματος του Twitter. Καθώς με οδηγούσαν με βατραχοπέδιλα προς το μέρος της, είδα ένα χαμόγελο να σέρνεται εξίσου στα ροδοκόκκινα χείλη της και στα σκούρα καστανά μάτια της. Αλλά υπήρχε κάτι σαφώς ανησυχητικό σε αυτό, σχεδόν κακόβουλο, σαν να απολάμβανε τη στιγμή, απολαμβάνοντας την πρόγευση από κάτι που εκείνη σαφώς θα απολάμβανε και εγώ σαφώς όχι.

Με κοίταξε κατευθείαν στα μάτια όταν έφτασα μπροστά της και στη συνέχεια κοίταξε μια οθόνη υπολογιστή που ήταν τοποθετημένη στον πάγκο. Καθώς το έκανε αυτό, δεν μπορούσα παρά να μαγευτώ από τη λάμψη των μαλλιών της, το χρώμα των οποίων ταίριαζε απόλυτα με αυτά τα "έλα στο κρεβάτι" μάτια. Και πήρα μια συνδυασμένη μυρωδιά από το άρωμα και το σαμπουάν της.

"Τάιλερ Κονγουέι ." Ο μελίχρωμος τόνος της γουργούρισε το όνομά μου.

Εδώ ήταν ένα γκομενάκι για το οποίο θα πέθαινε κανείς.

Όταν όλα αυτά τελειώσουν, θα επιστρέψω εδώ με τη θέλησή μου για να της ζητήσω να βγούμε. Αναρωτιέμαι ποιο είναι το ψευδώνυμό της στο Twitter. Κοίταξα το τέλεια στρογγυλεμένο αριστερό της στήθος (αλλά μόνο, καταλαβαίνετε, επειδή εκεί ήταν στρατηγικά τοποθετημένο το σήμα της, που την αναγνώριζε ως "Αστυφύλακας Κρατήσεων Εϊμι Κρίσταλ.")

"Τάιλερ Κόνγουεϊ;" Γουργούρισε ξανά το όνομά μου, αλλά αυτή τη φορά η χροιά της υποδήλωνε μάλλον ερώτηση παρά δήλωση.

Κούνησα το κεφάλι μου με ενθουσιασμό. "Αυτός είμαι εγώ, Έιμι. Χαίρομαι που σε βλέπω".

Κοίταξε τον Γρανίτη και τον Μ-Ο-Φ-Γ-Ο, ο καθένας από τους οποίους εξακολουθούσε να κρατάει με πόνο τα χέρια μου. "Εντάξει παιδιά, φέρτε τον μέσα". Καθώς έφτασε κάτω από τον πάγκο, προφανώς για να πατήσει ένα κουμπί, άκουσα το κλικ μιας μαγνητισμένης κλειδαριάς που απελευθερώθηκε και μια πόρτα δίπλα της μετακινήθηκε κατά ένα κλάσμα της ίντσας. Ο Γρανίτης την έσπρωξε να ανοίξει, με το τράβηγμα του στο χέρι μου να μου υποδεικνύει έντονα να περάσω. Μόλις πέρασα το κατώφλι και μπήκα μέσα στο μικρό γραφείο της, πέρα από αυτό, γύρισε την περιστρεφόμενη καρέκλα της για να με κοιτάξει.

"Κατοχές". Ο Γρανίτης ερμήνευσε τη μοναχική της λέξη ως εντολή και τα χέρια του άρχισαν να σαρώνουν το σώμα μου, σταματώντας για να αφαιρέσει το πορτοφόλι και τα κλειδιά του σπιτιού από την πίσω τσέπη του τζιν μου και το τηλέφωνο από την τσέπη του πουκαμίσου μου. Τρέμω στη σκέψη τι θα συνέβαινε αν έβρισκαν το μαχαίρι μου και το πακέτο με τη λευκή σκόνη. Αλλά ήταν με ασφάλεια μέσα στο φούτερ μου, το οποίο η συμμορία ελπίζω να φρουρούσε με τη ζωή της.

Τότε τα χέρια του Γρανίτη βρέθηκαν στη βουβωνική μου χώρα. "Έι", άρχισα. "Τι..."

"Σκάσε."

Εντάξει, χαλάρωσα... καλά, χαλάρωσα όσο μου επέτρεπε όλο αυτό το σενάριο, συνειδητοποιώντας ότι απλώς κατάσχει τη ζώνη μου.

Η Εϊμι έβαλε το πορτοφόλι, τα κλειδιά, το τηλέφωνο και τη ζώνη μου σε έναν πλαστικό δίσκο.

"Σας ευχαριστώ", είπε στον Γρανίτη και στην Μ-Ο-Φ-Ο-Γ. "Θα τον αναλάβω εγώ από εδώ και πέρα." Αφού υποχώρησαν πίσω στον χώρο αναμονής, πάτησε δύο κουμπιά. Το ένα επανασφράγισε την πόρτα, το άλλο κατέβασε ένα ατσάλινο παντζούρι, καλύπτοντας την καταπακτή υποδοχής της. Ήμασταν μόνοι μας.

Δοκίμασα πάλι να το παίξω παλικαράς. "Εντάξει, έχεις τη ζώνη μου, το τηλέφωνο, το πορτοφόλι και τα κλειδιά μου. Τι άλλο θέλεις από μένα;"

Αν είδε το κλείσιμο του ματιού μου, το αγνόησε και απλά με κοίταξε με αυτό που μπορώ να περιγράψω μόνο ως ένα χαμόγελο που περιείχε κακία, σκανταλιά και μειδίαμα όλα μαζί. Παρόλο που φώτιζε το πρόσωπό της, ήταν προς όφελός της και όχι προς δικό μου όφελος.

"Λοιπόν, τώρα που ρωτάς", είπε, "χρειάζομαι τα παπούτσια και τις κάλτσες σου. Βγάλτε τα".

"Τι;"

"Άκουσες. Τα παπούτσια και οι κάλτσες σου. Βγάλτε τα".

"Γιατί;"

"Δεν θα χρειαστείς υποδήματα εκεί που θα πας. ". Η φωνή της έγινε αυστηρή τώρα: "Βγάλε τα".

Γύρισα για να της δείξω ότι τα χέρια μου ήταν ακόμα καλά δεμένα με χειροπέδες πίσω από την πλάτη μου και κούνησα την αλυσίδα για καλό σκοπό.

"Αυτό μπορεί να είναι αρκετά δύσκολο, δεδομένης της τρέχουσας κατάστασής μου", είπα. Καθώς γύρισα προς το μέρος της, η κίνησή της ήταν τόσο ξαφνική που δεν την είδα να έρχεται. Δεν ξέρω αν ήταν η γροθιά της ή ένα χαστούκι, αλλά η δύναμη με την οποία το χέρι της χτύπησε το αριστερό μου μάγουλο με έστειλε τρεκλίζοντας στον τοίχο.

"Δεν θα στο ξαναπώ , Κόνγουεϊ. Βγάλε τα. . Τώρα."

Με το πρόσωπό μου να καίει από την οργή κατάφερα να βγάλω και τα δύο αθλητικά μου παπούτσια από τη φτέρνα, με τα δάχτυλα του απέναντι ποδιού μου, και στη συνέχεια να σκύψω για να βγάλω τις κάλτσες μου από τον αστράγαλο.

"Βλέπεις, δεν ήταν και τόσο δύσκολο, έτσι;" είπε, μαζεύοντας τα και τοποθετώντας τα στον πλαστικό δίσκο, πριν τα βάλει όλα σε ένα ντουλάπι πίσω της.

Τις επόμενες στιγμές την ακολούθησα μέσα από μια πόρτα στο πίσω μέρος του μικρού γραφείου και κατέβηκα μια μεγάλη σειρά από αρκετά απότομα, τραχιά και κρύα, πέτρινα σκαλοπάτια. Στο κάτω μέρος, ένα στενό πέρασμα απλωνόταν με έντονη κατηφορική κλίση.

Το δάπεδο αποτελούνταν από την ίδια πέτρα με τους τοίχους και την οροφή. Αν φορούσα ακόμα παπούτσια, αμφιβάλλω αν θα είχα προσέξει τη μετάβαση από τα λεία λευκά πλακάκια του γραφείου της, αλλά χωρίς παπούτσια έτρεμα καθώς κάθε βήμα έφερνε τις ευάλωτες σόλες των γυμνών μου ποδιών σε επαφή με την τραχύτητα της πέτρας. Κάθε τόσο η έντονη αιχμηρότητα με έκανε να σκοντάψω, και χωρίς τη χρήση των χεριών μου για να διορθώσω την ισορροπία μου, οι εξίσου τραχείς τοίχοι κατάφερναν να γρατζουνίσουν τους αγκώνες και το πρόσωπό μου. Αν δεν ήξερα καλύτερα, θα έλεγα ότι η κατάσχεση των παπουτσιών μου πριν οδηγηθώ σε αυτό το πέρασμα είχε σχεδιαστεί ειδικά για να κάνει το ταξίδι όσο το δυνατόν πιο δυσάρεστο και άβολο. Για την ακρίβεια, τώρα που το σκέφτομαι, δεν νομίζω ότι ήξερα καλύτερα.

Τελικά φτάσαμε σε εκείνη την ατσάλινη πόρτα πάχους εννέα ιντσών, όπου η Έιμι και εγώ χωρίσαμε.

Και τώρα, εδώ είμαι, ξεκινώντας τη δεύτερη ώρα της φυλάκισής μου σε αυτό το μικρό, άβολο κελί.

"Πότε θα καταλάβεις ότι έχεις το λάθος άτομο;" Φωνάζω. "Αφήστε με να βγω, τώρα! Αν δεν με απελευθερώσετε, θα σας κάνω μήνυση". Συνειδητοποιώντας πόσο άθλιο ακούγεται αυτό, κροταλίζω με μανία την αλυσίδα των χειροπέδων - η μόνη ενέργεια που μπορώ να κάνω στην παρούσα κατάσταση ανίκανης αδυναμίας μου, για να είμαι με οποιονδήποτε τρόπο επαναστατική.

Και πάλι σκέφτομαι φευγαλέα να κλωτσήσω την πόρτα, αλλά αποτρέπομαι από το γεγονός ότι το ατσάλι πάχους εννέα ιντσών θα βγει νικητής σε μια μάχη με γυμνά πόδια οποιαδήποτε μέρα της εβδομάδας. Είμαι πραγματικά εντελώς αβοήθητος εδώ μέσα. Και δεν μου αρέσει καθόλου.

Πω Έιμι! Αυτό με αιφνιδιάζει.

Σίγουρα δεν περιμένω μια απαλή γυναικεία φωνή να φωνάξει το όνομά μου. Και προέρχεται από το ρολόι! Ανέφερα το ρολόι στο ταβάνι, έτσι δεν είναι; Είναι 18 ίντσες τετράγωνο, και παρόλο που η ώρα εμφανίζεται με δύο δείκτες σε αναλογική μορφή, η οθόνη στην πραγματικότητα μοιάζει σαν να έχει δημιουργηθεί ψηφιακά. Και νάτη πάλι αυτή η φωνή. Ναι, σίγουρα προέρχεται από το ρολόι.

"Τάιλερ Κονγουέι." Εκτός από τη μετάδοση αυτής της καλά διαμορφωμένης φωνής στο μικροσκοπικό κελί, το ρολόι κάνει και κάτι άλλο εξαιρετικά αστείο. Όχι, δεν εννοώ ότι απαγγέλλει το σκετς με τον νεκρό παπαγάλο ή ότι δείχνει μια σκηνή από την κυρία Doubtfire - αυτό θα ήταν αστείο χα νταή και αυτό είναι σίγουρα αστείο ιδιόμορφο.

Τσακιστές γραμμές, σχεδόν σαν ρωγμές και θραύσματα στο γυαλί, τρεμοπαίζουν στον πίνακα του ρολογιού, καλύπτοντας τους δείκτες και τους αριθμούς. Καθώς οι γραμμές αρχίζουν να διαλύονται και πάλι, ένα πρόσωπο αναδύεται πίσω τους.

Αχ. Θεέ μου. Θεέ μου. Τώρα αρχίζω να τρέμω.

Αυτό που βλέπω τώρα στην ψηφιακή οθόνη με συγκλονίζει μέχρι το μεδούλι και μου λέει ότι ίσως αυτοί οι τύποι είναι τελικά σοβαροί. Η καρδιά μου βυθίζεται καθώς συνειδητοποιώ ότι το να επικαλούμαι άγνοια για τα tweets του MrEviL μου δεν πρόκειται να πιάσει τόπο.

Καθώς όλες οι γραμμές, εκτός από τέσσερις, εξαφανίζονται από το οπτικό πεδίο, εμφανίζεται ένα χλωμό, κάπως αδύναμο πρόσωπο σε σχήμα καρδιάς με μια ελαφρώς ψηλομύτη (αλλά χαριτωμένη, πρέπει να πούμε) μύτη. Αλλά τα μάτια! Θεέ μου, τα μάτια! Ήταν αυτά τα μάτια στην εικόνα με το Photoshop που με είχαν προσελκύσει για πρώτη φορά σε αυτόν τον λογαριασμό στο Twitter κατά τη διάρκεια μιας από τις τακτικές μου συνεδρίες τρολαρίσματος. Τα μάτια είχαν αντικατασταθεί με κατάμαυρες τρύπες, επίσης σε σχήμα καρδιάς (θυμάμαι τότε να αναρωτιέμαι τι είχε αυτό το άτομο που του άρεσαν τόσο πολύ οι καρδιές. Ειδικά τις μαύρες).

Ναι, έχω δει αυτό το πρόσωπο πολλές φορές στο παρελθόν. Αλλά μόνο όταν χρησιμοποιούσα τον λογαριασμό μου MrEviL @evilreigns. Είναι το avatar της Annie Galway στο Twitter. Και θυμάμαι καθαρά το τελευταίο μου tweet προς αυτήν χθες: '@Anngal01 Άντε κρεμάσου, χοντρή αγελάδα. Στην πραγματικότητα μην το κάνεις. Το βάρος σου θα σπάσει το σχοινί".

Τέσσερις σειρές οδοντωτά κοψίματα συνεχίζουν

να σημαδεύουν την οθόνη σε ένα ελαφρώς διαγώνιο μοτίβο, καθώς το άβαταρ της Ανι ε αυξάνεται σε δύναμη και ανάστημα, και εγκαθίσταται πίσω τους. Αυτές οι βαθιές, διεισδυτικές μαύρες τρύπες σε σχήμα καρδιάς διαπερνούν τα μάτια μου, και το μαύρο των χειλιών τονίζει το σφιχτό τους σύνολο, σκληραίνοντας λίγο περισσότερο. Και καθώς μετακινούμαι από το κέντρο του κελιού για να πιέσω τον τοίχο, αυτές οι μαύρες τρύπες με ακολουθούν. Όχι όπως στους πίνακες όπου τα μάτια φαίνεται να κινούνται μόνο. Η νοημοσύνη πίσω από αυτές τις τρύπες συνεχίζει να με κοιτάζει κατάματα, παγώνοντας το μυελό των οστών μου χίλιες φορές περισσότερο από ό,τι θα μπορούσε να κάνει ποτέ η παγωμένη πέτρα της φυλακής μου.

Και τι συμβαίνει τώρα; Όχι μόνο το πρόσωπο, αλλά ολόκληρο το τετράγωνο που το στεγάζει, σπρώχνει προς τα εμπρός μέσα από τις υπόλοιπες χαρακιές, ξεφεύγοντας από το ρολόι και μπαίνοντας στη φυσική πραγματικότητα του κελιού. Για ένα δευτερόλεπτο απλά αιωρείται εκεί, κοντά στο ταβάνι, πριν αιωρηθεί προς τα κάτω μέχρι αυτές οι μαύρες τρύπες να βρεθούν στο ίδιο επίπεδο με τα μάτια μου.

Τα μαύρα χείλη χωρίζονται για να σχηματίσουν ξανά το όνομά μου. Είναι η ίδια καλά διαμορφωμένη φωνή που άκουσα πριν.

Για όνομα του Θεού, το άβαταρ της Ανι Γκαλγουέϊ μου μιλάει.

"Τάιλερ Κόνγουεϊ, έχεις κληθεί εδώ για να λογοδοτήσεις για τα εγκλήματα του διαδικτυακού εκφοβισμού. Σήμερα θα αντιμετωπίσεις τις συνέπειες του εκφοβισμού, του τρολαρίσματος και της παρενόχλησης αθώων χρηστών του Τουίτερ".

Για πρώτη φορά έμεινα άφωνος. Συνήθως μπορώ να κρυφτώ πίσω από το ανώνυμο όνομα MrEviL και το άβαταρ με το κρανίο και τα σταυρωτά οστά. Όμως η γενναιότητα που συνήθως φέρνει αυτό, τώρα με εγκαταλείπει καθώς κοιτάζω μέσα σε αυτές τις σκοτεινές, διαπεραστικές τρύπες. Πώς είναι δυνατόν να αισθάνομαι μικρότερος, πιο ευάλωτος και αβοήθητος από ό,τι πριν από λίγα λεπτά; Δεν ξέρω, αλλά είμαι σίγουρος ότι είμαι.

Τι! Αποκλείεται να διάβασε τις σκέψεις μου. Θα μπορούσε; Όχι. Πρέπει να είναι σύμπτωση. Έτσι δεν είναι; Αλλά τα λόγια της είναι σχεδόν αυτολεξεί, κατευθείαν από το μυαλό μου: "Τάιλερ Κόνγουεϊ, αισθάνεσαι εξαιρετικά ευάλωτος αυτή τη στιγμή. Είσαι ένας αβοήθητος φυλακισμένος σε ένα μικρό κελί. Τα χέρια σου στερεωμένα με ασφάλεια πίσω από την πλάτη σου χρησιμεύουν για να τονίσουν και να εντείνουν την αιχμαλωσία σου. Είσαι ξυπόλητος, χτυπημένος, μελανιασμένος, γδαρμένος και αιμορραγείς. Κάποιος άλλος έχει τον έλεγχο- δεν έχετε καμία δύναμη να τον σταματήσετε. Δεν έχετε καμία δύναμη να κάνετε τίποτα απολύτως. Δεν ξέρετε τι πρόκειται να συμβεί στη συνέχεια. Αισθάνεσαι σαν να έχει παραβιαστεί πλήρως και ολοκληρωτικά η ίδια σου η ουσία ως ανθρώπινο ον".

Ναι. Αυτό συνοψίζει τα πάντα.

"Τάιλερ Κόνγουεϊ, αυτό που νιώθεις τώρα είναι αυτό που ο εκφοβισμός και η παρενόχλησή σου προκαλεί σε άλλους ανθρώπους. Σε μένα. Τα tweets σας MrEviL ως @evilreigns προκαλούν στους ανθρώπους να υποφέρουν... νιώθουν αβοήθητοι, ανίσχυροι, βιασμένοι, κακοποιημένοι. Καταστρέφεις τις ζωές τους, Tyler Conway, όπως κατέστρεψες τη δική μου, Το τελευταίο σου tweet προς εμένα έβαλε τέλος στη ζωή μου. Δεν άντεχα άλλο τον επίμονο εκφοβισμό και την παρενόχλησή σου και έκανα αυτό που μου είπες να κάνω. Κρεμάστηκα. Αλλά το σχοινί δεν έσπασε".

Το τετράγωνο άβαταρ της, μόλις λίγα εκατοστά από το πρόσωπό μου, γέρνει προς τα πάνω, κατευθύνοντας αυτά τα μαύρα απύθμενα κουκούτσια προς το ταβάνι. Ακολουθώ το βλέμμα της. Το τελευταίο μου tweet εμφανίζεται τώρα στο ρολόι.

Εντάξει, ναι, το είπα αυτό, και γιατί όχι; Μπορεί να είμαι αβοήθητος και ευάλωτος σε αυτό το κελί, αλλά εκτιμώ ότι η επίθεση εξακολουθεί να είναι η καλύτερη μορφή άμυνας. Οπότε η ηλίθια αγελάδα είναι νεκρή. "Και πώς φταίω εγώ γι' αυτό;" Ανταποκρίνομαι. "Αυτός είναι ο λογαριασμός μου στο Twitter. Μπορώ να σχολιάζω ό,τι θέλω, να λέω ό,τι θέλω και κανείς δεν μπορεί να με σταματήσει. Χαίρομαι που πέθανες, ηλίθια αγελάδα".

Το άβαταρ παραμένει ανεξιχνίαστο, καθώς μια σειρά από άλλα tweets μου που απευθύνονται σε αυτήν κυλούν μέσα στο ρολόι: "Χοντρή αγελάδα, βρωμάς.. Ποτέ δεν θα βρεις αγόρι. Κανείς δεν θα σε θέλει ποτέ". 'Είσαι απλά ένα άχρηστο κομμάτι κρέας, που σπαρταράει από τα σκουλήκια'.

Κοιτάζω την πρώτη μισή ντουζίνα και μετά στρέφω το βλέμμα μου αλλού.

"Λοιπόν;" Γκρινιάζω. "Δικός μου ο λογαριασμός μου στο Twitter, δικοί μου οι κανόνες. Με έχεις μπλοκάρει εδώ και καιρό, πώς ξέρεις για αυτά τα tweets, τέλος πάντων, εκτός κι αν με τρολάρεις; Με παρακολουθείς;"

Η μόνη της απάντηση είναι να ψιθυρίσει: "Ο νταής του Twitter είναι ένοχος". Και πάλι: "Ένοχος ο νταής του Twitter". Και πάλι. Και πάλι.

Οι οδοντωτές τομές καλύπτουν το ρολόι για άλλη μια φορά, πριν ένα άλλο άβαταρ διαπεράσει και αιωρηθεί προς τα κάτω. Ω, αυτό θα είναι καλό. Είναι αυτός ο γάιδαρος που διευθύνει το αγαπημένο μου τηλεοπτικό πρόγραμμα.

Αυτή τη φορά, όπως και τα tweets μου γι' αυτόν κυλούν στον δείκτη του ρολογιού, έτσι και ο γάιδαρος τα αφηγείται για μένα. Υποθέτω, για να βεβαιωθώ ότι θα πάρω το μήνυμα. Λοιπόν, αυτό είναι λογικό, αφού ποτέ δεν μπορεί να περάσει το μήνυμα στο πρόγραμμά του. Μερικές από τις επιλεγμένες φράσεις μου λάμπουν: "Ανίκανο σκατό". 'Αηδιαστικός, αξιολύπητος μικρός μαλάκας'. 'Δεν μπορεί να γράψει έναν αξιοπρεπή χαρακτήρα για να σώσει τη ζωή του'. "Θα κυνηγήσω τα παιδιά σας". 'Είσαι χαμένος. Και το ίδιο και τα παιδιά σου.

Και όλη την ώρα η λεπτή, κλαψιάρικη φωνή του συνοδεύεται από τον αδιάκοπο ψίθυρο της Ανι Γκαλγουέι: "Ο νταής του Twitter είναι ένοχος. Ο Νταής του Τουίτερ είναι ένοχος."

Ο δείκτης του ρολογιού συννεφιάζει και πάλι με τις οδοντωτές, διαγώνιες χαρακιές, καθώς προφανώς φτάνει στο τέλος του επεισοδίου του. Τώρα συμμετέχει στον ψίθυρο της Ανι. Το κάνουν και οι δύο με απόλυτη ομοφωνία: "Ο νταής του Twitter είναι ένοχος. Ο Νταής του Τουίτερ είναι ένοχος"

Για όνομα του Θεού, ποιος είναι αυτός που περνάει από το ρολόι τώρα; Ναι, αυτή η μύτη είναι ολοφάνερη. Είναι εκείνη η μικρή τσούλα τρία χρόνια νεότερη από μένα στο σχολείο. Και αυτή, επίσης, αφηγείται τα tweets που της έστειλα καθώς κυλούν κατά μήκος του δείκτη του ρολογιού. Θυμάμαι καλά εκείνα τα tweets: "Αυτή η μύτη! Τι άσχημο κομμάτι πηλού.' "Θα ήσουν πιο όμορφη αφού πλύνεις το πρόσωπό σου με οξύ".

Και αυτός ο ύπουλος ψίθυρος που ακούγεται συνέχεια στο παρασκήνιο: "Ο νταής του Twitter είναι ένοχος, ο νταής του Twitter είναι ένοχος".

Τώρα τελειώνει, και το άβαταρ της συγκεντρώνεται με την Άννυ και τον γάιδαρο στη γωνία του κελιού μου. Τρεις φωνές που ψέλνουν: "Ο νταής του Twitter είναι ένοχος, ο νταής του Twitter είναι ένοχος".

Ακολουθεί η Χάριετ Μπλουμφιλντ. "Κολλημένη αγελάδα. "Δεν μπορείς να μείνεις μακριά από τα αγόρια, έτσι;

Πολλά περισσότερα tweets.

Πολλά περισσότερα άβαταρ.

Δεν έχω ιδέα για πόση ώρα θα συνεχιστεί αυτό, αλλά πρέπει να υπάρχουν τουλάχιστον 30 άβαταρ στο κινητό μου τώρα. Μερικά επιλεγμένα tweets ξεχωρίζουν: "Έχω φωτογραφίες των παιδιών σου", "τουιτάρω τον προσωπικό σου αριθμό τηλεφώνου σύντομα". "Είσαι ένας παιδεραστής". 'Αλήθεια το κάνεις αυτό με την κόρη σου;' 'Το παιδί σου είναι απλά ένας κρετίνος, άσχετα αν είναι αυτιστικό'.

Και όλο αυτό το διάστημα υπάρχει αυτή η συνδυασμένη και επίμονη, παλλόμενη, ψιθυριστή ψαλμωδία στο παρασκήνιο. Είναι πραγματικά αρκετά υπνωτιστικό: "Ο Νταής του Τουίτερ, ένοχος, Ο Νταής του Τουίτερ ένοχος". Δεν αλλάζει ποτέ τον τόνο, δεν αλλάζει ποτέ την ένταση δεν αλλάζει ποτέ την χροιά. Σε κάποιο κακόγουστο μυθιστόρημα τρόμου ο ψίθυρος θα γινόταν όλο και πιο δυνατός, ανεβαίνοντας σε ένα κρεσέντο, και λόγω των χειροπέδων στα χέρια μου δεν θα ήμουν σε θέση να καλύψω τα αυτιά μου για να πνίξω τον ήχο, καθώς εισχωρεί μέσα από τα τύμπανα μου και στον εγκέφαλό μου, ρίχνοντάς με στο χείλος της τρέλας. Όχι, δεν υπάρχει τίποτα από αυτά εδώ - μόνο ένας αδιάκοπος, αμετάβλητος ψίθυρος: "Ο νταής του Twitter είναι ένοχος, ο νταής του Twitter είναι ένοχος".

Τι; Ωχ, όχι. Θα μπορούσα να φανταστώ ότι αυτός ο υποκριτής γερο-φρουτοκέφαλος θα έμπαινε στο παιχνίδι. Απλά δεν μπορεί να μας αφήσει ήσυχους, παρά τις απειλές που όλοι έχουμε κάνει εναντίον του. Παρακολουθώ αβοήθητος καθώς το αυτάρεσκο είδωλο του Μπάιρον Καρούδερς γλιστράει μέσα από το ρολόι. Έχω δει αρκετές από αυτές τις φωτογραφίες προφίλ στο Twitter τις τελευταίες ώρες για να ξέρω ακριβώς πότε αυτά τα μάτια θα ζωντανέψουν.

Το στιβαρό πρόσωπο του Καρούδερς , που

καλύπτεται και ολοκληρώνεται από αραιωμένα γκρίζα μαλλιά και ένα γκρίζο μούσι με μούσι, αιωρείται απαλά στο ίδιο επίπεδο με το δικό μου. Και εκεί που πάνε, τα σκούρα καστανά μάτια που κρυφοκοιτάζουν πάνω από την κορυφή των γυαλιών του, ξαφνικά λάμπουν και σπινθηροβολούν.

Τι έλεγα προηγουμένως ότι η επίθεση είναι η καλύτερη μορφή άμυνας; Λοιπόν, να 'το πάλι.

"Δεν ακούω λέξη από όσα λες. Αυτή είναι η γνώμη μου για σένα και την παρέμβασή σου". Με αυτό, φτύνω μια παχιά, κολλώδη μάζα φλέγματος κατευθείαν πάνω του, παρακολουθώντας με ευχαρίστηση να στάζει σιγά σιγά από την κυβερνομύτη του και πάνω από το κυβερνοστόμα του. Δεν ξέρω αν είτε αυτός είτε το άβαταρ του αντιλαμβάνονται καν την πράξη προκλητικότητάς μου, καθώς σίγουρα δεν υπάρχει καμία αλλαγή στην έκφρασή του και η φωνή του είναι ήσυχη, μετρημένη και ήρεμη.

"Έχω δεσμούς και συνδέσμους με διάφορες διεθνείς ομάδες που μάχονται κατά του διαδικτυακού εκφοβισμού", λέει. "Ορισμένες από αυτές παρακολουθούν τον ανώνυμο λογαριασμό του Τάϊλερ Κονγουέϊ στο Twitter, MrEviL, τον τελευταίο χρόνο. Αυτός και μια μικρή κλίκα οπαδών του είναι γνωστοί για τις χυδαίες επιθέσεις στον κυβερνοχώρο, το διαρκές τρολάρισμα, την παρενόχληση και την κακομεταχείρηση.

"Όταν οι ακτιβιστές κατά του μπούλινγκ παρεμβαίνουν για λογαριασμό των θυμάτων του, δέχονται κι αυτοί έναν καταιγισμό οργανωμένης κακοποίησης και απειλών. Σε μια προσπάθεια να δυσφημίσουν οποιονδήποτε αντιτίθεται στον εκφοβισμό τους, ο Κονγουέϊ και οι ακόλουθοί του διαδίδουν τακτικά άγρια και κακόβουλα ψέματα, προτρέποντας τους οπαδούς τους να μπλοκάρουν τους ακτιβιστές κατά του εκφοβισμού. Πολλοί αθώοι και ευκολόπιστοι οπαδοί απλά πιστεύουν τα ψέματα που τους σερβίρουν με το κουτάλι αντί να αναζητήσουν οι ίδιοι την αλήθεια.

"Και όταν αρκετοί άνθρωποι συνειδητοποίησαν επιτέλους το μέγεθος και την κακόβουλη αγριότητα των ψεμάτων που απευθύνονταν στην προσωπική ζωή ενός διάσημου πρεσβευτή κατά του μπούλινγκ , ο Κονγουέι έγραψε στο twitter: Όποιος τον υπερασπίζεται με οποιονδήποτε τρόπο, ή μορφή, θα μπλοκαριστεί αμέσως'".

Ρίχνω μια ματιά στην οθόνη του ρολογιού για να δω το συγκεκριμένο tweet να κυλάει. Στη συνέχεια, ο Καρούδερς μιλάει ξανά.

"Πριν αρχίσουμε να καταλαβαίνουμε τη νοοτροπία και τον ψυχισμό ενός κυβερνονταή πρέπει πρώτα να ρίξουμε μια ματιά στον κώδικα με τον οποίο ζει - τη Βίβλο του ή τον εθνικό του ύμνο:

**"Μπα μπόουλινγκ Μπλιτ Μπιτ Μπλιτ , έχεις
    καθόλου χολή;
Μάλιστα κύριε, μάλιστα κύριε, το
    διαδίδουμε συνέχεια.
Παίρνουμε ένα ψέμα από τον Δάσκαλό μας,
    το προωθούμε μακριά και ευρέως,
Και να ξεπλύνετε την αλήθεια με την
    παλίρροια που φεύγει.
Ψέματα και μίσος διαδίδουμε μέχρι τα
    θύματά μας να γεμίσουν τρόμο,
Δεν μας νοιάζει καθόλου ότι η δικαιοσύνη
    θα πεθάνει. '**

"Ο διαδικτυακός εκφοβισμός είναι εξίσου ισχυρός με τον σωματικό εκφοβισμό και οι συνέπειές του είναι εξίσου τρομακτικές. Το πρόβλημα είναι ότι οι άνθρωποι στο Twitter και το Facebook κρύβονται πίσω από την ανωνυμία - αυτοί οι εκφοβιστές του πληκτρολογίου γνωρίζουν ότι θα χρειαστεί αρκετή έρευνα στον κυβερνοχώρο για να βρουν την πέτρα κάτω από την οποία σέρνονται.

"Οι περισσότεροι διαδικτυακοί εκφοβισμοί, καταδιώξεις και παρενοχλήσεις ξεκινούν με το να παίρνουν αυτά τα ψέματα από τον Δάσκαλό τους - όποιος κι αν είναι αυτός ο Δάσκαλος, είτε πρόκειται για μια εξωτερική επιρροή είτε για τους δικούς τους εσωτερικούς δαίμονες που τους παροτρύνουν, και στη συνέχεια να σπέρνουν τον όλεθρο στις ζωές αθώων ανθρώπων.

"Η συμμαχία των ακτιβιστών κατά του εκφοβισμού αποφάσισε ότι ο Τάιλερ Κόνγουεϊ το παράκανε τελικά, όταν το tweet του προς την Άννι Γκάλγουεϊ ήταν η άμεση αιτία για να αφαιρέσει η ίδια τη ζωή της".

Ο Carruthers κάνει παύση καθώς το καταδικαστικό μου tweet εμφανίζεται και πάλι στον δείκτη του ρολογιού. Αυτός ο αυτοδικαιωμένος μαλάκας ξέρει σίγουρα πώς να δημιουργεί εφέ, αυτό του το αναγνωρίζω.

'@Anngal01 Άντε να κρεμαστείς, χοντρή αγελάδα. Στην πραγματικότητα μην το κάνεις. Το βάρος σου θα σπάσει το σχοινί.'

Ξαφνικά όλα είναι ήσυχα γύρω μου. Αυτός ο ανυπόφορος ψίθυρος σταματά. Ο μόνος ήχος τώρα είναι η δική μου αναπνοή. Αλλά η εχθρότητα στα μάτια αυτών των σιωπηλών άβαταρ είναι ολοφάνερη καθώς με κοιτούν επίμονα, φαινομενικά από κάθε σπιθαμή του κελιού.

Καταπίνω.

Και πάλι. Ο λαιμός μου είναι στεγνός σαν κόκαλο.

"Τάιλερ Κονγουέι." Κατά κάποιο τρόπο αισθάνομαι μια νότα καταδικαστικής τελειότητας στον τρόπο που το άβαταρ της Άνι Γκαλγουέι προφέρει το όνομά μου. "Κρίθηκες ένοχος για το έγκλημα εκφοβισμού και παρενόχλησης στο Twitter. Έχεις κάτι να πεις πριν εκδώσω την ποινή;"

Ο στεγνός μου λαιμός δεν με αφήνει να μιλήσω, αλλά τελικά βγάζω με το ζόρι το ψέμα.

"Δεν ήθελα να αναστατώσω κανέναν".

Αλήθεια το λέω αυτό; Φυσικά και ήθελα να τους αναστατώσω. Αλλά πριν προλάβω να πω περισσότερα ψέματα, αντιλαμβάνομαι αμυδρά ότι η Άννι ξεστομίζει μια λέξη: "Ι....".

Αυτό είναι το νόημα του MrEviL, έτσι δεν είναι;

Άλλη μια μοναχική λέξη από την Άννυ: "...ποινή...".

Η άλλη μου περσόνα, όχι αυτή που θα μπορούσα να αναγνωρίσω δημοσίως ως τον πραγματικό Τάιλερ Κονγουέϊ (Ανι και πάλι: "...εσύ...") δημιουργήθηκε για να κάνει ακριβώς αυτό. Για να εκφοβίζω άλλους χρήστες του Twitter για την απόλυτη διασκέδαση, την απόλυτη κόλαση,

Άννυ: "...να..."

να τους παρενοχλώ, όσο κι αν μου ζητούν να σταματήσω - και όταν αυτά τα ευγενικά αιτήματα μετατρέπονται σε ειλικρινή ικεσία, αυτό ήταν μουσική στα αυτιά μου· μάννα εξ ουρανού,

"...αιωνιότητα..."

καθώς τους αγνοούσα και ενίσχυα την παρενόχλησή μου. Και όσο για τον υποκριτή, τον ιεροπρεπή, υπέρμαχο της καμπάνιας κατά του εκφοβισμού Μπάιρον Καρούδερς,

"...σε..."

Λοιπόν, χαίρομαι που ανάγκασα αυτόν τον καλοθελητή να φύγει για λίγο από το Twitter με αυτά τα λαμπρά ψέματα γι' αυτόν. Αυτό λειτούργησε πολύ καλύτερα απ' ό,τι θα μπορούσα να ελπίζω.

"...Twitter..."

Οι νταήδες θα πρέπει να ενωθούν εναντίον του

και των ομοιών του - παρεμβατικοί πολυάσχολοι, όλοι τους.

"...Κόλαση...

Αν οι άνθρωποι που εκφοβίζουμε δεν αντέχουν τη ζέστη, θα πρέπει να φύγουν από την κουζίνα του Twitter.

ΤΙ; Μόλις μου έκανε εντύπωση αυτό που είπε η Άννυ: "Σε καταδικάζω σε αιώνια κόλαση στο Twitter". Τι υποτίθεται ότι σημαίνει αυτό;

Ένα άβαταρ ξεφεύγει από τον κύκλο που με περιβάλλει και ξαφνικά πέφτει στα πόδια μου. Με το πρώτο του άγγιγμα τα πόδια και οι αστράγαλοί μου αισθάνονται σαν να εκρήγνυνται μέσα σε έναν χείμαρρο από καυτό λάδι, το δέρμα αρχίζει να λιώνει και να ξεφλουδίζει, αποκαλύπτοντας κόκκινη ωμή σάρκα από κάτω. Μια φευγαλέα ματιά λευκού οστού ξεπροβάλλει.

Ξαφνικά μια κραυγή διαλύει τον αέρα. Μια κραυγή απόλυτης φρίκης, τρόμου και πόνου, όλα μαζί σε έναν σπαρακτικό ήχο βασανισμού.

Τότε συνειδητοποιώ από πού προέρχεται αυτή η κραυγή που επιτίθεται τώρα στα αυτιά μου. Έρχεται από μένα, όλο και πιο δυνατά, λες και ο έντονος ήχος μπορεί να αμβλύνει τον αυξανόμενο, αυξανόμενο, συγκεντρωμένο πόνο.

Πόνος, απόλυτος πόνος, απόλυτος πόνος. Χορεύω γύρω από το κελί, κάθε βήμα μου αφήνει αιματηρά αποτυπώματα στην πέτρα. Με αυτόν τον βασανιστικό πόνο και την ισορροπία μου να έχει μειωθεί από τα δεμένα με χειροπέδες χέρια μου, οι φρενήρεις κινήσεις μου φέρνουν κατά λάθος τον αριστερό μου αγκώνα σε επαφή με τον ακίνητο και σιωπηλό όχλο των άβαταρ, στρέφοντας αμέσως την προσοχή μακριά από τα πόδια μου που καίγονται. Το χέρι μου αισθάνεται σαν να έχει ενωθεί μαζί τους σε αυτό το αυξανόμενο καζάνι με το καυτό λάδι.

Ένα δεύτερο άβαταρ ξεφεύγει από τον κύκλο,

αγκιστρώνεται στο στήθος μου και εισχωρεί μέσα μου.

Το μπροστινό μέρος του πουκαμίσου μου διαλύεται, κομμάτια του υλικού συγχωνεύονται με το λιωμένο πια κομμάτι ιστού που πριν από λίγα δευτερόλεπτα αποτελούσε το πάνω μέρος του κορμού μου.

Ένα τρίτο άβαταρ παίρνει τη βουβωνική μου χώρα.

Τα πόδια μου πέφτουν θύμα ενός τέταρτου και το δεξί μου χέρι ενός πέμπτου. Η αγωνία είναι έντονη, ανυπόφορη, αμείλικτη.

Τότε, το τελευταίο πράγμα που βλέπω είναι η Άννι να οδηγεί τα υπόλοιπα άβαταρ στο κεφάλι μου. Τα μαλλιά μου καίνε για ένα κλάσμα του δευτερολέπτου πριν τυλιχτούν στις φλόγες, καθώς όλα τα άβαταρ πνίγουν το πρόσωπό μου.

Ο ήχος που ακούω είναι η έκρηξη των βολβών των ματιών μου.

Τότε δεν υπάρχει καθόλου ήχος. Τα τύμπανά μου έχουν απλά λιώσει.

Δεν υπάρχει όραση.

Χωρίς ήχο.

Καμία γεύση - η γλώσσα μου έλιωσε πριν από τρία δευτερόλεπτα, αλλά για να είμαι ειλικρινής δεν το είχα καν προσέξει, λόγω του πόνου που καταλάμβανε κάθε άλλο μέρος της ύπαρξής μου.

Δεν υπάρχει μυρωδιά, τα οσφρητικά μου όργανα έχουν πάρει τον ίδιο δρόμο με τη γλώσσα μου.

Αλλά μια αίσθηση παραμένει. Δεν έχω στερηθεί την ικανότητα να αισθάνομαι αφόρητο, λευκό, καυτό, ανεξιχνίαστο, φλεγόμενο πόνο.

Το σώμα μου έφυγε. Το μόνο που έχει απομείνει από το ανθρώπινο ον που κάποτε ήταν ο Τάιλερ Κονγουέι - και, ναι, ήμουν άνθρωπος, παρά το γεγονός ότι αναγνωρίστηκα ως ένας άθλιος, κακόβουλος τραμπούκος του Twitter, τρολ και εκφραστής της παρενόχλησης - είναι τώρα ένα αιθέριο άβαταρ έντονου, αγωνιώδους, αφόρητου, αφόρητου πόνου που απλά δεν μπορώ να αντέξω άλλο.

Πόσο θα διαρκέσει, άραγε;

Τότε θυμάμαι τη διάρκεια της ποινής που μου επέβαλε η Άννυ, το τελευταίο μου θύμα.

Αιωνιότητα.

ΤΕΛΟΣ

Αγαπητέ αναγνώστη,

Ελπίζουμε να σας άρεσε η ανάγνωση του *Η ΓΗ ΤΩΝ ΑΣΤΡΑΠΩΝ*. Παρακαλούμε αφιερώστε λίγο χρόνο για να αφήσετε μια κριτική, ακόμη και αν είναι σύντομη. Η γνώμη σας είναι σημαντική για εμάς.

Με τους καλύτερους χαιρετισμούς,

Stewart Bint και η Ομάδα του Next Chapter

ΣΧΕΤΙΚΆ ΜΕ ΤΟΝ ΣΥΓΓΡΑΦΈΑ

Ο Stewart Bint είναι μυθιστοριογράφος, αρθρογράφος σε περιοδικά και συγγραφέας δημοσίων σχέσεων. Ζει με τη σύζυγό του, Sue, στο Leicestershire του Ηνωμένου Βασιλείου και έχει δύο ενήλικα παιδιά, τον Christopher και τη Charlotte.

Ενώ γράφει, σύντροφος στο γραφείο του είναι ο χαρισματικός παπαγάλος του, ο Alfie, ή η γάτα του γείτονά του. Αλλά όχι την ίδια στιγμή.

Όταν δεν γράφει, μπορεί συχνά να τον βρει κανείς να κάνει πεζοπορία ξυπόλητος σε δασικά μονοπάτια.

Συνδεθείτε Με Τον Stewart Bint Online:

Ιστοσελίδα:
www.stewartbintauthor.weebly.com

Blog:
www.stewartbintauthor.weebly.com/stewart-bints-blog

Twitter:
Twitter.com/@AuthorSJB

Facebook:
https://www.facebook.com/StewartBintAuthor

Η Γη Των Αστραπων
ISBN: 978-4-82410-571-4
Χαρτόδετο χαρτί μαζικής αγοράς

Εκδόσεις
Next Chapter
1-60-20 Minami-Otsuka
170-0005 Toshima-Ku, Tokyo
+818035793528

8 Σεπτέμβριος 2021

www.ingramcontent.com/pod-product-compliance
Lightning Source LLC
LaVergne TN
LVHW031237190726
843491LV00012B/3030